KNAUR

Die Provence-Krimis sind in folgender Reihenfolge bei Knaur erschienen:
Lavendel-Tod
Lavendel-Gift
Lavendel-Fluch
Lavendel-Grab
Lavendel-Zorn
Lavendel-Sturm
Lavendel-Wut

Über die Autorin:
Carine Bernard wurde 1964 in Niederösterreich geboren und lebt mittlerweile in der Lüneburger Heide. Sie hat ein Faible für Frankreich und erkundet Land und Leute am liebsten entlang kleiner Nebenstraßen mit dem Campingbus. Die Provence mit ihren malerischen Dörfern und der vorzüglichen Küche ist dabei schon seit Jahren ihr liebstes Ziel.

CARINE BERNARD

LAVENDEL WUT

EIN PROVENCE-KRIMI

KNAUR

Besuchen Sie uns im Internet:
www.droemer-knaur.de

MIX
Papier | Fördert gute Waldnutzung
FSC® C014496

Originalausgabe Mai 2025

Ein Imprint der Verlagsgruppe
Droemer Knaur GmbH & Co. KG
Maria-Luiko-Straße 54, 80636 München

Redaktion: Birgit Förster
Covergestaltung: ZERO Werbeagentur GmbH, München
Coverabbildung: Composing von ZERO Werbeagentur unter Verwendung von Motiven von Shutterstock.com
Satz und Layout: Adobe InDesign im Verlag
Druck und Bindung: GGP Media GmbH, Pößneck
ISBN 978-3-426-53065-8

Kontaktadresse nach
EU-Produktsicherheitsverordnung:
produktsicherheit@droemer-knaur.de

2 4 5 3 1

KAPITEL 1

»*Touche pas à mon Ventoux!*«

Die Hauswände an der Porte d'Orange schienen den blechernen Klang noch zu verstärken. Ein klappriger Kleinwagen mit einem Lautsprecher auf dem Dach näherte sich der Unfallstelle, wich dem Polizeiwagen aus, der in zweiter Spur parkte, und bog um die Ecke. Lilou hielt sich die Ohren zu, bis er im dunklen Torbogen des Stadttors verschwand.

»Finger weg von meinem Mont Ventoux!«

Die Stimme entfernte sich im Gassengewirr der Altstadt, und erleichtert nahm Lilou die Hände von den Ohren. »Was war das denn?«

Technicien Mistral machte gerade Fotos von der demolierten Stoßstange eines der Unfallfahrzeuge. Mit der Kamera in der Hand richtete er sich auf und wandte sich ihr zu. »Ach, das Schild wurde mal wieder gestohlen.«

»Was für ein Schild denn?«, fragte Lilou. »Ich habe keine Ahnung, wovon du sprichst, Guillaume.«

»Du bist offenbar keine Radfahrerin«, antwortete er und grinste. »Es geht um das Gipfelschild des Mont Ventoux. Es ist letzte Nacht verschwunden. Sie haben es vorhin im Radio gemeldet.« Er schüttelte den Kopf. »Was für Idioten!«

Lilou sah ihn verwundert an. »Okay, das ist natürlich Diebstahl«, sagte sie. »Aber was ist daran so schlimm, dass sie es sogar im Radio bringen?«

»Es ist das Gipfelschild! Für die Rennradfahrer ist das so etwas wie …« Er brach ab, hob die Schultern. »Man muss vermutlich zu diesen Verrückten gehören, um es zu verstehen.«

»Offensichtlich.« Lilou grinste. »Ich verstehe es jedenfalls nicht. Warum kann man nicht einfach ein neues Schild aufstellen?«

»Der Mont Ventoux ist so etwas wie der heilige Berg für die Fahrradfahrer.« Commandant Hiroux war ebenfalls herangekommen und klappte sein Tablet zu, auf dem er die Personendaten der Unfallbeteiligten notiert hatte. »Jedes Jahr kommen Hunderttausende Radfahrer hierher«, fuhr er fort, »nur um diesen Gipfel mit ihrem Fahrrad zu bezwingen. Und als Beweis für ihre Leistung hinterlassen sie einen Aufkleber ihres Clubs auf dem Gipfelschild.« Seine Miene hatte sich verdunkelt, die Brauen waren finster zusammengezogen. »Es ist also viel mehr als einfach nur ein Schild, und es zu stehlen, ist sozusagen ein Sakrileg.« Er zog sein Smartphone aus der Tasche, tippte darauf herum und hielt es Lilou entgegen. »Sieh es dir an!«

Das Foto zeigte einen behelmten Fahrradfahrer in buntem Dress neben seinem Rennrad, und Lilou musste zweimal hinschauen, bis sie ihren Kollegen erkannte. Der kargen Berglandschaft im Hintergrund nach zu schließen stand Miquèl Hiroux auf dem Gipfel des Mont Ventoux. Das Schild hinter ihm war tatsächlich über und über mit bunten Stickern beklebt, so dicht an dicht, dass man den Namen des Bergs und seine Höhe kaum noch erahnen konnte.

»Würden sie das hier bei uns in der Stadt tun, wäre es Vandalismus«, meinte Lilou.

»Natürlich.« Hiroux grinste schief. »Aber das sind eingeritzte Initialen in Bäumen und Felsen am Ende auch. Und die kann man nicht so einfach wieder entfernen.«

»Da hast du auch wieder recht.« Lilou reichte ihm das Telefon zurück und schaute sich um. »Sind wir hier fertig?«

Es war der Unterbesetzung ihrer Dienststelle geschuldet, dass Lilou als stellvertretende Leiterin des Reviers mit Commandant Miquèl Hiroux auf Streife fuhr und ihn zur Aufnahme dieses Verkehrsunfalls begleitet hatte. Seit der Versetzung von Valerie Cravasse und der Suspendierung von Noa Roguenot waren sie einfach zu wenige Leute im Hôtel de police, und sie hoffte dringend, dass sie bald Verstärkung bekamen. Aber die Mühlen in Paris mahlten langsam, das hatte sie schon oft erfahren müssen. Vermutlich würde es noch einige Wochen dauern, bis die Zentrale ihnen Ersatz zuteilte und die Wache der Police nationale in Carpentras wieder in Vollbesetzung arbeiten konnte.

»So gut wie.« Guillaume packte die Kamera zurück in seinen Koffer und sammelte seine Hütchen ein. »Der Hergang ist ziemlich eindeutig, oder?«

»Sehe ich auch so.« Lilou deutete auf den blauen Toyota, der am Straßenrand stand. Aus dem eingedrückten Kühler tropfte Flüssigkeit. »Die Fahrerin hat zu spät gebremst und ist auf das an der Ampel stehende Fahrzeug aufgefahren. Der Rest ist Sache der Versicherungen.«

»Die Feuerwehr muss nur noch diese Schweinerei beseitigen«, meinte Guillaume.

»Ich habe sie schon angerufen. Sie kommen, sobald das Auto abtransportiert ist.« Hiroux schaute zu dem Krankenwagen hinüber, der am Straßenrand parkte. In der geöffneten Hecktür saß eine dunkelhaarige Frau, ein Sanitäter legte gerade letzte Hand an ihren Kopfverband. »Außer der Fahrerin ist niemand verletzt, und ich habe ihre Daten.« Er klopfte auf das Tablet. »Sie heißt Mercedes Bayes und kommt aus London.«

Wie aufs Stichwort erhob sich die Frau und kam zu ihnen herüber. Sie war groß gewachsen und schlank, ihre Gesichtszüge unter dem leuchtend weißen Kopfverband waren ebenmäßig wie die einer antiken Statue. Sie war ausgesprochen attraktiv, fand Lilou, und Miquèl Hiroux schien ihrer Meinung zu sein.

»Geht es Ihnen gut, Madame?«, fragte er und ging ihr entgegen. Besorgt musterte er ihr Gesicht. »Möchten Sie nicht lieber ins Krankenhaus?«

»Aber nein«, antwortete die Frau. »Das ist doch nur ein Kratzer.« Sie fasste mit schlanken Fingern an ihren Kopfverband und lächelte ihn an. »Es ist sehr nett, dass Sie sich Sorgen um mich machen.« Sie sprach gutes Französisch, doch mit einem leichten Akzent, der ihre fremdländische Herkunft nicht verleugnen konnte.

»Aber das ist doch selbstverständlich, Madame Bayes.« Miquèl Hiroux schnurrte regelrecht, sein hageres Gesicht leuchtete, als er sie ansah.

Lilou unterdrückte ein Grinsen. Flirtete ihr Kollege etwa?

»Ich brauche nur ein Taxi, um zu meinem Hotel zu kommen«, fuhr die Frau fort. »Wenn Sie mir vielleicht eines herbeirufen könnten? Mein *mobile phone* ist bei dem Unfall zerbrochen.« Sie schnitt eine komische Grimasse. »Man soll nicht glauben, wie hilflos man sich ohne sein Telefon fühlt.«

»Das kann ich mir gut vorstellen.« Hiroux lächelte sie warm an. »Wenn Commissaire Braque einverstanden ist, können wir Sie zu Ihrem Hotel fahren.« Er drehte sich zu Lilou um. »Das können wir doch, Lilou, oder?«

»Von mir aus kannst du das gern tun.« Lilou zuckte mit den Schultern. »Ich werde mit Guillaume zurückfahren und schon mal das Protokoll schreiben. Du musst dann nur noch die Personendaten eintragen.«

»Danke, Chef.« Hiroux blinzelte ihr zu. »Hast was gut bei mir.«

Lilou blinzelte zurück. »Bleib nicht zu lange weg«, sagte sie. »Du weißt ja, wir haben zu wenige Leute.«

»Versprochen.« Der Commandant wandte sich der Frau zu. »Darf ich bitten? Unser Wagen steht da drüben.«

Lilou sah ihm hinterher, dann wandte sie sich an Guillaume. »Hoffen wir, dass er sich nicht die Finger verbrennt«, sagte sie.

»Sie ist natürlich viel zu hübsch für ihn«, konstatierte Guillaume. »Aber vielleicht steht sie ja auf Männer mit Glatze.« Mit übertriebener Geste fuhr er sich durch seine kurzen mausbraunen Haare. »Mich hat sie jedenfalls mit dem Arsch nicht angesehen.«

»Die Frau hat einfach keinen Geschmack.« Lilou stieß ihn spielerisch in die Rippen. »Davon abgesehen ist sie ohnehin zu alt für dich.«

Es war kurz vor Dienstschluss, als Miquèl Hiroux endlich wieder in der Dienststelle erschien. Er entschuldigte sich wortreich. »Ich war noch bei den Kollegen von der Gendarmerie«, erklärte er. »Ich wollte wissen, ob sie nähere Informationen zum Diebstahl des Schilds haben.«

»Ach ja, das Gipfelschild.« Lilou hatte überhaupt nicht mehr daran gedacht – schließlich war die Police nationale gar nicht zuständig für Diebstähle außerhalb der Stadt. Aber Miquèl war selbst Rennradfahrer, weswegen ihn diese Tat offensichtlich aus ganz anderen Gründen interessierte. »Und, haben sie dir etwas gesagt?«

»Natürlich.« Miquèl nickte ernsthaft. »Grissan fährt ja selbst, und wir sind im gleichen Club. Aber leider wissen sie auch nicht viel mehr als das, was sie im Radio gesagt haben.«

»Commandant Grissan?« Lilou hob die Brauen. Der Leiter der Gendarmerie in Carpentras hielt normalerweise nicht viel davon, mit der Police nationale zusammenzuarbeiten. Aber offenbar war die Clubfreundschaft stärker als seine Vorbehalte gegenüber den Kollegen vom Hôtel de police.

»Der Diebstahl wurde heute Morgen angezeigt«, fuhr Miquèl fort. »Die Leute von der Wetterstation haben bemerkt, dass das Schild fehlt, aber sie haben niemanden gesehen. Wir können nur hoffen, dass sich noch ein Augenzeuge meldet.«

»Was macht man denn mit so einem Schild?«, fragte Lilou. »Gibt es für so etwas einen Markt? Oder hängt man sich das dann ins Wohnzimmer?«

»Verkaufen kann man es jedenfalls nicht. Der Verkäufer wäre ja sofort überführt.« Miquèl schüttelte den Kopf. »Ehrlich gestanden hoffen wir, dass es nur ein dummer Streich ist. Dann taucht das Schild irgendwo wieder auf. Beim letzten Mal hat man es in einem Straßengraben gefunden.«

»Ach, das kommt öfter vor?« Lilou schmunzelte. »Vielleicht sollte man es einfach besser sichern.«

»Darüber haben wir wirklich schon nachgedacht.« Er grinste freudlos. »Aber wenn das Schild seine Funktion behalten soll, muss es frei zugänglich auf dem Gipfel stehen.

Damit ist es eben auch Vandalen und Dieben ausgesetzt. Man kann das nicht verhindern.« Er hob die Schultern. »Jedenfalls werden wir heute Abend noch Suchtrupps losschicken, die die Wanderwege rund um den Gipfel absuchen. Vielleicht haben wir ja Glück.«

»Dann wünsche ich euch viel Erfolg.« Lilou erhob sich. »Ich mache jetzt Feierabend.«

»Hast du vielleicht Zeit und Lust, uns zu helfen?« Er sah sie bittend an. »Je mehr wir sind, desto besser sind unsere Chancen.«

Lilou zögerte. Eigentlich hatte sie sich auf einen ruhigen Abend in ihrer neuen Wohnung gefreut. Doch andererseits – ihr Freund Simon war in seinem Restaurant, er hatte heute viel zu tun und würde kaum vor Mitternacht nach Hause kommen. Und der ruhige Abend würde in Wahrheit eher ein langweiliger Abend werden, mit irgendeiner Spieleshow im Fernsehen, bis sie auf dem Sofa einnickte. Während ein abendlicher Ausflug zum Mont Ventoux und die Suche nach diesem Gipfelschild mit Hiroux' verrückten Freunden durchaus mehr Abwechslung versprach.

»In Ordnung, wo muss ich hinkommen?«

»Das ist großartig, Lilou.« Sein Gesicht hellte sich auf, er lächelte erfreut. »Wir treffen uns um halb sieben in Carroux. Schaffst du das?«

Lilou sah auf die Uhr. »Aber ja, das ist kein Problem. Bis nachher!«

Gleichmäßig setzte Lilou einen Schritt vor den anderen. So gut es auf dem unebenen Pfad überhaupt möglich war, der sich entlang der bewaldeten Bergflanke nach oben zog. Inzwischen war die Sonne untergegangen, die Dämmerung zwischen den Bäumen nahm gefühlt mit jedem Meter zu, den sie an Höhe gewannen. Es war vollkommen still, kein Rauschen in den Baumkronen, kein Vogelgezwitscher war zu hören, selbst die Grillen waren verstummt. Die hagere Gestalt von Miquèl Hiroux wenige Schritte vor ihr war das Einzige, was sich außer ihr in diesem dunklen Wald zu bewegen schien.

Vor über zwei Stunden hatten sie sich auf dem Platz vor der Kirche in Carroux getroffen. Zu Lilous Überraschung waren an die dreißig Leute zusammengekommen, um bei der Suche nach diesem besonderen Schild zu helfen. Auch Grissan, der Commandant der Gendarmerie in Carpentras, war unter ihnen. Er hatte überrascht die Augenbrauen gehoben, als er sie erblickte, ihr jedoch nur grüßend zugenickt, während der Leiter der Suchaktion, ein drahtiger älterer Mann, sie in Zweierteams aufteilte. Was durchaus sinnvoll war, wenn man die schiere Anzahl von Wanderwegen bedachte, die auf und um den Mont Ventoux herumführten.

Nun waren sie schon etwa eine Stunde lang unterwegs, in mäßigem Tempo, ständig rechts und links ins Unterholz und zwischen die Bäume spähend. Ein Stück über ihnen am Hang wand sich die Straße, die von Carroux kam, in weiten Serpentinen zum Gipfel. Manchmal hörten sie das entfernte Brummen eines Autos, und Scheinwerfer geisterten kurz durch die Bäume, bevor alles wieder im Schatten versank.

Miquèl blieb stehen und wartete auf sie. Der Weg umrundete hier einen Felsvorsprung, niedrige Kiefern klammerten sich an brüchiges Gestein. Ganz so dunkel war es noch gar nicht, stellte Lilou überrascht fest. Der Himmel im Westen leuchtete in hellen Orangetönen zwischen den Bäumen. Der Blick nach Süden war frei und bot Aussicht auf die vorgelagerten Hügelketten, die im letzten Licht der Abendsonne erstrahlten.

»Wir sollten jetzt besser die Taschenlampen benutzen«, sagte Miquèl. Er öffnete seinen Rucksack und zog zwei Stabtaschenlampen heraus. »Unter den Bäumen ist sonst nicht mehr viel zu erkennen.« Er knipste eine der Lampen an und reichte sie Lilou. Der Lichtkegel war kräftig und schnitt wie ein Messer durch das Dämmerlicht am Hang, tauchte bemooste Baumstümpfe und kalkweiße Felsen in plötzliches Licht. Wenn das vermisste Schild wirklich hier zwischen den Bäumen lag, würden sie es zweifellos finden.

Hinter der Biegung wurde der Weg schmaler und das Gelände noch steiler. Es gab kaum noch Unterholz zu beiden Seiten des Wegs, nur die rauen Stämme der Kiefern krallten sich in den Berg. Geisterhaft leuchteten sie auf im vorübergleitenden Licht ihrer Lampen und täuschten Bewegung vor, wo keine war. Die Straße lag nun hoch über ihnen und war nicht mehr auszumachen. Die beiden hellen Lichtkegel ließen den Wald um sie noch finsterer erscheinen, und Lilou setzte ihre Schritte noch vorsichtiger als zuvor. Der Pfad wand sich durch eine steinige Senke, die von einem alten Felssturz stammen mochte, und stieg dahinter wieder an. Lilou blieb stehen und ließ ihre Lampe zwischen den Bäumen kreisen. Da war ein dichtes Gebüsch – und war das nicht eine metallische Reflexion? »Miquèl«, rief sie. »Ich glaube, da ist etwas!«

»Was ist los?« Miquèl Hiroux blieb stehen und wandte sich zu ihr um.

»Schau mal da drüben.« Sie ließ den Lichtkegel auf dem Strauch verharren. Ganz eindeutig war hier etwas zwischen den Zweigen, was da nicht hingehörte.

Miquèl steckte seine Taschenlampe weg und benutzte beide Hände, um nach oben zu klettern. Lilou vernahm sein unterdrücktes Fluchen. »*Merde,* das ist ein Fahrrad!«

Sie hörte Blätter rascheln und Äste knacken, dann zog er ein blaues Rennrad am Sattel aus dem Gebüsch. Lose Steinchen und Erde kullerten den Hang herab. Als er mit ihrem Fund wieder neben ihr stand, war seine Miene besorgt. »Da muss ein Unfall passiert sein«, meinte er. »Schau mal, wie das Rad aussieht.« Er zeigte auf den Rahmen, der deutliche Schrammen aufwies. »Komisch, ich habe gar nichts davon gehört.«

»Hier ist auch die Gendarmerie zuständig und nicht wir«, gab Lilou zurück.

»Ja, klar. Trotzdem bekommen *wir* das normalerweise mit.« Er grinste schief. »Nicht ›wir‹, die Polizei, sondern ›wir‹, die Fahrradfahrer vom Mont Ventoux.«

Lilou hob die Schultern. »Das kann aber auch schon vor längerer Zeit geschehen sein, oder nicht?«

Er schüttelte den Kopf. »Das glaube ich nicht. Schau mal, diese Kratzer hier sind recht frisch. Wenn das Rad schon länger hier liegen würde, sähe das anders aus. Außerdem lässt niemand so ein Fahrrad im Wald zurück. Dafür sind die Teile zu teuer.«

»Hm.« Lilou runzelte die Stirn. »Denkst du, der Fahrer liegt hier irgendwo tot oder verletzt in einem Gebüsch?« Sie trat an die andere Seite des Wegs und leuchtete mit der Taschenlampe nach unten.

»Sei vorsichtig, hier ist es …«

Seine Worte gingen in lautem Gepolter unter, als der Stein unter Lilous Fuß plötzlich nachgab. Sie ruderte mit den Armen, versuchte, ihr Gleichgewicht zu halten, doch der Boden war lose, und unsanft landete sie auf dem Hinterteil.

Weitere Steine lösten sich unter ihr, sie fand keinen Halt und rutschte den Hang nach unten, bis ein Baumstamm ihre Talfahrt bremste. Ächzend hielt sie sich an ihm fest und richtete sich vorsichtig auf.

»Bist du okay?« Hiroux war nur als dunkle Silhouette gut zehn Meter über ihr zu erkennen. Das Licht seiner Lampe irrlichterte über ihr in den Blättern der Buche, unter der sie gelandet war, dann traf sie der Lichtstrahl und blendete sie.

»Ich glaube schon«, rief sie zurück. Sie tastete zwischen Ästen und Steinen nach ihrer eigenen Taschenlampe, die ihr beim Sturz aus der Hand gefallen war. Ihre Finger erspürten etwas Rundes, Glattes, doch als sie danach griff, war es nicht das Ende der Taschenlampe, sondern ... Sie schrie auf. Was sie in der Hand hielt, war die dünne Gummisohle eines Schuhs, und in dem Schuh steckte ein Fuß.

»Lilou, ist alles in Ordnung?« Miquèl Hiroux klang alarmiert.

Lilou ließ den Schuh fahren, biss die Zähne zusammen und versuchte, ihren rebellierenden Magen unter Kontrolle zu bekommen. »Hier ...« Sie schluckte, räusperte sich. »Hier liegt ein Mensch«, sagte sie mit heiserer Stimme.

»Was sagst du da?« Der grelle Strahl der Taschenlampe traf ihre Augen, unwillkürlich hob sie die Hand. Steinchen polterten herab, die Erde geriet erneut in Bewegung.

»Bleib bloß oben«, rief Lilou ihrem Kollegen zu. »Hat dein Telefon Empfang? Dann ruf bitte einen Krankenwagen und verständige die Bergrettung und die Spurensicherung.«

»*D'accord.*« Das Licht von Hiroux' Taschenlampe glitt über den abschüssigen Boden, und Lilou erhaschte aus dem

Augenwinkel ihre eigene Lampe. Sie griff danach und schaltete sie ein – nichts. Verärgert schlug sie auf den Schaft und schüttelte sie, sie flackerte einen Moment, dann brannte sie wieder in stetigem, hellem Licht. Sie holte tief Luft, bevor sie den Reflektor auf die vor ihr liegende Gestalt richtete.

Es war ein Mann in einem eng anliegenden, blau-roten Fahrraddress, der zusammengekrümmt neben einem schartigen Felsen lag. Der Stein hatte seinen Sturz gebremst, doch offenbar hatte er trotz seines Fahrradhelms weniger Glück gehabt als Lilou: Sein Hals war in einem merkwürdigen Winkel verdreht, und bräunliche Flecken auf dem hellen Gestein sprachen eine deutliche Sprache. Erneut tastete Lilou nach seinem Fuß, ließ diesmal die Finger oberhalb des Schuhs über seine Knöchel gleiten – die Haut war kühl und fühlte sich wächsern an. Der Mann war nicht mehr am Leben, und vermutlich war er bereits seit Stunden tot.

Schwankend kam sie auf die Beine und hielt sich an der Buche fest, die sich in den steilen Abhang krallte und sie mit Sicherheit vor Schlimmerem bewahrt hatte: Unmittelbar hinter dem Stamm brach die Felskante ab, und das Licht ihrer Taschenlampe enthüllte nackten Fels und Geröll tief unter ihr.

»Sag den Kollegen bitte, sie sollen Seilzeug und Sicherungsmaterial mitbringen«, rief sie nach oben. »Anders werden wir den Mann nicht bergen können.«

Sie musterte den Hang über ihr und ließ das Licht der Taschenlampe über die Baumstämme wandern. Die Stelle, an der sie abgerutscht war, war deutlich als dunkle Furche im Boden zu erkennen. Wo der unglückliche Fahrradfahrer herabgestürzt war, war dagegen nicht mehr auszumachen – wahrscheinlich hatte sie bei ihrem Sturz sämtliche Spuren vernichtet. Sie warf einen letzten Blick auf den Verunglückten, verzichtete aber auf eine genauere Untersuchung, sondern steckte die Taschenlampe in die Hosentasche und machte sich an den Aufstieg. Sie musste ihre Hände zu Hilfe nehmen, hielt sich an Wurzeln fest und zog sich an den Stämmen der Kiefern und ihren überhängenden Ästen hoch, kroch mehr, als sie stieg, bis sie endlich wieder oben war. Hiroux streckte ihr die Hand entgegen und half ihr zurück auf den Weg. Sie dankte ihm mit einem Lächeln und klopfte sich die Walderde von den Knien. »*Merci,* Miquèl«, sagte sie. »Für den Mann kommt leider jede Hilfe zu spät.«

Hiroux verzog schmerzlich das Gesicht. »Das habe ich schon befürchtet.«

»Hast du jemanden erreicht?«

»Ja.« Er nickte. »Ich habe die Leitstelle angerufen, die Kollegen sind bereits unterwegs.«

»Sehr gut.« Sie leuchtete den Weg entlang. »Vielleicht sollten wir ihnen ein Stück entgegengehen, meinst du nicht? Sonst finden sie die Stelle nie.«

»Ich habe ihnen die Koordinaten durchgegeben, sie sollten uns eigentlich nicht verfehlen«, meinte Hiroux. »Und sie können oben an der Straße halten, da ist ein Parkplatz.«

»Du kennst dich hier aber gut aus«, stellte Lilou fest. »Wie kommt das?«

Er hob die Schultern. »Ich bin häufig am Mont Ventoux unterwegs«, sagte er. »Nicht nur mit dem Fahrrad, sondern auch zu Fuß. Man kann hier wunderbar wandern.« Er grinste. »Ich gehöre zu den Verrückten, die das wirklich gern tun.«

Lilou erwiderte sein Grinsen. »Klingt gar nicht so verrückt. Ich wandere auch gern, ich komme nur viel zu selten dazu.«

»Vermutlich besteht die Verrücktheit darin, sich die Zeit dafür unter allen Umständen zu nehmen.« Er lächelte wehmütig. »Meine Frau hat das auch nicht verstanden. Aber mir bedeutet dieser Berg wirklich viel.« Er deutete nach oben, wo sich irgendwo die Straße befinden musste. »Wenn man ihn bezwungen hat, egal, ob zu Fuß oder mit dem Rad, dieses Gefühl lässt sich mit nichts vergleichen.«

»Hast du dich auch schon auf diesem Schild verewigt?«, fragte Lilou. Jetzt erst hatte sie sich wieder an den eigentlichen Grund ihrer Anwesenheit erinnert.

»Natürlich.« Hiroux nickte ernsthaft. »Jedes Mal, wenn es ein neues Schild gab, bin ich sofort zum Gipfel gefahren und habe einen Sticker unseres Clubs aufgeklebt. Beim letzten Mal habe ich es sogar geschafft, der Erste zu sein.« Er klang stolz, aber auch ein wenig wehmütig. »Ich hoffe wirklich, dieses Schild taucht wieder auf.«

Sein Telefon klingelte, er zog es aus der Tasche und nahm das Gespräch an. »*Oui?*« Lilou sah, dass er die Stirn runzelte. »Ich habe sie zum Parking du Belvedere geschickt. Wir sind im Hang unterhalb von Kilometer 48, auf dem Wanderweg, der zur Combe de Malaval führt.« Er lauschte. »Ja, natürlich. Dann bis gleich.« Er steckte das Telefon wieder weg und wandte sich an Lilou. »Das war Grissan. Die Leitstelle hat ihn informiert, und er wies darauf hin, dass der Unfall in seine Zuständigkeit fällt. Aber es ist okay, wenn sie jemanden von unserer Kriminaltechnik schicken.«

Lilou verzog das Gesicht. »Das war ja klar. Unsere Unterstützung nimmt er gern in Anspruch, aber sobald es um Zusammenarbeit geht …«

»Er kommt eben aus einer anderen Zeit.« Hiroux schmunzelte. »Früher haben sich die Polizisten doch wirklich überlegen gefühlt und auf die Gendarmen vom Land herabgesehen. Das hat sich erst in den letzten Jahren geändert.«

»Dabei verfolgen doch Polizei und Gendarmerie dieselben Interessen.« Lilou schüttelte den Kopf. »Und oft genug gibt es Überschneidungen bei der Zuständigkeit.«

»So ist es.« Miquèl Hiroux nickte. »Wobei es hier ja eindeutig ist: Ein Unfall auf der Straße zum Mont Ventoux ist Sache der Gendarmerie.«

Erneut läutete sein Telefon. Er hörte zu, dann beendete er das Gespräch. »Sie sind da.« Er deutete den Weg entlang nach oben. »Sie kommen aus dieser Richtung, da gibt es einen Abstieg vom Parkplatz.« Ein Blick auf die Uhr. »In zwanzig Minuten müssten sie hier sein.«

KAPITEL 2

Lilou hatte sich auf den Wanderweg etwas oberhalb der Unfallstelle zurückgezogen, um die Bergungsarbeiten nicht zu behindern, und beobachtete aufmerksam das Geschehen. Inzwischen war es stockfinster zwischen den Bäumen, doch der Bereich um die Unfallstelle war taghell ausgeleuchtet. Gebannt sah sie zu, wie die Gendarmen von der Bergwacht Seilsicherungen anbrachten und ein Flaschenzug für eine Trage installiert wurde. Ein Rettungssanitäter hatte sich zu dem Verunglückten abgeseilt und Lilous Vermutung inzwischen bestätigt: Der Mann war bereits seit Stunden, wenn nicht seit Tagen tot.

Commandant Grissan war ebenfalls eingetroffen und erteilte Anweisungen. Zwei Gendarmen aus seiner Dienststelle leuchteten mit Taschenlampen in die Büsche neben dem Weg, ein dritter hatte das Fahrrad des Verunglückten gesichert und sich damit auf den Rückweg gemacht. Ebrahim Karimi von ihrer eigenen kriminaltechnischen Abteilung hatte das Gebüsch, in dem sie das Fahrrad gefunden hatten, mit rot-weißem Flatterband markiert und montierte gerade eine Kamera auf einem Stativ. Im Licht der starken Scheinwerfer begann er, die Umgebung des Wegs zu fotografieren. Lilou spähte den Hang zur Straße hinauf, von wo das Opfer der Spurenlage nach heruntergekommen sein musste, musterte mit zusammengekniffenen Augen die dunklen Kiefernstämme und den nadelbedeckten, abschüssigen Boden, doch sie konnte beim besten Willen nichts erkennen, was darauf hindeutete, dass hier ein Mensch in den Tod gestürzt war.

Miquèl Hiroux stapfte den Weg herauf und gesellte sich zu Lilou. »Traurige Sache«, sagte er. »Der Mann hat einen Genickbruch erlitten und war vermutlich sofort tot. Sie bringen ihn nach Carpentras zu Bonaventure in die Rechtsmedizin.«

»Das ist gut.« Lilou nickte und wies den Hang nach oben. »Wie sieht die Straße da oben aus? Ist das eine besonders gefährliche Stelle?«

»Eigentlich nicht.« Hiroux folgte Lilous Blick und rieb sich den Nacken. »Die Straße verläuft da oben ziemlich gerade. Allerdings hat sie hier über zwölf Prozent Gefälle, man wird also ziemlich schnell. Und bei den dünnen Reifen reicht schon ein Stein auf der Straße, um die Kontrolle über das Rad zu verlieren.« Er runzelte die Stirn. »Ich kann mir nur nicht so recht erklären, warum er von der Straße abgekommen ist.«

»Vielleicht hat ihn ein Autofahrer abgedrängt?«

»Ja, vielleicht.« Hiroux hob die Schultern. »Dann müssten die Kriminaltechniker ja entsprechende Spuren finden.« Er deutete nach oben. »Wenn nicht hier, dann vielleicht an der Straße.«

»Oder Bonaventure findet etwas heraus«, ergänzte Lilou.

Von weiter unten ertönten Rufe, und Lilou wandte sich wieder um. Zwei uniformierte Bergretter waren bei dem Verunglückten und hatten den Körper des Mannes inzwischen auf die Trage geschnallt. Der Seilzug knarrte, der Mechanismus setzte sich in Bewegung, und langsam hob sich die Last nach oben.

Hiroux trat zu der Gruppe von Gendarmen am Wegrand, Lilou schloss sich ihm an und versuchte, einen Blick auf das

Gesicht des Mannes zu erhaschen. »Ist das Opfer schon identifiziert?«, fragte Grissan laut in die Runde.

»Ja.« Der Sanitäter, der als Erster bei dem Verunglückten gewesen war, reichte dem Commandant einen Ausweis. »Er hatte eine *carte d'identité* bei sich.«

Grissan kniff die Augen zusammen. »Yves Grenouille«, las er vor, »wohnhaft in Mirocène. Kennt ihn jemand von euch? Nein?« Kopfschütteln bei den Kollegen. »Wir fahren auf dem Rückweg gleich bei seiner Adresse vorbei.« Erst jetzt schien er Lilou und Miquèl Hiroux zu bemerken. »Dann ist ja alles geklärt.«

»Zumindest, was die Personalien betrifft«, antwortete Lilou. »Zum Hergang wird es doch eine Untersuchung geben, oder nicht?«

»Aber sicher.« Finster zog der Commandant die Augenbrauen zusammen. »Die Leiche geht nach Carpentras in die Rechtsmedizin, und Ihre Kriminaltechniker werden Ihnen sicher alles erzählen, was Sie wissen wollen.«

Lilou hob beschwichtigend die Hände. »Natürlich ist es Ihr Fall«, sagte sie. »Es ist nur ...«

»... persönliches Interesse«, half Hiroux aus. »Weil wir ihn doch gefunden haben.«

»Klar«, brummte Grissan. »Ich sag euch schon Bescheid, wenn es was Neues gibt.«

»Danke.« Lilou schenkte ihm ein Lächeln. Ob sich der Commandant wirklich an sein Versprechen halten würde? Sie hatte Zweifel, allerdings war Hiroux ein Clubkollege, wenn sie das richtig verstanden hatte, und immerhin war der Verunglückte ebenfalls Rennradfahrer gewesen. Vielleicht wog das ja schwerer als Grissans Vorbehalte gegen eine Zusammenarbeit mit der Police nationale.

Ihr Magen machte sich mit einem deutlichen Knurren bemerkbar. Sie hatte zwar ein schnelles Abendessen im *Chez Amande,* dem Restaurant ihres Freundes Simon, eingenommen, bevor sie sich umgezogen hatte und nach Carroux aufgebrochen war, aber das war inzwischen Stunden her. Sie warf einen Blick auf die Uhr. »Sollten wir nicht langsam aufbrechen?«, fragte sie. »Wir können hier doch nichts mehr tun, oder?«

»Stimmt«, antwortete ihr Kollege und sah Commandant Grissan hinterher, der nun selbst zur Unfallstelle hinabkletterte. »Allerdings würde ich ungern im Dunkeln zurückgehen. Was hältst du davon, wenn wir warten, bis Karimi fertig ist? Wir können bestimmt mit ihm zurückfahren.« Er wandte sich zu dem Kriminaltechniker um. »Ebrahim, du nimmst uns doch nachher mit nach Carroux, ja?«

Es war fast Mitternacht, als Lilou den Wagen im Hinterhof des *Chez Amande* parkte. Simons Restaurant war immer noch hell erleuchtet, warmer Lampenschein fiel durch die Fenster in den Hof, das Klirren von Geschirr und das Klappern von Töpfen waren zu hören. Die Ereignisse am Hang des dunklen Bergmassivs erschienen Lilou auf einmal unwirklich, eine Erinnerung wie aus einem Traum, die ihr in dem Augenblick zu entgleiten drohte, als sie in die helle Welt der Wirklichkeit zurückkehrte. Sie blieb noch einen Moment im Wagen sitzen und ließ die vergangenen Stunden Revue passieren: Die abendliche Wanderung, die beinahe vergnüglich begonnen hatte – es fiel ihr immer noch schwer, den Diebstahl des zigfach überklebten Gipfelschilds ernst zu nehmen. Dann der Schrecken über ihren Beinahe-Unfall und der unverhoffte Fund des zu Tode gekommenen Radfahrers. Das Warten auf die Helfer. Und seltsam irreal die geschäftige Betriebsamkeit im Licht der starken Scheinwerfer, während sie selbst den Geschehnissen entrückt und nur beobachtend auf dem dunklen Waldweg gestanden hatte.

Auf der Rückfahrt mit Karimi hatte sie nur mit halbem Ohr zugehört, als Miquèl Hiroux über ungeübte Fahrradfahrer lamentierte, die sich selbst über- und die Geschwindigkeit am Hang unterschätzten und dann die Bergretter zu riskanten Unternehmungen zwangen. »Und das mitten in der Nacht!«, hatte er immer wieder betont. Als ob das die Schuld des Verunglückten gewesen wäre, dass sie zu ihrer Suchaktion aufgebrochen waren. Aber vermutlich hatte Hiroux als passionierter Rennradfahrer schon einiges an vermeidbaren Unfällen miterlebt. Unfälle, die aus genau solchen Situationen erwachsen waren, wenn sich ungeübte Radfahrer mit dem Mont Ventoux messen wollten und – scheiterten. Wobei die meisten Unfälle wohl glimpflicher ausgingen als der Todessturz von Yves Grenouille, der eigentlich recht gut trainiert gewirkt hatte in seinem eng anliegenden Dress.

Sie schrak zusammen, als auf einmal ein heller Lichtschein durch das Autofenster fiel. Die Küchentür hatte sich geöffnet, und Mersoud Aligot, der Koch, trat in den Hof. Er zündete sich eine Zigarette an, dann erst bemerkte er den roten Kangoo und hob erstaunt die buschigen Augenbrauen. Rasch zog Lilou den Schlüssel ab und stieg aus.

»*Bonsoir,* Mersoud«, sagte sie. »Ist Simon noch da?«

»Ja, klar, er ist drinnen«, antwortete der Koch. »Die letzten Gäste gehen gerade.« Er musterte aufmerksam ihr Gesicht. »Was ist los? Du siehst aus, als hättest du ein Gespenst gesehen.«

»Nein, zum Glück nicht.« Lilou tat seine Frage leichthin ab. Aber in Wahrheit fühlte sie sich genau so: Sie hatte bei ihrem Sturz riesiges Glück gehabt. Wie leicht hätte sie selbst gegen diesen Felsen prallen oder gar über die Kante hinausstürzen können? Dann hätte sie heute Nacht das Schicksal des unglücklichen Radfahrers geteilt. Noch nachträglich bekam sie Gänsehaut. Rasch wandte sie sich ab und trat durch die Tür in die Küche.

Es war, als gelangte sie in eine andere Welt. Alles war hell, warm und freundlich, Simon kam ihr entgegen, er umarmte sie und küsste sie auf die Wangen. »Hallo, Honey«, sagte er. »Ich dachte nicht, dass du so spät kommst.«

»Das hatte ich auch nicht vor«, antwortete sie. »Uns ist sozusagen etwas dazwischengekommen.«

Simon sah sie fragend an. »Ach ja?«

»Ein verunglückter Radfahrer am Mont Ventoux. Leider kam für ihn jede Hilfe zu spät. Aber wir mussten natürlich warten, bis …« Sie verstummte.

Simon drückte sie an sich. »Verstehe. Möchtest du noch einen Kaffee?«

»Nein danke.« Sie schüttelte den Kopf. »Ich würde lieber gleich nach oben gehen. Ich brauche eine Dusche.«

»Dann viel Spaß.« Er lächelte auf sie hinab. »Ich räume hier nur noch schnell auf, dann komme ich auch.«

Sie erwiderte sein Lächeln, gab ihm noch einen Kuss und wandte sich zur Schwingtür, die in die Gaststube führte. »Bis gleich!«

Natürlich war es nicht Lilous Fall, sondern die Gendarmerie war zuständig für den verunglückten Fahrradfahrer vom Mont Ventoux. Aber dennoch war sie neugierig, was es mit dem Mann auf sich hatte. Yves Grenouille, sie hatte sich seinen Namen gemerkt, und so war ihre erste Amtshandlung – oder vielmehr nicht amtliche Handlung – am nächsten Morgen, diesen Namen in die polizeiliche Datenbank einzugeben.

Anders als in den meisten anderen Ländern in Europa existierte in Frankreich keine zentrale Meldebehörde. Aber es gab eine Führerscheindatenbank, auf die Lilou über ihren Computer Zugriff hatte, und natürlich das Strafregister, in dem alle Straftäter der letzten Jahre gespeichert waren. Was das betraf, war Yves Grenouille allerdings ein unbeschriebenes Blatt – straffällig war der Mann nie geworden. Bei seinem Führerschein war Lilou dagegen erfolgreich: Das Dokument war vor zwei Jahren in Carpentras ausgestellt worden, ein Duplikat nach Verlust, wie hier vermerkt war. Sie musterte das hinterlegte Foto. Es zeigte das hagere Gesicht eines älteren Mannes mit sonnengebräuntem Teint und kurzem, eisengrauem Haar. Ja, es handelte sich eindeutig um den Toten – warum auch immer sie das einen Moment lang bezweifelt hatte. Irritiert schüttelte sie den Kopf und rief die Fahrzeughalterdatenbank auf. Auch hier wurde sie fündig, ein alter Citroën C6 war seit zwei Jahren auf Grenouilles Namen unter einer Adresse in Mirocène zugelassen. Nichts war hier verdächtig oder außergewöhnlich. Und dennoch – aus irgendeinem Grund hatte Lilou bei dem Mann ein eigenartiges Gefühl.

Noch einmal warf sie einen Blick auf den Eintrag und stutzte. Die Adresse, Venetie 844, sagte ihr überhaupt nichts. Dabei war ihr Mirocène von Kindesbeinen an vertraut, lebte doch dort ihre Tante Margot, die Schwester ihrer Mutter. Zusammen mit ihrem Mann führte sie ein Lokal, das bei

Einheimischen und Touristen gleichermaßen beliebt war und in dem sie während ihres Studiums regelmäßig als Kellnerin gejobbt hatte. Rasch rief sie Google Maps auf und gab die Adresse ein, doch auch die Suchmaschine kannte sie nicht. Das war nun wirklich eigenartig. Sie runzelte die Stirn. Auch der Name Grenouille war ihr in Mirocène nie begegnet, doch das war wiederum nicht verwunderlich – seit ihrer Ausbildung zur Polizistin war sie nur noch sporadisch da gewesen und hatte praktisch keinen Kontakt mehr zu den Dorfbewohnern gehabt. Außer mit Jules Demoireau, dem Vater von Commissaire Demoireau, dem Leiter der Dienststelle der Police nationale in Carpentras. Kurz entschlossen erhob sie sich von ihrem Stuhl und ging hinüber zum Zimmer ihres Chefs.

»*Oui?*«, ertönte die brummige Stimme von Demoireau, als sie an die Tür klopfte. »Ah, Mademoiselle Braque!« Er stand auf und kam ihr ein paar Schritte entgegen. »Was gibt es denn?«

»Guten Morgen, *mon commissaire*«, antwortete sie. »Haben Sie den Fund des Toten gestern Abend mitbekommen? Commandant Hiroux und ich waren noch am Mont Ventoux und …«

Der Commissaire winkte ab. »Natürlich.«

Natürlich. Lilou verbiss sich ein Grinsen. Es gab wenig, was Demoireau in seiner Dienststelle verborgen blieb, egal, ob dienstlich oder privat.

»Abgesehen davon stand es heute Morgen schon in der Zeitung.« Er setzte sich wieder und schob ihr die heutige Ausgabe des *Provence-Matin* hin. Sie war aufgeschlagen, und es gab nur einen kleinen Absatz am Ende der Seite: Ein verunglückter Fahrradfahrer war in der Nacht von Rettungskräften der Gebirgseinheit der Gendarmerie tot geborgen worden. Der Mont Ventoux hatte einmal mehr ein Opfer gefordert. Und offenbar wollte man die Sache nicht unnötig aufblähen, es war einfach ein tragischer Unfall, wie sie jedes Jahr zu Tausenden auf Frankreichs Straßen passierten. Dass es einen Radfahrer am »heiligen Berg« der Tour de France getroffen hatte, war dabei offenbar nicht von Belang.

Lilou klappte die Zeitung zu und gab sie Demoireau zurück. »Keine Schlagzeile, immerhin.«

Ihr Chef nickte. »Der Tod eines Menschen sollte immer mit Respekt behandelt werden.« Er sah sie an. »Warum interessieren Sie sich dafür?«

»Ich habe gestern die Identifizierung des Mannes mitbekommen«, begann sie. »Er heißt Yves Grenouille und lebte in Mirocène. Ich wollte Sie fragen, ob Sie ihn vielleicht kennen.«

Demoireau hob die buschigen Augenbrauen. Die Frage war naheliegend, stammte er doch selbst aus diesem Dorf, in dem seine Eltern heute noch lebten. Gemeinsam mit seinem Vater bewirtschaftete er in seiner Freizeit einen kleinen Weinberg ein paar Kilometer außerhalb des Dorfs an den Hängen des Mont Ventoux, und Lilou vermutete, dass er über die Geschehnisse im Dorf mindestens so gut informiert war wie über die in seiner Dienststelle.

»Yves Grenouille. Hm.« Der Commissaire runzelte die Stirn. »Nein, der Name sagt mir gar nichts.« Er schüttelte den Kopf. »Er muss zugezogen sein, es gibt keine Familie Grenouille im Dorf. Haben Sie eine Adresse?«

»Ja, aber die findet nicht einmal Google. Sie lautet Venetie 844.«

Demoireau lachte auf. »Dass Google die nicht kennt, wundert mich nicht. Außerhalb der Dörfer gibt es keine Straßen oder Hausnummern, nur noch Flurbezeichnungen. La Venetie ist eine Ansammlung von kleinen Gehöften und Häusern nordwestlich von Mirocène. Die Gebäude sind über den halben Berg verstreut, da muss man sich durchfragen, bis man das richtige findet. Oder den Postboten abpassen.«

»*Merde.*« Lilou seufzte. »Ich habe gehofft …« Verärgert biss sie sich auf die Lippen. Was hatte sie eigentlich gehofft?

Der Commissaire musterte sie scharf. »Wieso interessieren Sie sich für diesen Mann?«

Sie hob die Schultern. »Ich weiß auch nicht. Ich habe das Gefühl, irgendetwas stimmt da nicht.«

Er lachte. »Sie und Ihre Gefühle.« Aber es war ein freundliches Lachen, und er blinzelte ihr verschwörerisch zu. Anfangs, als sie noch Praktikantin unter seiner Anleitung gewesen war, hatte er sie jedes Mal gerügt, wenn sie mit – in seinen Augen – vorgefasster Meinung an eine Ermittlung herangegangen war. Inzwischen hatte er jedoch gelernt, auf ihre Intuition zu hören. Manchmal hatte sie eben »so ein Gefühl«, empfand vages Misstrauen angesichts scheinbar klarer Fakten, das sie meist gar nicht begründen konnte. Kaum mehr als ein kleiner Misston in einer Melodie, den sonst niemand bemerkte, eine schwache Ahnung, vielleicht wie das Zucken eines Muskels, den außer ihr niemand besaß. Und dieses Gefühl, dass etwas nicht in Ordnung war, hatte sich schon zu oft bewahrheitet, als dass Demoireau es einfach ignorieren würde. Er blickte auf die Uhr. »Sie haben doch ebenfalls Familie in Mirocène. Was halten Sie davon, wenn Sie den Vormittag freinehmen und Ihre Tante besuchen? Hier liegt sonst nichts an.«

»Danke, *mon commissaire*«, antwortete Lilou erfreut. Damit hatte sie nicht gerechnet.

»Wenn Sie sich beeilen, treffen Sie sogar noch meinen Vater. Er trinkt vormittags immer seinen Café au Lait bei Jacques und Margot. Er kennt diesen Grenouille bestimmt, und vielleicht weiß er sogar, wo er wohnt. Wenn er ihn nicht kennt, dann kennt ihn niemand.«

Der Weg nach Mirocène fühlte sich für Lilou ein bisschen wie eine Reise in die Vergangenheit an. Kaum dass sie die Stadtgrenze hinter sich gelassen hatte, öffnete sie die Fenster weit und sog den Duft der vorbeiziehenden Landschaft ein. Pinien, Thymian und Lavendel vereinten sich zum typischen Bouquet dieser Region, immer wieder unterbrochen vom Geruch nach feuchter Erde und üppigem Grün, wann immer sie eine der Schleifen der Mède überquerte, des kleinen Flusses, der selbst im Hochsommer Wasser führte und die Ebene rund um Carpentras so fruchtbar machte.

Wie oft war sie früher diese Strecke gefahren: anfangs noch mit ihren Eltern, die jeden Sommer Tante Margot und Onkel Jacques besuchten, immer voller Vorfreude auf die Ferien in dem hübschen Dorf und das Wiedersehen mit ihren Freunden dort. Später, als Studentin, in ihrem alten blauen Kangoo, kaum dass das Sommersemester zu Ende war, jedes Mal froh über die Gelegenheit, sich in der Bar ihrer Tante ein willkommenes Taschengeld zu verdienen. Wie jung sie damals gewesen war! Dabei war es erst wenige Jahre her, als sie sich entschlossen hatte, nach ihrem Studium eine Ausbildung zur Commissaire der Police nationale zu machen. Dass man sie am Ende ihrer Zeit an der Polizeischule für ihr letztes Praktikum ausgerechnet nach Carpentras geschickt hatte, war vielleicht genau dieser Tatsache geschuldet: Sie hatte einen Bezug zur Region, kannte Land und Leute schon ein wenig. Wobei natürlich nicht geplant gewesen war, dass sie im Anschluss an ihr Praktikum den Posten als stellvertretende Dienststellenleiterin übernahm. Das hatte sich ergeben, als ihr Vorgänger, Commandant Pouffin, bei einem Einsatz schwer verletzt worden war und man rasch einen Ersatz für ihn benötigte. So hatte sie ihren Traum, bei der Kriminalpolizei in Paris zu arbeiten, begraben und war in Carpentras geblieben – eine Entscheidung, die sie bis heute nicht bereut hatte.

Sie war so tief in ihre Gedanken versunken, dass sie beinahe die Abzweigung nach Mirocène verpasst hätte. Sie setzte den Blinker und trat scharf auf die Bremse, der Fahrer hinter ihr hupte erbost und überholte sie in einer halsbrecherischen Aktion. Sie sah ihm kopfschüttelnd hinterher, bevor sie in die schmale Straße einbog, die sich in vielen engen Kurven über eine bewaldete Hügelkuppe ihrem Ziel entgegenschwang.

Tante Margot war höchst erfreut über Lilous Besuch. Sie schloss ihre Nichte in die Arme und drückte sie an sich, dann hielt sie sie an den Schultern ein Stückchen von sich weg und musterte ihr Gesicht. »Du bist dünn geworden, Lilou«, stellte sie fest. »Isst du denn genug?«

»Aber ja.« Lilou lachte. »Simon bekocht mich jeden Abend. Ich habe nur nicht immer Zeit zum Essen.«

»Du nimmst dir nicht die Zeit dafür«, stellte Margot richtig. »Bist immer noch ungeduldig, genau wie früher.«

Lilou fuhr sich durch das kurze blonde Haar und nickte zustimmend. »Vermutlich hast du recht. Wenn viel zu tun ist, vergesse ich schon mal das Essen.«

Margot grinste. »Dann ist es doch gut, dass du hier bist. Setz dich nach draußen, Jacques macht dir eine Omelette. Genau wie früher.«

Lilou ließ sich noch einmal drücken, dann durchquerte sie die dämmrige Gaststube und trat hinaus auf die Terrasse. Eine grün-weiße Markise beschattete den Außenbereich des Lokals, der genau genommen nichts anderes war als der Bürgersteig am Marktplatz, der sich vor Margots Bar zu einem kleinen Rondell verbreiterte und Raum für sechs Tische und immer genauso viele Stühle bot, wie gerade Gäste anwesend waren.

Dankbar ließ sie sich an einem Tisch am Rand nieder und nickte grüßend zu einer Gruppe von älteren Männern am Nachbartisch hinüber. Bauern aus der Umgebung, die beiläufig ihren Gruß erwiderten. Sie kannte die meisten vom Sehen, doch offenbar erkannten sie sie nicht wieder. Kein Wunder, trug sie doch ihre Uniform, und nichts an ihr erinnerte noch an das junge Mädchen mit dem blonden Pferdeschwanz von damals.

Einer der Männer, der ihr bis jetzt den Rücken zugewandt hatte, drehte sich um und lächelte erfreut, als er sie erblickte. Es war Jules Demoireau, der Vater ihres Chefs. Er stand auf, kam herüber und schüttelte ihr die Hand. »Lilou, schön, dich wieder einmal zu sehen.«

Sie erwiderte seinen Händedruck. »Monsieur Jules, ich freue mich ebenfalls.«

Jules Demoireau war vor seiner Pensionierung Lehrer gewesen und hatte im Lauf seines Lebens praktisch jeden im Dorf unterrichtet, weshalb er vom Pfarrer bis zum Bürgermeister alle duzte und auch bei Zugewanderten und Besuchern keine Ausnahme machte.

»Was führt dich denn nach Mirocène?«, fragte er. »Du bist doch nicht nur hier, um deine Tante zu sehen.« Er warf einen vielsagenden Blick auf ihre Uniform.

»Sie haben recht«, antwortete sie und beschloss, gleich mit der Tür ins Haus zu fallen. »Kennen Sie zufällig einen Mann namens Yves Grenouille?«

Er runzelte die Stirn und rieb sich die Nase. »Grenouille? Nein. Hier gibt es keine Familie, die so heißt.«

»Was ist denn mit diesem Mann?« Margot war mit einem Tablett aus der Tür getreten. Sie servierte Lilou eine Tasse Café au Lait und stellte einen Brotkorb auf den Tisch. Offenbar hatte sie Lilous Frage gehört. »Hat er etwas angestellt?«

»Aber nein.« Lilou schüttelte den Kopf. »Er hatte einen Unfall am Mont Ventoux, wir haben ihn gestern gefunden.«

»Ah, du meinst den verunglückten Radfahrer.« Jules Demoireau nickte wissend. »Ich habe es heute Morgen in der Zeitung gelesen.«

»Immer diese Radfahrer.« Margot rang die Hände. »Es ist ein Wunder, dass nicht mehr passiert.«

»Warum denkst du, dass wir den Mann kennen sollten?« Jules Demoireau sah sie aufmerksam an. »Stammte er denn von hier?«

»Ja.« Lilou nahm einen Schluck von ihrem Kaffee und leckte sich den Milchschaum von den Lippen. »Er hat hier in Mirocène gewohnt, und ich dachte, einer von euch kennt ihn vielleicht.«

»Wenn er hier lebte, war er bestimmt auch mal bei uns in der Bar«, antwortete ihre Tante. »Aber natürlich stellen sie sich nicht alle mit Namen bei mir vor.« Sie hob die Schultern und verschwand wieder nach drinnen.

»Er muss ein Zugezogener sein«, stellte Jules Demoireau fest. »Von hier ist er bestimmt nicht, sonst würde ich den Namen kennen.«

»Leben denn viele Fremde im Dorf?«

»Nein.« Jules schüttelte den Kopf. »Den meisten ist es hier zu einsam. Für die Jungen ist zu wenig los, und für die Alten gibt es zu wenige Ärzte.«

»Verstehe.« Lilou verbiss sich ein Grinsen. »Aber für einen Fahrradenthusiasten wäre die Gegend doch interessant, oder nicht?«

»Ja, das mag schon sein.« Der alte Lehrer zuckte mit den Achseln. »Aber deshalb muss man ja nicht gleich hier wohnen.«

Onkel Jacques kam heraus und stellte einen Teller mit goldbraun gebratener Omelette vor Lilou ab. Er umarmte Lilou und begrüßte sie mit Wangenküssen. »Margot hat mir erzählt, dass du nach einem Mann namens Yves gefragt hast«, sagte er. »Ich kenne tatsächlich jemanden mit diesem Namen. Er hat vor ungefähr zwei Jahren den Hof von Colombin Sarrian gekauft und kommt manchmal abends auf einen Pastis vorbei. Aber er ist kein Stammgast.«

»Vielleicht ist das unser Mann.« Lilou nickte. »Er hat vor zwei Jahren ein Auto in Carpentras angemeldet. Das würde zu dem Zeitraum passen.«

»Jetzt iss erst einmal«, sagte Jacques. »Sonst wird deine Omelette kalt.«

»Ja, natürlich.« Lilou schnupperte entzückt und griff nach Messer und Gabel. »Das wäre wirklich eine Schande.«

Jules grinste und nickte ihr zu. »*Bon appétit!*«

So wie ihr Onkel die Omelette zubereitete, schmeckte sie fast noch besser als die von Simon. Die Eierspeise war in

Butter knusprig gebraten, Ziegenkäse schmolz im flaumigen Teig zu duftenden Seen, frische Kräuter und klein gehackte Échalotes verliehen dem Gericht eine würzige Note. Lilou biss herzhaft in eine Scheibe Weißbrot und schob eine Gabel voll Omelette in den Mund. Zusammen schmeckte das einfach köstlich.

Ein scheppernder Klingeln riss sie aus ihrem Genuss, lautes Gelächter und Stimmen ertönten, die immer näher kamen. Augenblicke später bog eine Gruppe behelmter Rennradfahrer von der Hauptstraße auf den Marktplatz ein. Unter großem Hallo parkten sie ihre Drahtesel unter den Platanen gegenüber der Bar, dann überquerten sie die Straße und belegten zwei Tische vorn am Straßenrand.

»Oje, die Verrückten kommen.« Jules Demoireau drehte ihnen demonstrativ den Rücken zu.

»Die Verrückten?« Lilou musterte die Gruppe unauffällig. Es waren sechs Männer, zwei von ihnen schon im fortgeschrittenen Alter, der Jüngste mochte etwa so alt wie Lilou sein. Sie waren sonnengebräunt und wirkten durchtrainiert, trugen spiegelnde Sonnenbrillen und waren in hautenge rot-grüne Trikots gekleidet. Auf dem Rücken prangte ein Aufdruck: »FC Fiets Winterswijk«, konnte Lilou entziffern.

»Die kommen aus Holland, vom *Pays-Bas*«, brummte Jules. »Unmögliche Leute. Rasen ständig den Mont Ventoux hinauf und wieder herunter und verstopfen die Straßen, als hätten sie nichts Besseres zu tun.«

»Aber es sind doch bestimmt nicht immer dieselben, oder?« Lilou schmunzelte.

»Vermutlich nicht«, gab Jules zu. »Aber macht das einen Unterschied? Wenn ich mit dem Trecker zu meinem Weinberg fahre, kann ich sie nicht überholen, weil sie anscheinend glauben, die Straße gehört ihnen allein. Wieso können sie nicht hintereinanderfahren wie andere Menschen auch? Das ist wirklich gefährlich.« Er runzelte die Stirn, seine buschigen Brauen sträubten sich.

»Das stimmt schon. Aber es ist auch nicht verboten.«

»Leider nicht.« Jules hob die Schultern und versank in brütendes Schweigen.

Lilou tunkte die Reste von ihrer Omelette mit dem letzten Brotstück auf und schob den Teller von sich, sie war pappsatt. Dann wandte sie sich wieder an Jules. »Kennen Sie eigentlich dieses Haus von Colombin Sarrian?«, fragte sie. »Können Sie mir sagen, wie ich dorthin komme?«

»Du willst hinfahren?« Überrascht sah sie der alte Lehrer an. »Was willst du denn da?«

Sie zuckte beiläufig mit den Schultern. »Ich bin neugierig, das ist alles.«

Er musterte sie scharf und sah einen Moment lang genauso aus wie sein Sohn. »Ja, ich weiß, wo der Hof ist«, sagte er schließlich. »Aber mit einem Navigationsgerät findest du es nie.«

»Das habe ich auch schon festgestellt. Google kennt die Adresse nicht.« Lilou schmunzelte. »Können Sie mir den Weg beschreiben?«

»Ja, klar.« Er hob den Arm und deutete auf die Hauptstraße. »Du musst zurück in Richtung Carpentras. An der ersten Abzweigung nach dem Ort biegst du links ab und fährst immer weiter bergauf, bis du wieder auf Häuser triffst. Das ist La Venetie. Um zu Colombins Haus zu gelangen, musst du …«

»Moment.« Lilou zog ihr Smartphone aus der Tasche und rief Google Maps auf. »Können Sie es mir hier zeigen?«

Jules zog eine Brille aus der Hemdtasche, putzte sie umständlich und setzte sie auf. Dann nahm er das Gerät mit spitzen Fingern auf und kniff die Augen zusammen. »Hier ist es«, sagte er und tippte mit dem Finger auf eine Stelle.

Lilou verdrehte den Kopf. »Ganz schön weit draußen«, meinte sie.

»Allerdings.« Jules trank seinen Kaffee aus. »Ich hätte nicht gedacht, dass Colombin überhaupt jemanden findet, der den Hof kaufen will. Na, du wirst es ja sehen.« Er stand auf. »Ich muss los. Bestell meinem Sohn schöne Grüße und sag ihm, dass er sich ruhig mal wieder bei uns blicken lassen kann. Seine Mutter würde sich freuen.«

»Ich richte es aus.« Lilou erwiderte seinen Händedruck. »*Au revoir,* Monsieur.«

KAPITEL 3

Jules' Wegbeschreibung folgend bog Lilou am Ortsrand in eine unscheinbare Nebenstraße ein. Erst ging es zwischen Weinfeldern sanft bergan, später wurde die Straße steiler und die Landschaft karger. Je höher sich die Straße den Hang hinaufwand, umso weniger konnte sich Lilou vorstellen, dass hier noch Menschen wohnten. Immer wieder warf sie einen Blick auf das Display ihres Smartphones, um sich zu vergewissern, dass sie noch richtig war.

Endlich tauchten die ersten Gebäude auf, ein unscheinbares Schild am Straßenrand verkündete, dass sie La Venetie erreicht hatte. Der Weiler bestand nur aus wenigen Häusern, zwischen denen die Straße weiter nach oben verlief. Eine alte Frau saß auf einer Bank und kniff misstrauisch die Augen zusammen, als Lilou langsam vorbeifuhr. Eine magere gelbbraune Katze kreuzte die Straße und verschwand hinter einem Schuppen aus altersgrauem Holz. Hinter dem letzten Haus zweigte eine schmale Straße ab, die kaum breit genug für ein Auto schien, und wenn Lilou das Satellitenbild auf ihrem Telefon richtig deutete, ging es hier zu der gesuchten Adresse. Auch wenn niemand zu sehen war, setzte sie den Blinker, dann lenkte sie den Wagen langsam um die Kurve.

Der Straßenbelag war rissig und vielfach geflickt, Grasbüschel wuchsen in den Ritzen, und Lilou verfluchte im Stillen ihren Dienstwagen – mit seiner weichen Federung war der Peugeot ganz und gar nicht für solche Strecken geeignet. Vorsichtig umrundete sie Schlaglöcher, die groß genug waren, um ein kleines Schaf aufzunehmen, und betete, dass die Straße nicht noch schlechter wurde. Sie passierte ein leuchtend gelb gestrichenes Gebäude, vor dem Sonnenblumen und Bougainvilleen wuchsen, die ersten Farbtupfer in dieser kargen Umgebung. Doch sie war noch nicht am Ziel. Eine schmale Brücke mit rostigem Geländer führte über ein Flussbett, in dessen Mitte ein schmales Rinnsal floss, dahinter tauchte der holprige Weg ein in den Schatten von Bäumen, der harzige Duft von Pinien wehte durch das offene Fenster herein. Dann verbreiterte sich die Straße zu einem betonierten Platz, der in kaum besserem Zustand war. Ein rascher Blick auf ihr Telefon bestätigte, was ganz eindeutig war, denn die Straße endete hier: Sie war angelangt.

Lilou stellte den Motor aus und blieb noch einen Augenblick sitzen. Es war sehr still hier draußen, nur das Zirpen der Grillen war zu hören und der Wind, der raschelnd durch die Pinien fuhr, die sich auch hinter dem Haus erhoben. Colombins ehemaliger Hof war nicht groß, das schmucklose Haupthaus ein trutziges Gebäude mit kleinen Fenstern, das den Winden hier am Berg nur wenig Angriffsfläche bot. Ein einfaches Flugdach auf rostigen Metallpfeilern beschattete einen grauen Citroën, der auch schon bessere Tage gesehen hatte. Im Hintergrund erstreckte sich ein niedriges Gebäude mit flachem Dach, vermutlich früher einmal als Stall genutzt, denn dahinter zog sich eine Weide krautig den Hügel nach oben. Im Stacheldraht hingen noch zottige Reste heller Wolle, doch von irgendwelchen Tieren war nichts zu sehen.

Sie stieg aus und sah sich um. Das Anwesen lag wie ausgestorben da, niemand hatte auf das Motorgeräusch reagiert. Vielleicht hatte Yves Grenouille ja allein gelebt, ging ihr durch den Kopf, und der Hof war nun wirklich verlassen. Langsam überquerte sie die freie Fläche vor dem Haus, stieg zwei ausgetretene Steinstufen hoch und stand vor der Tür. Eine Klingel fehlte, nur ein altmodischer Türklopfer hing am Holz. Als sie ihn betätigte, hallten die Schläge dumpf durchs Haus, doch wie sie schon fast erwartet hatte, regte sich sonst nichts. Sie drückte die Klinke nach unten, aber die Tür gab nicht nach. Das Schloss sah neu aus und war offensichtlich versperrt.

Sie trat einen Schritt zurück und blickte die Fassade hoch. Über der Tür befand sich ein kleines Fenster, und einen Moment lang dachte sie, sie hätte dahinter eine Bewegung gesehen. War doch jemand im Haus?

Noch einmal klopfte sie und rief: »Hallo, ist jemand zu Hause?« Nichts. Auch hinter dem Fenster rührte sich nichts mehr.

Sie wandte sich ab und ging hinüber zu dem Wagen, der unter dem Carport stand. Er war staubig, aber aus der Nähe betrachtet gut in Schuss. Der Aufkleber der *contrôle technique* war aktuell, die Reifen sahen neu aus, und er besaß sogar eine Crit'Air-Vignette, die ihm das Fahren in den Umweltzonen der Großstädte gestattete – vielleicht hatte Grenouille ja manchmal in Marseille oder Aix-en-Provence zu tun gehabt. Sie rüttelte an der Fahrertür, doch sie war genauso versperrt wie das Haus. Obwohl sich hier herauf wohl kaum ein Dieb verirren würde, dachte Lilou.

Sie ging zurück in den Hof. Ein warmer Windstoß traf sie und brachte das Dach des Carports zum Klappern, ein unerwartetes Geräusch, das sie zusammenfahren ließ. Sie überquerte den Platz und spähte durch die schmutzigen Fenster in den Stall, doch sie konnte nichts erkennen. Vorsichtig drückte sie gegen die Stalltür, die tatsächlich unverschlossen war. Überraschend leicht und beinahe geräuschlos glitt das schwere Tor zur Seite. Licht fiel ins Dunkel, glitzernde Staubkörnchen flirrten im Sonnenschein. Eine plötzliche Bewegung ließ Lilou nach Luft schnappen – eine dunkel getigerte Katze hechtete an ihr vorbei durch die Toröffnung, flüchtete quer über den Hof und verschwand hinter dem Haus.

Lilou wartete, bis sich ihr Herzschlag wieder beruhigt hatte, dann betrat sie das Gebäude. Hinter der Tür befand sich eine geräumige Scheune, die vermutlich einmal Landmaschinen Platz geboten hatte. Nun stand nur noch ein kleiner Anhänger in der Ecke, auf dem ein großer Wassertank befestigt war. Hinten an der Wand lehnte ein Mountainbike mit dicken Stollenreifen und ausgeprägter Federung. Offenbar war Yves Grenouille nicht nur mit dem Rennrad unterwegs gewesen. Eine Werkbank zog sich an der Wand entlang, penibel sortierte Werkzeuge hingen in Halterungen darüber. Ein glänzender Zahnkranz und eine offensichtlich neue Fahrradkette lagen auf der Arbeitsfläche.

Rechter Hand befand sich ein Durchgang. Lilou blickte hindurch und sah niedrige Mauern, Metallgitter und eiserne Ringe an der Wand – eindeutig war das einmal ein Stall gewesen, doch nun stand er leer, und das Licht fiel durch fast blinde Scheiben.

Sie verließ das Gebäude und schob das Tor wieder zu. Nun erst wandte sie sich dem Haupthaus zu. Langsam ging sie an der Hauswand entlang und schaute durch die Fenster ins Innere.

Viel war nicht zu erkennen, die Hausseite lag im Schatten, und die kleinen Fensteröffnungen ließen nicht viel Licht hinein. Sie erahnte einfache helle Möbel, Bücherregale, einen alten Holzfußboden, einen wuchtigen Kamin aus Naturstein. Durch das nächste Fenster erblickte sie bunte Bilder an der Wand, abstrakte Kunst vielleicht, eine riesige Zimmerpalme, einen Tisch mit vier Stühlen. Sie umrundete das Haus und hielt unwillkürlich den Atem an. Hinter dem Haus befand sich eine schmale Terrasse, dahinter fiel der Hang baumlos ab und gab den Blick frei auf die Ebene von Carpentras bis zu den Dentelles de Montmirail. Am Horizont erhob sich majestätisch der Mont Ventoux mit seinem grellweißen Gipfel.

Ein bunt gestreifter Liegestuhl, Korbsessel, ein niedriger Tisch, darauf ein Aschenbecher, und eine Glastür, die nach drinnen in eine modern ausgestattete Küche führte. Lilou sah blinkendes Chrom, einen riesigen Kühlschrank, den man hier draußen vermutlich wirklich brauchte, und eine professionell aussehende Espressomaschine auf einem Schrank gegenüber der Tür. Doch niemand war zu sehen, nicht einmal die Katze ließ sich blicken. Nichts stand herum, der Raum wirkte so leer wie eine Ferienwohnung, die auf Gäste wartete.

Lilou atmete tief durch. Nein, sie hatte mit dem Fall nichts zu tun. Genau genommen war es auch kein »Fall«, in dem die Kriminalpolizei ermitteln musste, sondern ein Unfall hatte den Radfahrer das Leben gekostet. Sie hatte nur das Bedürfnis gehabt, dem Mann, den sie gefunden hatte, irgendwie … näherzukommen? Ein Stück von ihm zu fassen zu bekommen, warum auch immer ihr das wichtig gewesen war. Vielleicht, um damit abschließen zu können? Commissaire Demoireau hatte das womöglich sogar besser erkannt als sie selbst.

Jedenfalls war hier nichts zu erkennen, was irgendwie verdächtig schien. Grenouille war offensichtlich ein passionierter Fahrradsportler gewesen, der nach seiner Pensionierung ein Haus in einer Gegend erworben hatte, in der er seinem Hobby nachgehen konnte – in Sichtweite des heiligen Bergs der Fahrradfahrer. Er schien ein sehr ordentlicher Mann gewesen zu sein, der Haus und Hof und was ihm gehörte, in Schuss hielt, ohne viel Wert auf ein ansprechendes Äußeres zu legen. Das zeigte das alte Auto, das er fuhr, ebenso wie das schmucklose Haus.

Wie es zu seinem Unfall gekommen war, ließ sich aus dem Charakter des Mannes jedenfalls nicht erschließen. Es sah hier nicht so aus, als ob er zu Leichtsinn neigte, er hatte gut trainiert gewirkt, sein Fahrrad schien hochwertig zu sein, und er hatte einen Helm getragen. Lilou warf noch einen Blick zurück, bevor sie zu ihrem Wagen ging. Vielleicht hatte ja Docteur Bonaventure inzwischen den Toten untersucht und konnte etwas zum Hergang des Unfalls sagen.

Sie stieg ein, ließ den Motor an, wendete und bog in den holprigen Weg ein, der zurück in die Zivilisation führte.

Vorsichtig steuerte Lilou den Peugeot über die steinige Piste. Als sie sich der kleinen Brücke näherte, kam das gelbe Haus in Sicht. Nun sah sie, dass es am Fuß eines Hügels stand, der über und über mit blühenden Büschen bewachsen war. Eine Frau trat mit einem großen Korb aus der Tür, ein riesiger, zotteliger Hund folgte ihr auf dem Fuß. Sie blieb stehen und sah ihr entgegen, Lilou ging vom Gas und ließ den Wagen ausrollen. Kurz zögerte sie, dann stieg sie aus. Der Hund sprang auf sie zu, Lilou versteifte sich einen Augenblick, doch er schnupperte nur an ihren Schuhen, dann hob er das Bein am Vorderrad ihres Wagens. Die Frau pfiff leise durch die Zähne. »Hierher, Fidò!« Der Hund drehte ab und trottete zu ihr zurück.

Lilou atmete im Stillen auf. Sie hatte nichts gegen Hunde, mochte sie eigentlich recht gern, aber sie hatte nie einen eigenen Hund besessen und konnte ihr Verhalten nicht immer richtig deuten. »*Bonjour,* Madame«, sagte sie laut. »Ich bin Commissaire Braque von der Police nationale in Carpentras«, stellte sie sich vor. Und wusste auf einmal nicht, was sie sagen sollte. Sie hatte keinen offiziellen Auftrag, wusste nicht einmal, ob die Frau schon erfahren hatte, dass ihr Nachbar nicht mehr lebte. Gekannt hatte sie ihn bestimmt: Wenn man so einsam wohnte, blieb das nicht aus.

»*Bonjour«,* erwiderte die Frau. Sie stellte den Korb ab und kam näher. Der Hund legte sich neben den Korb und sah aufmerksam zu ihnen herüber. »Ich bin Florentine Lessien.« Ihr Alter war schwer zu schätzen, mochte irgendwo zwischen vierzig und fünfzig liegen. Sie war nicht sehr groß, dabei schlank, fast hager, trug eine fleckige Leinenhose mit großen Taschen, eine langärmelige Bluse und Arbeitshandschuhe. Ihr dunkelblondes Haar hatte sie zu einem Zopf straff nach hinten geflochten, graue Augen blickten aufmerksam unter einer hohen Stirn. »Gestern die Gendarmerie, heute die Polizei – ist etwas passiert?«

»Ja«, antwortete Lilou, dankbar, dass die Frau ihr einen Einstieg ins Gespräch bot. »Ihr Nachbar, Yves Grenouille, Sie kennen ihn doch sicher?«

»Natürlich.« Madame Lessien nickte ernsthaft. »Was ist mit ihm?«

»Er hatte einen Unfall.« Sie zögerte. Offenbar hatte Grissan ihr nicht gesagt, dass Grenouille nicht mehr lebte. Ob er überhaupt mit ihr gesprochen hatte? »Es tut mir leid, Ihnen das sagen zu müssen. Er ist tot.«

Die Frau erstarrte einen Moment, dann holte sie tief Atem und ließ ihn langsam wieder entweichen. Mit sorgfältigen Bewegungen zupfte sie die Handschuhe von den Fingern und zog sie aus. Dann hob sie den Kopf, ihre Augen waren dunkel wie Gewitterwolken. »Wie ist es passiert?«

»Das weiß ich nicht«, gab Lilou ehrlich zur Antwort. »Wir haben ihn gestern Abend gefunden, die Untersuchungen dauern noch an.«

Florentine Lessien nickte, als hätte sie diese Antwort erwartet. »Kommen Sie herein und erzählen Sie mir, was Sie wissen.« Sie drehte sich auf dem Absatz um und ging zurück ins Haus, ohne sich zu vergewissern, dass Lilou tatsächlich mitkam. Der Hund erhob sich und sah sich nach ihr um. Lilou zögerte einen Moment, dann folgte sie Madame Lessien und ihrem Hund nach drinnen.

Der Wohnbereich im Erdgeschoss bestand aus einem einzigen Raum, der Küche, Essecke und Wohnzimmer umfasste. Am Fenster stand ein alter Holztisch mit Stühlen, die nicht zusammenpassten, an der Wand dahinter eine Bank mit bunten Kissen, zwischen denen sich eine schwarz-weiß gescheckte Katze rekelte. Auf dem Tisch stapelten sich Post und Papiere, Bücher und Schulhefte, dazwischen ein aufgeklappter Laptop und Schalen mit Blütenblättern, es war kaum ein Zentimeter Platz frei. Rechts von der Tür befand sich eine Art Sofalandschaft aus übereinandergelegten Matratzen rund um einen niedrigen Tisch, an der Wand hing ein Fernseher. Ständerwerk aus dicken, rohen Balken trennte den Raum von der offenen Küche ab, wo Madame Lessien am Herd hantierte.

»Trinken Sie einen Kaffee mit mir?«, fragte sie.

»Gern«, antwortete Lilou und durchquerte den Raum.

Der Hund hatte es sich auf dem Sofa bequem gemacht. Es roch nach Holz und Rosen und einem offensichtlich frisch gebackenen Pain de campagne, das zum Auskühlen auf einem Gitter auf der Arbeitsfläche stand. Als die Frau Kaffee aus einer kleinen Handmühle in eine Cafetiere löffelte und ihn mit kochendem Wasser übergoss, kam der Duft nach frisch gebrühtem Kaffee dazu, und Lilou schnupperte entzückt.

Madame Lessien reichte ihr zwei dickwandige Becher aus unglasiertem Ton. »Stellen Sie die bitte auf den Tisch. Schieben Sie die Bücher einfach zur Seite.«

Lilou gehorchte, legte Hefte und Bücher auf einen Stoß zusammen und setzte sich auf einen Stuhl. »Wohnen Sie hier allein, Madame Lessien?«, fragte sie.

»Sagen Sie Flo zu mir, so wie alle.« Sie goss Kaffee in die Tassen, stellte Milch und Zucker dazu. »Ich habe eine Tochter«, fuhr sie fort. »Aber Clio ist gerade auf Klassenfahrt.« Sie setzte sich auf die Bank, die gefleckte Katze erhob sich, machte einen Buckel und rekelte sich, bevor sie sich erneut zusammenrollte. »Also, sagen Sie schon, was ist geschehen?«

»Wie gut kannten sie ihn?«, fragte Lilou zurück.

Flo Lessien antwortete nicht sofort, sondern löffelte Zucker in ihre Tasse und rührte um. Erst nachdem sie einen Schluck genommen hatte, sprach sie wieder. »So gut man sich eben kennt«, sagte sie ausweichend und zuckte mit den Schultern. »Yves war mein einziger Nachbar. Er hat vor zwei Jahren Colombins Hof gekauft.« Sie lächelte, ein wehmütiger Ausdruck lag auf ihrem Gesicht. »Die ersten Monate hat er gar nicht mit mir gesprochen. Wollte wohl mit niemandem etwas zu tun haben. Aber im Winter waren wir eingeschneit, da kam er rüber und fragte, ob ich Hilfe brauchte. Danach haben wir uns ein wenig angefreundet.«

Lilou trank ebenfalls von ihrem Kaffee. »Sie wussten, dass er Radsport betrieb?«

»Natürlich.« Flo nickte ernsthaft. »Er fuhr ja oft genug mit dem Rad hier vorbei. Er hatte immer Angst um seine Reifen, weil die Straße zu uns herauf so schlecht ist.«

»Das kann ich mir denken.« Lilou schmunzelte, dann wurde sie wieder ernst. »Er ist auf dem Mont Ventoux mit dem Rad verunglückt. Offenbar ist er von der Straße abgekommen und einen steilen Hang hinuntergestürzt. Es muss schon vor einigen Tagen passiert sein.«

»Am Montagmorgen habe ich ihn noch gesehen.« Flo fuhr sich über die Augen. »Ich habe schon befürchtet, dass ihm etwas zugestoßen ist.« Sie seufzte. »Dabei kannte er diese Strecke wie seine Westentasche. Er ist sie so oft gefahren, und er war ein sehr sicherer Fahrer. Ich wüsste zu gern …« Sie hob die Schultern. »Aber es ist, wie es ist.«

»Wissen Sie, was Monsieur Grenouille früher gemacht hat? Bevor er den Hof gekauft hat und hierher nach Mirocène gezogen ist?«

Flo schüttelte den Kopf. »Nein. Er hat nicht viel über seine Vergangenheit gesprochen, und ich habe ihn nicht gefragt. Es geht mich ja auch nichts an.«

»Verstehe.« Lilou trank ihren Kaffee aus. »Dann wissen Sie vermutlich auch nicht, ob er Verwandte hatte?«

»Nein, leider nicht. Er hat seine Familie nie erwähnt, und ich habe in all der Zeit, die er hier wohnte, kein einziges Mal gesehen, dass er Besuch bekommen hätte. Er war ein Einzelgänger und blieb am liebsten für sich.«

»Er war also auch nicht in einem dieser Fahrradclubs?«

»Keine Ahnung.« Sie hob die Schultern. »Aber ich kann es mir nicht vorstellen. Das hätte er mir vermutlich erzählt.« Sie lächelte, aber ihre Augen blieben dunkel. »Wissen Sie, früher, als ich jünger war, bin ich auch Rennrad gefahren, zusammen mit meinem Mann. Aber dann kam unsere Tochter, und …« Sie verstummte, sah aus dem Fenster, wo die Köpfe der Sonnenblumen im Wind nickten. »Er ist vor fünf Jahren gestorben, und seitdem habe ich keine Zeit mehr für solche Vergnügungen.« Ihre Miene war plötzlich verschlossen, sie erhob sich. »Bitte gehen Sie jetzt. Ich habe viel zu tun.«

Lilou nickte und stand ebenfalls auf. »Ich danke Ihnen für Ihre Offenheit. Und für den Kaffee.«

»Gern.« Offenbar hatte Flo sich wieder gefangen. »Wissen Sie, es kommen so selten Leute hier herauf. Ich bin nicht wie Yves, ich freue mich immer über Besuch.« Sie ging zur Tür. Der Hund sprang vom Sofa und folgte ihr. »Aber die Erntezeit hat begonnen, und ich muss jetzt wirklich raus aufs Feld.«

»Aufs Feld?« Lilou ließ ihren Blick über den blumenbestandenen Hang schweifen. »Was bauen Sie denn an?«

Flo lachte und deutete auf die Blüten. »Na, die Rosen. Ich ziehe Duftrosen und verkaufe die Blütenblätter. Die lokalen Parfumhersteller zahlen gutes Geld dafür, aber nur für ganz frische Ware. Deshalb …«

»Verstehe. Dann will ich Sie nicht länger aufhalten.« Lilou wandte sich zum Auto. »*Au revoir,* Madame.«

»*Au revoir.*« Flo Lessien reichte ihr zum Abschied die Hand. »Sagen Sie mir Bescheid, wenn Sie herausgefunden haben, was mit Yves passiert ist?«

»Ja, natürlich. Das mache ich gern.«

Der Rückweg zur Hauptstraße war etwas einfacher, Lilou ließ den Peugeot rollen und konzentrierte sich nur darauf, den größten Schlaglöchern auszuweichen. Als sie in die Straße einbog, die sie zurück nach Carpentras führte, kam der Mont Ventoux in den Blick: Majestätisch thronte er über dem walddunklen Berghang, sein baumloser Gipfel gleißte in der Sonne. Ein beeindruckender Anblick, dachte Lilou bei sich, und vermutlich eine ständige Herausforderung für einen sportlichen Radfahrer wie Grenouille. Kein Wunder, dass er ihn immer wieder bezwungen hatte. Wobei Lilou selbst solch ein Ansinnen völlig fremd war. Natürlich bewunderte sie die einsame Schönheit des Bergs, wo immer er sich am Horizont erhob, und hatte bei einem Ausflug zum Gipfel die Aussicht von oben genossen. Doch sie und Simon waren damals mit dem Auto hochgefahren, und sie wäre nie auf die Idee gekommen, sich den Radfahrern anzuschließen, die sich aus eigener Kraft die kurvige Straße hinaufquälten. Ihr reichten ihre Yogastunden als sportlicher Ausgleich, und sie hatte nicht den Ehrgeiz, sich mit einem Berg zu messen.

Als sie die Stadtgrenze von Carpentras passierte, sah sie auf die Uhr. Es war kurz nach zwölf, Zeit für die Mittagspause, beschloss sie, und da sie ohnehin unterwegs war, sprach nichts dagegen, ein schnelles Mittagessen im *Chez Amande* einzunehmen. Zwar war sie nach Tante Margots Omelette nicht wirklich hungrig, aber Simon würde sich bestimmt freuen, sie zu sehen, nachdem sie sich heute Morgen verpasst hatten. Wie immer war er früh aufgestanden, um zum Großmarkt zu fahren, und war noch nicht zurück gewesen, als sie zur Arbeit gegangen war.

Sie setzte den Blinker und bog durch die Porte d'Orange in die Altstadt ein. Die Gasse wand sich zwischen alten

Häusern hindurch und endete an der Place de l'Horloge, wo sich das Haus befand, das Simon von seinem Großonkel geerbt hatte. Im Erdgeschoss des schönen Eckhauses befand sich das *Chez Amande,* das Restaurant von Simons Großeltern, das er wiedereröffnet hatte und mit großem Erfolg führte – schnell hatte sich herumgesprochen, dass hier ein junger Koch regierte, der die klassische provenzalische Küche modern zu interpretieren verstand. Im ersten Stock des Hauses bewohnten Lilou und Simon seit Kurzem die früheren Räumlichkeiten des Großonkels, eine weitläufige Wohnung mit fünf Zimmern, die Simon in den letzten Monaten renoviert hatte.

Die Einfahrt zum Hof war zu schmal für den Peugeot, deshalb stellte sie den Dienstwagen im Halteverbot direkt vor dem Haus ab und legte das Schild der Police nationale hinter die Windschutzscheibe. Die Parkbucht diente als Ladezone für das Restaurant – wenn sie benötigt wurde, konnte sie den Wagen immer noch wegfahren.

Sie stieg aus und betrat das Lokal durch die Vordertür. Der Gastraum war gut besucht, aber es war früh, einige Tische waren noch frei. Hinter der Theke winkte Pierre Solius, der Kellner, herüber. Amalie Legrange, die Serviceleiterin, kam beladen mit dampfenden Tellern durch die Schwingtür aus der Küche.

»*Bonjour,* Lilou!«, grüßte sie und eilte zu einem der Tische.

»*Salut,* Amalie«, antwortete Lilou und durchquerte den Raum in Richtung Küche. Es war, als beträte sie eine andere Welt: Wo in der Gaststube dunkles Holz, warme Beleuchtung und leise Musik ein gemütliches Ambiente schufen, war die Küche modern und funktional eingerichtet. Edelstahl und Chrom, die helle Neonbeleuchtung und die weißen Outfits der Mitarbeiter vermittelten professionelle Betriebsamkeit. Mersoud Aligot stand am Herd und goss Wein in eine Pfanne, es zischte, eine Dampfwolke stieg auf, es roch aromatisch nach Kräutern und gebratenem Fleisch. Martin Frederiksen, der Beikoch, saß mit Bella und Yasemin am Tresen, sie putzten und schnitten einen Berg von Gemüse: Tomaten, Zucchini, Paprika und Auberginen – offenbar wurde alles für Simons berühmtes Ratatouille vorbereitet, das vermutlich heute Abend auf der Tageskarte stehen würde. Lilou grüßte in die Runde und sah sich um. Bis auf die Kellnerin Manon, die in Urlaub war, waren alle anwesend. Und bis auf Simon, wegen dem sie doch extra gekommen war.

Mersoud begrüßte sie mit Wangenküssen. »Schön, dass du da bist, Lilou«, sagte er. »Hast du Hunger? Ich habe gerade eine Stiffade auf dem Herd.«

»Stiffade?« Lilou sah ihn überrascht an. »Was ist das?«

»Das ist Simons Variante eines Stifado«, erklärte der Koch. »Ein Schmorgericht aus der griechischen Küche. Wir bereiten es mit provenzalischen Kräutern und einem trockenen Weißwein aus der Gegend zu, und es schmeckt ganz wunderbar.« Mersoud leckte sich genießerisch die Lippen. »Setz dich, ich bringe dir einen Teller.«

Lilou gehorchte. »Wo ist denn Simon?«, fragte sie.

»Ich weiß es nicht.«

Mersoud stellte einen dampfenden Teller vor ihr ab. Saftige Fleischstücke, gedünstete Schalotten und Möhren, schwarze Oliven und Rosmarinzweige schwammen in glänzender brauner Sauce, dazu gab es kleine Kartoffeln in Schale.

Lilou hielt die Nase in den Dampf und genoss schon den würzigen Duft des Gerichts. »Das riecht toll«, sagte sie und griff nach Messer und Gabel. »Hat er gesagt, wann er wiederkommt?«

»Nein.« Mersoud schüttelte den Kopf. »Er sagte nur, er müsse etwas erledigen.« Der Koch wandte sich wieder zum Herd und zog den Topf vom Feuer.

Lilou begann zu essen. Es schmeckte genauso köstlich, wie es roch, und obwohl sie eigentlich noch satt war von Onkel Jacques' Omelette, aß sie den Teller leer. Doch wenn sie gehofft hatte, dass Simon in der Zwischenzeit wiederkommen würde, wurde sie enttäuscht – ihr Freund ließ sich nicht blicken. Das war ungewöhnlich, war er doch normalerweise immer anwesend, wenn das Restaurant geöffnet hatte. Aber vielleicht hatte er einen Termin mit einem Lieferanten, den er nur zur Mittagszeit treffen konnte, überlegte sie. Eigenartig war daran höchstens, dass er ihr nichts davon gesagt hatte. Normalerweise erzählte er ihr solche Dinge.

Sie tunkte den Rest der Sauce mit der letzten Kartoffel auf, dann schob sie den Teller von sich. Sie war pappsatt und hätte keinen weiteren Bissen mehr hinuntergebracht. »Das war köstlich, Mersoud«, sagte sie. »Wirklich großartig.«

»Möchtest du noch ein Glas Wein?«, fragte Martin Frederiksen und hielt eine Flasche hoch. Es war Simons Hauswein, den Lilou normalerweise sehr gern mochte.

»Nein danke«, sagte sie und wies auf ihre Uniform. »Ich muss gleich wieder zum Dienst.«

»Ja, klar.« Martin grinste und stellte die Flasche in den Kühlschrank. »Dann vielleicht heute Abend.«

»Ja, vielleicht.« Lilou stand auf. »Ich muss los. Die Arbeit ruft.«

KAPITEL 4

Es war nur ein kurzes Stück auf der Ringstraße, die um die Altstadt von Carpentras führte, um zum Hôtel de police zu gelangen. Keine zehn Minuten später bog Lilou auf den Parkplatz der Dienststelle ein. Exakt in dem Augenblick, als sie den Wagen abstellte, läutete ihr Telefon.

»*Oui?*«, meldete sie sich.

»Madame la Commissaire, hier ist Bonaventure. Ich habe gerade die Untersuchung des Fahrradfahrers abgeschlossen, den mir Grissan gestern geschickt hat. Beringer hat gesagt, ich soll Sie anrufen, wenn ich fertig bin.«

»Ach, hat er das?« Lilou war überrascht. Sie traute dem Staatsanwalt kein Stück und konnte sich beim besten Willen nicht vorstellen, dass er das aus reiner Freundlichkeit tat.

»Hat mich auch gewundert.« Lilou meinte, das Schmunzeln des Rechtsmediziners durchs Telefon hindurch zu sehen. »Jedenfalls dachte ich gleich, dass Sie das interessieren würde.«

»Was ist es denn?«, fragte sie und öffnete die Autotür. »Schießen Sie los.«

»Was?« Bonaventure klang verdutzt. »Ich habe gehofft, Sie kommen her. Ich will Ihnen was zeigen. Das geht einfacher, als es Ihnen zu erklären.«

»Ach so.« Lilou schloss die Tür wieder. »Dann bin ich sofort bei Ihnen.«

Um die Mittagszeit herrschte nicht viel Verkehr, so dauerte es keine zehn Minuten, bis Lilou auf den Parkplatz des Centre hôpital einbog, in dessen Keller sich das Reich von Docteur Bonaventure befand. Der hünenhafte Rechtsmediziner war in seinem Büro und sah ihr überrascht entgegen. »Jetzt waren Sie aber schnell«, sagte er. »Sind Sie geflogen?«

»Aber nein.« Lilou grinste. »Ich saß noch im Auto, als Sie angerufen haben.«

»Verstehe.« Er deutete auf seinen Bildschirm. »Ich schreibe gerade den Bericht. Der Tod ist etwa sechsunddreißig Stunden vor meiner Untersuchung eingetreten. Kein Alkohol im Blut, das Drogenscreening läuft noch. Organisch war er völlig gesund. Aber seine Verletzungen ...« Ächzend stemmte er sich aus seinem Stuhl hoch. »Kommen Sie mit, das müssen Sie sich ansehen.«

Lilou folgte ihm hinüber in den Sektionssaal und zu einem der Tische. Unter dem weißen Tuch zeichnete sich der Umriss eines Toten ab. Schwungvoll zog Bonaventure das Tuch beiseite und entblößte den nackten Körper von Yves Grenouille.

Sie schluckte und spannte den Kiefer an. Natürlich gehörte auch so etwas zu ihrem Job, und irgendwie war das ja auch interessant, aber es kostete sie doch jedes Mal Überwindung, eine Leiche als Gegenstand einer Untersuchung zu betrachten.

Grenouille war ein schlanker Mann gewesen, nicht sehr groß, aber mit ausgeprägter Muskulatur. Kurzes, eisengraues Haar, ein eher unauffälliges Gesicht, das in seiner lividen Blässe kaum noch Ähnlichkeit hatte mit dem Foto, das sie von ihm in der Datenbank gesehen hatte. Ihr Blick verharrte auf dem großen Ypsilon auf seiner Brust, das anzeigte, wo

Bonaventure den Körper geöffnet hatte. Vielleicht, um den Mageninhalt des Mannes zu untersuchen?

»Schauen Sie hier.« Bonaventure wies mit dem Ende eines Bleistifts auf eine rötliche Verfärbung an Grenouilles linkem Oberarm. »Und hier, hier und hier.« Der Reihe nach deutete er auf weitere Veränderungen. »Das sind Verletzungen, die er sich bei seinem Sturz zugezogen hat. Hier am Brustkorb haben wir eine Abschürfung, da sind die Rippen gebrochen. Die Todesursache war am Ende ein Genickbruch, als er mit dem Kopf gegen den Felsen geprallt ist. Da konnte ihn auch sein Helm nicht retten.«

»Okay.« Lilou nickte und sah ihn fragend an. All das hätte ihr Bonaventure auch am Telefon sagen können. »Und was wollten Sie mir zeigen?«

»Kommen Sie rüber.« Er winkte sie auf die andere Seite des Tisches. »Sehen Sie das?« Er wies auf eine längliche Wunde, die quer über die rechte Wade verlief und von einer großflächigen bläulichen Verfärbung umgeben war. »Das ist eine Rissquetschwunde mit einem massiven Bluterguss.« Mit seinem Bleistift deutete er den Umfang an.

»Das sehe ich.« Lilou hob die Schultern. »Und was ist damit?«

»Verstehen Sie denn nicht?« Bonaventure runzelte die Brauen. »Diese Verletzung ist auf der falschen Seite.«

»Und Sie glauben nicht, dass er sich die ebenfalls bei seinem Sturz zugezogen hat?« Lilou vergegenwärtigte sich das Gelände unterhalb der Straße. »Es ist da sehr steil, und er kann durchaus gegen einige Bäume geprallt sein, bevor er …«

»Unwahrscheinlich.« Bonaventure schnitt ihr das Wort ab. »Das andere sind Abschürfungen, und ich habe an der

Haut Spuren von Rinde und Erde gefunden. Dagegen ist das hier eine tiefe Rissquetschwunde mit einer Prellung, die bis zum Knochen reicht. Die Kontusion ist deutlich umschrieben, und die Wunde weist nur eine diffuse Kontamination mit Schmutzpartikeln auf.«

»Und was bedeutet das?«

»Er wurde angefahren.« Sein Bleistift stach in Richtung des Unterschenkels des unglücklichen Grenouille. »Und zwar mit so viel Schwung, dass es ihn mitsamt seinem Fahrrad über die Kante katapultiert hat. Mit der linken Seite schrammte er gegen einen Baumstamm, bevor er kopfüber gegen den Felsen knallte. Für mich ist das ziemlich eindeutig.«

Lilou schluckte bei Bonaventures bildhafter Schilderung. Aber der Rechtsmediziner hatte mit seiner Analyse vermutlich recht. Hatte nicht Miquèl Hiroux angedeutet, dass die Straße oberhalb der Unfallstelle schnurgerade verlief? Und hatte nicht Flo Lessien gesagt, Yves Grenouille sei ein sehr sicherer Radfahrer gewesen, der die Strecke gut kannte? Der Verdacht auf Fremdeinwirkung war tatsächlich naheliegend. Sie musterte den scharf begrenzten Bluterguss. »Er wurde seitlich getroffen, das wollten Sie doch sagen, oder?«

»Genau.« Bonaventure nickte zufrieden und schob den Bleistift in seine Brusttasche zurück. »Das Auto muss mit beträchtlicher Geschwindigkeit von der Seite auf ihn zugekommen sein. Es ist sogar möglich, dass der Mann ganz gezielt angefahren wurde.«

»Hm.« Lilou runzelte die Stirn. »Was sagt denn Commandant Grissan zu Ihrer Theorie?«

»Der hält überhaupt nichts davon.« Bonaventures Gesicht hatte sich verfinstert. »Er denkt, es war einfach ein Unfall, und hat Staatsanwalt Beringer überzeugt, den Fall gleich zu den Akten zu legen. Hat wohl Sorge, dass sein heiliges Hobby in Verruf gerät, wenn die Geschichte durch die Presse geht.« Er schnaubte.

»Und wieso wollte dann Beringer, dass Sie mich anrufen?«

»Ich schätze, Monsieur le Procureur ist sich seiner Sache doch nicht so sicher.« Bonaventure grinste schief. »Aber vermutlich möchte er sich nicht mit Grissan anlegen und will, dass Sie sozusagen inoffiziell ermitteln. Wenn nichts dabei herauskommt, muss es niemand erfahren. Und wenn doch, war es wenigstens nicht Grissan, der die Radfahr-Community in die Schlagzeilen gebracht hat.«

»Das hätte Beringer wohl gern.« Lilou schüttelte den Kopf. »Er kann doch nicht einen Fall, für den die Gendarmerie zuständig ist, einfach der Police nationale übertragen.«

»In Büchern passiert das ständig«, gab Bonaventure zurück. »Lesen Sie denn keine Krimis?« Er blinzelte ihr zu.

»Nein. Mir reichen unsere echten Fälle.« Lilou verzog das Gesicht. »Davon abgesehen habe ich doch gar keinen Ermittlungsauftrag.«

»Wann hat Sie das denn schon mal gestört?« Bonaventure grinste, dann wurde er ernst. »Wenn schon nicht für Beringer, dann tun Sie es bitte für mich. Ich habe das Gefühl, dass hinter diesem Unfall noch mehr steckt, das untersucht werden sollte.«

»Intuition, Monsieur le Docteur?« Lilou sah ihn überrascht an. »Ich dachte, Sie verlassen sich ausschließlich auf Ihre Untersuchungen.«

»Das tue ich auch.« Bonaventure war ernst geworden. »Für mich passen die Verletzungen dieses Mannes nicht zu dem Hergang, den Grissan gern hätte. Und wenn er den Fall nicht untersuchen will, müssen wohl Sie es tun.« Er wandte sich ab. »Ich schicke Ihnen meinen Bericht in Kopie, da steht alles Weitere drin. Machen Sie sich selbst ein Bild.«

Auf dem Rückweg zum Hôtel de police war Lilou tief in Gedanken. Dass der Staatsanwalt hier eine inoffizielle Vorgehensweise wählte, war mehr als ungewöhnlich. Bonaventure musste sich seiner Sache sehr sicher sein, so sicher, dass er offenbar auch Beringer überzeugt hatte. Nein, nicht überzeugt, eher verunsichert: Hätte Beringer ernsthafte Zweifel an Grissans Theorie zum Unfallhergang, würde er eine offizielle Untersuchung anordnen und nicht hinter Grissans Rücken ihr den Schwarzen Peter zuschieben. Und er wusste genau, wie er sie ködern musste. Verärgert schlug sie aufs Lenkrad.

Doch dann besann sie sich. Hatte sie nicht schon längst mit der Untersuchung des Falls begonnen? Noch bevor es überhaupt Hinweise auf einen Fall gegeben hatte? Sie atmete tief durch und beschloss, mit Commissaire Demoireau zu sprechen. Wenn Beringer sie inoffiziell mit diesem Fall betrauen wollte, war das eine Sache. Eine ganz andere war es, so etwas hinter dem Rücken ihres Chefs zu tun. Das kam für sie nicht infrage.

Zurück in der Dienststelle wandte sich Lilou zur Treppe in den ersten Stock, wo das Büro ihres Vorgesetzten lag. Da hörte sie hinter sich einen Ruf: »Hey, Lilou! Hast du einen Moment Zeit?«

Sie drehte sich um und sah Guillaume Mistral, einen der Kriminaltechniker, der gerade aus dem Kellergeschoss kam. »Ja, klar.«

Guillaume begrüßte sie mit Wangenküssen, dann sah er sie scharf an. »Was ist los, Lilou?«, fragte er. »Du ziehst ein Gesicht wie drei Tage Regenwetter.«

»Ach, es ist nichts.« Sie machte eine abwehrende Handbewegung. »Ich war gerade bei Bonaventure in der Rechtsmedizin.«

»Wegen des toten Fahrradfahrers?« Guillaume grinste schief. »Deswegen wollte ich zu dir.«

Lilou hob die Brauen. »Hast du auch Hinweise auf einen Mord gefunden?«

»Mord? Wieso Mord?« Guillaume schüttelte den Kopf. »Aber nein. Ich dachte, du würdest dir gern ansehen, was der Mann bei sich hatte, bevor ich alles zur Gendarmerie schicke.«

»Ja, natürlich.« Lilou kehrte wieder um und folgte Guillaume die Treppe hinunter. »Sehr gern.«

Gemeinsam betraten sie den großen Untersuchungsraum der Spurensicherung. Er wies auf einen der Labortische. »Der Mann hatte nicht viel bei sich. Kein Telefon, nur seine *carte d'identité* und einen Schlüssel. Und das hier.« Er griff nach einer gefalteten Karte aus steifem Papier und hielt sie Lilou hin. »Da sind Stempel drauf.«

Lilou nahm ihm die Karte ab. *Club des Cinglés du Mont-Ventoux* stand auf der Vorderseite, darunter war eine stilisierte Grafik des Mont Ventoux abgebildet. Auf der Doppelseite im Inneren des Faltblatts war ganz oben von Hand das Datum von Montag eingetragen. Darunter gab es vier Felder, von denen drei bereits abgestempelt waren. Im letzten freien Feld stand das Wort »Carroux«. Lilou runzelte die Stirn. »Der Club der Spinner vom Mont Ventoux? Was soll das sein?«

Der junge Kriminaltechniker winkte sie zu einem Computer in der Ecke. »Ich wusste es auch nicht und habe gegoogelt. Schau.«

Lilou beugte sich über ihn und las den Text auf der Seite, die er aufgerufen hatte. Dann begann sie zu lachen. »Ich dachte eigentlich, es sei schon verrückt genug, mit dem Fahrrad auf den Mont Ventoux zu fahren. Aber gleich dreimal, und das an einem einzigen Tag?«

Guillaume stimmte in ihr Lachen ein. »Man kann es kaum glauben, aber die machen das tatsächlich. Um Mitglied im Club der Verrückten zu werden, muss man den Mont Ventoux an einem Tag dreimal bezwingen, und zwar von drei verschiedenen Seiten.« Er wies auf die Felder in der Karte. »Einmal startet man den Aufstieg in Bedrange, einmal in Sault und einmal in Carroux. Man beweist es, indem man sich diese Karte in einem Lokal oder bei einem der Händler in den drei Dörfern und einmal am Gipfel abstempeln lässt.« Er klickte mit der Maus, eine neue Seite öffnete sich. »Schau, das ist die Rangliste. Es gibt über zwanzigtausend Teilnehmer.«

Lilou schüttelte den Kopf. »Und unser Monsieur Grenouille ist offenbar einer von ihnen.«

»Nein.« Guillaume wies auf die Karte in Lilous Hand. »Ihm fehlt der letzte Stempel. Er ist nie in Carroux angekommen.«

»Ja, stimmt.« Sie rieb sich die Nase und drehte die Karte um. Auf der Rückseite des Faltblatts war die Adresse des Clubs vermerkt, an die die ausgefüllte Karte nach Absolvierung der drei Touren zu schicken war. Neben einer aufgedruckten Nummer befand sich ein weiteres freies Feld. »Beim Namen ist nichts eingetragen«, sagte sie. »Vielleicht wird der erst bei der Prüfung ergänzt. Irgendjemand muss die Teilnahme ja bestätigen.«

»Ja, wahrscheinlich.« Guillaume hob die Schultern. »Dafür gibt es bestimmt ein Register.«

Lilou betrachtete noch einmal die Karte. »Schau, neben den Stempeln sind auch die jeweiligen Uhrzeiten eingetragen. Damit lässt sich seine Fahrt ziemlich genau rekonstruieren.«

Guillaume nahm ihr die Karte aus der Hand. »Du hast recht. Er ist morgens um acht in Bedrange gestartet und war kurz nach halb zehn das erste Mal auf dem Mont Ventoux. Eine halbe Stunde später war er in Sault, aber danach verliert sich seine Spur.«

»Immerhin wissen wir, dass er am Montag um die Mittagszeit zu Tode gekommen sein muss.« Lilou nickte. »Das deckt sich mit der Aussage von Bonaventure.«

Guillaume sah sie fragend an. »Du sagtest, du hast mit Bonaventure gesprochen. Was meint er?«

»Er wollte mir seinen Bericht schicken.« Sie hob die Schultern. »Er sieht Hinweise auf Fremdverschulden und vermutet, dass das kein bloßer Unfall war.«

»Aber was hast du damit zu tun? Das ist doch ein Fall für die Gendarmerie.«

»Das habe ich Bonaventure auch gesagt. Aber Grissan will offenbar nicht ermitteln, und Staatsanwalt Beringer schiebt mir den Schwarzen Peter zu.« Sie machte ein finsteres Gesicht. »So sind die beiden Herren fein raus, falls Bonaventure doch unrecht hat.«

Guillaume grinste und stieß sie mit dem Ellbogen an. »Du kannst es auch als Kompliment betrachten«, sagte er. »Beringer vertraut deiner Spürnase mehr als der von Grissan. Das ist doch was.«

Lilou sah ihn verdutzt an. »So habe ich das noch gar nicht gesehen. Glaubst du wirklich, dass Beringer …« Sie schüttelte den Kopf. »Er könnte mir den Fall auch ganz offiziell übertragen.«

»Und sich mit Grissan anlegen? Nein, dazu ist unser Procureur zu gewieft. Im Zweifel hast du eben eigenmächtig ermittelt.«

»Aber wenn an der Sache wirklich was dran ist …«

»Dann wurde sie aufgeklärt. Wer am Ende als Ermittler erfolgreich war, ist doch egal.« Guillaume sah Lilou scharf an. Die Gläser seiner Dumbledore-Brille reflektierten das Licht des Monitors. »Oder etwa nicht?«

»Natürlich.« Lilou atmete tief durch. »Du hast völlig recht. Es kommt nur aufs Ergebnis an.«

»Konnte Ihnen mein Vater weiterhelfen?«, fragte Demoireau anstelle einer Begrüßung und deutete auf das abgewetzte schwarze Ledersofa.

Lilou brauchte einen Moment, bis sie verstand, wovon er sprach. Der Besuch in Mirocène, das Treffen mit Jules Demoireau und das Gespräch mit Flo Lessien waren angesichts der aktuellen Ereignisse völlig in den Hintergrund gerückt. »Ich habe ihn getroffen«, antwortete sie und nahm Platz. »Aber tatsächlich war es mein Onkel Jacques, der unseren Fahrradfahrer kannte und wusste, wo er wohnt. Ich war bei seinem Haus und habe mit einer Nachbarin gesprochen. Florentine Lessien, kennen Sie sie?«

Demoireau nickte und verzog das Gesicht. »Natürlich. Ich bin mit ihrem Mann zur Schule gegangen. Schlimme Sache damals.«

»Madame Lessien erwähnte, dass er gestorben ist.« Lilou sah ihn fragend an. »War er denn krank?«

Der Commissaire schüttelte den Kopf. »Nein. Zumindest war nichts davon bekannt. René erlitt einen Herzinfarkt, während er auf dem Feld arbeitete. Niemand hat es bemerkt. Als er am Abend nicht nach Hause kam, ging Flo ihn suchen, aber als sie ihn schließlich fand, kam jede Hilfe zu spät.«

»Wie schrecklich.« Lilou schauderte. »Sie muss sich große Vorwürfe machen.«

»Sie hätte nichts tun können.« Er hob die Schultern. »René hat doch immer allein gearbeitet, und das Gelände da oben ist steil und nicht einsehbar.« Demoireau sah sinnend aus dem Fenster, offenbar vergegenwärtigte er sich die Lage des Hofs. »Sie hatte keine Chance.«

»Vermutlich sieht sie das anders.« Lilou seufzte. »Sie wirkte wie …« Sie zögerte, suchte nach Worten. »Wie von großer Traurigkeit umgeben.«

»Sie hat es nicht leicht. Der Boden da oben gibt nicht viel her, deshalb hat René ständig etwas Neues ausprobiert. Sein letztes Projekt waren diese Duftrosen, damit hält sie nun sich und ihr Mädchen über Wasser.«

»Madame Lessien erzählte, dass sie eine Tochter hat. Sie ist gerade auf Klassenfahrt.« Sie schlug die Beine übereinander. »Aber ich bin wegen etwas anderem gekommen.«

»So? Weswegen denn?« Demoireau wandte sich wieder ihr zu und sah sie aufmerksam an.

»Ich war gerade bei Bonaventure.« Mit kurzen Worten fasste sie die Erläuterungen des Rechtsmediziners zusammen. »Er ist überzeugt, dass bei diesem Unfall Fremdverschulden im Spiel ist, und schließt sogar ein Tötungsdelikt nicht aus«, schloss sie. »Aber Commandant Grissan sieht das anders und will nicht ermitteln.«

»Und was haben wir damit zu tun?« Der Commissaire wirkte irritiert.

»Das habe ich ihn auch gefragt.« Lilou hob die Schultern. »Offenbar will sich Staatsanwalt Beringer nicht mit Grissan anlegen und versucht nun, den Fall mir zuzuschanzen. Er hat Bonaventure Anweisung gegeben, mich auf dem Laufenden zu halten, und erwartet offenbar, dass ich den Köder schlucke.«

»Hm, hm.« Demoireau nahm die Brille ab, putzte sie umständlich und setzte sie wieder auf. »Vermutlich ist es wegen des Fahrradverbands«, sagte er schließlich.

»Was meinen Sie?« Lilou sah ihn fragend an.

»Der Stadtrat hat im letzten Monat ein neues Tourismuskonzept beschlossen, das die Förderung des Radsports in der Region zum Ziel hat. Ausbau des Radwegenetzes, Beschilderung der Voies Vertes, Unterstützung von spezialisierten Anbietern und all das. Der Fremdenverkehrsverband der Vaucluse war an der Planung maßgeblich beteiligt, und das Letzte, was die jetzt wollen, sind Schlagzeilen über einen Fahrradunfall mit tödlichem Ausgang auf dem Mont Ventoux.«

»Glauben Sie nicht, dass das Gegenteil der Fall wäre? Ein wenig Sensationspresse würde die Leute doch eher anziehen.« Lilou verzog das Gesicht.

»Mag sein. Aber will man das?« Demoireau schüttelte den Kopf. »Im Augenblick steht der Radsport am Mont Ventoux in dem Ruf, nur etwas für verrückte Extremsportler zu sein. Und das möchten die verantwortlichen Stellen gern ändern.«

»Es gibt da definitiv Verrückte«, meinte Lilou. »Haben Sie schon einmal vom *Club des Cinglés du Mont-Ventoux* gehört?«

Der Commissaire hob die buschigen Brauen. »Ja, natürlich. Genau um solche Initiativen geht es doch. Dem möchte der Tourismusverband etwas entgegenstellen.«

»Unser Fahrradfahrer war offenbar auf der Strecke dieser ›Cinglés‹ unterwegs. Guillaume hat eine Stempelkarte des Clubs bei ihm gefunden.«

»Hm.« Demoireau runzelte die Stirn. »Bringt das neue Erkenntnisse?«

»Nicht wirklich. Wir können anhand der Einträge die Strecke nachvollziehen, die er an diesem Morgen gefahren ist, und seinen Todeszeitpunkt genauer eingrenzen. Er war kurz nach zehn in Sault, aber was danach passiert ist, wissen wir natürlich nicht.«

»Am besten sprechen Sie mit Commandant Hiroux. Soweit ich weiß, ist er ebenfalls ein ›Cinglé du Mont-Ventoux‹. Er kann Ihnen bestimmt mehr zu diesem Club sagen.«

»Miquèl gehört auch zu diesen Verrückten?« Lilou musste lachen, dann wurde sie ernst. »Sie denken also auch, ich sollte in dem Fall ermitteln? Obwohl eigentlich die Gendarmerie zuständig ist?«

Demoireaus Gesicht verfinsterte sich. »Ich kann nicht behaupten, dass mir das gefällt. Die Politik darf niemals Einfluss auf die Ermittlungsarbeit nehmen. Aber in dieser Situation …« Er seufzte. »Ich weiß von Madame Adelphe, wie wichtig dieses Tourismuskonzept für die Region ist.«

Lilou nickte. Sie konnte sich das Dilemma vorstellen, in dem Demoireau steckte – war er doch seit Jahren mit Francine Adelphe, der Bürgermeisterin von Carpentras, liiert.

Normalerweise unterstützte er Madame la Maire in ihren Bemühungen, all den widerstreitenden Abwägungen und Erfordernissen in der kleinen Stadt gleichermaßen gerecht zu werden. Hier lag nun ein waschechter Interessenkonflikt vor, der vermutlich wirklich am besten durch sie gelöst werden konnte. Eben weil sie nicht von hier stammte und niemandem verpflichtet war, konnte sie unbeeinflusst von irgendwelchen Klüngeleien arbeiten.

»Verstehen Sie mich nicht falsch.« Der Commissaire sah ihr offen ins Gesicht. »Normalerweise würde ich Beringer mehr oder weniger deutlich sagen, er soll sich mit seinen politischen Entscheidungen zum Teufel scheren. Entweder beauftragt er Grissan mit den Ermittlungen, oder er lässt es bleiben. Aber offenbar spielen hier verschiedene Interessenlagen hinein, die diesmal auch von mir zu berücksichtigen sind.« Er hob die Schultern. »Und immerhin hat Beringer einen Weg gefunden, dass der Fall doch noch untersucht wird.«

»Aber der Mont Ventoux liegt doch eindeutig im Zuständigkeitsbereich der Gendarmerie«, entgegnete Lilou. »Beringer kann diese Ermittlung doch nicht einfach der Police nationale übertragen!«

»Warum denn nicht?« Demoireau sah sie überrascht an. »Eine engere Zusammenarbeit der Behörden ist ausdrücklich erwünscht. Abgesehen davon passiert so etwas nicht zum ersten Mal.« Er schmunzelte. »Vor einigen Jahren hatten wir einen Fall in Mirocène, da wurde auch ich mit der Ermittlung beauftragt. Weil ich die Gegebenheiten vor Ort kenne und der Fall überregionale Bedeutung hatte.« Er runzelte die Stirn. »Waren Sie damals nicht ebenfalls vor Ort?«

»Ja, ich erinnere mich daran.« Lilou nickte. »Ich habe damals in Tante Margots Bar gejobbt, und die EU-Ermittlerin hat bei uns gewohnt.«

»Madame Preston, genau.« Demoireau erhob sich, offenbar war das Gespräch für ihn beendet. »Nehmen Sie es als Zeichen von Beringers Anerkennung. Ihrem Vorgänger hätte er das nämlich nicht zugetraut.«

Lilou stutzte, dann grinste sie. »Da haben Sie vermutlich recht.« Sie stand auf. »Ist es okay, wenn ich Miquèl einweihe? Wenn ich wirklich im Umfeld dieser Radsportenthusiasten ermitteln soll, könnte ich seine Hilfe gebrauchen.«

Demoireau runzelte die Stirn, doch dann nickte er. »Ja, das ist in Ordnung. Commandant Hiroux ist ein erfahrener Beamter. Er wird das mit der nötigen Diskretion handhaben.«

Lilou atmete tief durch, als sie die Tür zu Demoireaus Büro hinter sich ins Schloss zog. Ein klein wenig hatte sie die Reaktion ihres Vorgesetzten doch überrascht – sie hätte nicht erwartet, dass er Beringers Vorgehen gutheißen würde. Allerdings hatte er vermutlich recht mit seiner Einschätzung, dass sie sich geschmeichelt fühlen sollte. Wobei es eher ein Zeichen für Beringers Menschenkenntnis war: Der Staatsanwalt wusste genau, wie er sie an den Haken bekam. Und vermutlich ärgerte sie sich eher darüber, dass sie so einfach zu durchschauen war, als über die Tatsache, dass sie in diesem Fall ermitteln sollte. Immerhin konnte sie dabei auf die Unterstützung ihres Chefs zählen, und dass sie Miquèl Hiroux mit ins Boot holen durfte, verlieh der ganzen Sache schon fast einen offiziellen Anstrich. Deshalb würde sie auch sofort mit ihm sprechen, beschloss sie, bevor sie etwas unternahm. Sie wandte sich zur Treppe ins Erdgeschoss, wo sich das Großraumbüro ihrer Kollegen befand.

Doch so weit kam sie gar nicht. Stimmen schallten aus der Eingangshalle herauf, sie vernahm helles Frauenlachen, in das Hiroux' tiefes Organ einstimmte. Vor der Glasscheibe des Eingangs erblickte sie ihren Kollegen, daneben groß und schlank die Silhouette einer Frau, die ihn fast um Kopfgröße überragte. Sie trug ein Kopftuch über dem Haar, und erst als Lilou die letzten Treppenstufen herunterkam, erkannte sie Mercedes Bayes, die gut aussehende Frau, die gestern Morgen in den Verkehrsunfall verwickelt gewesen war – der Kopfverband, den der Sanitäter ihr angelegt hatte, blitzte unter dem Tuch hervor. An diesen Vorfall hatte sie gar nicht mehr gedacht – zu viel anderes war in der Zwischenzeit geschehen.

Hiroux schüttelte der Frau die Hand und öffnete ihr beflissen die Tür. Einen Moment blieb er in der offenen Tür stehen und schaute ihr hinterher, während sie sich schnellen Schrittes entfernte, dann ließ er die Tür los und wandte sich um. Seinem Gesichtsausdruck nach war er gedanklich noch bei seiner Besucherin, doch als er Lilou erblickte, straffte er die Schultern und kam auf sie zu.

»Ich habe Madame Bayes versprochen, ihr mit dem Unfallbericht für die Versicherung zu helfen«, erklärte er rasch. »Sie ist doch *Anglaise* und kommt vielleicht mit unseren Formularen nicht so gut zurecht.«

»Verstehe.« Lilou verkniff sich ein Schmunzeln, dann wurde sie ernst. »Ich war gerade auf dem Weg zu dir«, begann sie und sah sich um. Gardien Cropardin saß hinter dem Empfangstresen und war in eine Zeitschrift vertieft. Sie senkte die Stimme, als sie Hiroux mit kurzen Worten vom

Verdacht des Rechtsmediziners und seiner Bitte berichtete. »Wir werden der Sache also quasi inoffiziell und ohne dezidierten Auftrag nachgehen«, schloss sie. »Sollte sich Bonaventure getäuscht haben, wird es nie jemand erfahren. Aber wenn sein Verdacht zutrifft, hat ein Verbrechen stattgefunden, das wir aufklären müssen.« Sie sah ihn ernst an. »Bist du dabei?«

Hiroux runzelte die Stirn. »Also, ich weiß nicht, Lilou. Das ist doch Sache der Gendarmerie, und nur weil du Grissan nicht leiden kannst …«

»Aber das stimmt doch gar nicht.« Sie schnaubte entrüstet. »Staatsanwalt Beringer hat Bonaventure persönlich angewiesen, mich zu informieren. Das ist praktisch eine Aufforderung, der Sache nachzugehen.« Sie holte Luft. »Commissaire Demoireau sieht das im Übrigen genauso und ist einverstanden, dass wir den Fall zusammen bearbeiten.«

»Ach, wirklich?« Hiroux hob überrascht die Brauen. »Nun, wenn das so ist …«

Lilou biss die Zähne zusammen. Seit über einem halben Jahr war sie stellvertretende Leiterin dieser Dienststelle, aber noch immer ließ sie der eine oder andere Kollege spüren, dass er deutlich mehr Dienstjahre auf dem Buckel hatte als sie. Was zweifellos zutraf und natürlich der Grund dafür war, dass sie in solchen Situationen überempfindlich reagierte, das war ihr bewusst. Aber sie war eben keine Praktikantin mehr, sondern traf ihre eigenen Entscheidungen. »Wenn dir die Sache zu heiß ist, frage ich Capitaine Emetoit«, sagte sie so ruhig wie möglich. »Ich dachte nur, der Fall würde dich persönlich interessieren.«

»Das tut er doch auch.« Hiroux machte eine beschwichtigende Geste. »Es ist einfach nur …« Er hob die Schultern.

»Es ist ungewöhnlich. Beringer fährt normalerweise einen klaren Kurs.«

»Diesmal offenbar nicht.« Lilou zuckte mit den Schultern. Über die politischen Hintergründe der Entscheidung des Staatsanwalts gedachte sie nicht mit Hiroux zu sprechen. Davon abgesehen, dass er ebenfalls Teil dieser Fahrrad-Community war und womöglich nicht unvoreingenommen an den Fall herangehen würde, wenn er von diesen Implikationen wüsste. Die im Übrigen auch nur reine Spekulation ihres Chefs waren. »Also?«

»Ja, klar bin ich dabei«, brummte Hiroux. Es war deutlich, dass er an dieser Art von Auftrag keine Freude hatte. »Wo fangen wir an?«

»Mit dem *Club des Cinglés*«, antwortete Lilou. »Commissaire Demoireau meinte, du bist ebenfalls Mitglied.«

Hiroux lachte trocken auf. »Gibt es eigentlich etwas, das dieser Mann nicht weiß?«, fragte er. »Ja, seit letztem Jahr bin ich ebenfalls ein ›Cinglé‹.« Dann wurde er ernst und sah Lilou erschrocken an. »Heißt das etwa, unser Unfallopfer war auf dem ›Cinglé‹ unterwegs?«

»Genau das. Er hatte eine Stempelkarte des Clubs dabei.« Sie zog ihr Smartphone aus der Tasche und rief das Foto auf, das sie bei Guillaume in der Kriminaltechnik aufgenommen hatte. »Hier, schau.«

Hiroux zog eine Lesebrille aus der Brusttasche seiner Uniform, setzte sie auf und nahm Lilou das Telefon aus der Hand. »Tatsächlich. Er ist die übliche Route gefahren, die die meisten Fahrer wählen.« Er deutete auf den ersten Stempel. »Der Anstieg von Bedrange aus ist der steilste, deshalb erledigt man den am besten früh am Morgen, solange es noch kühl ist. Die Straße von Sault aus ist viel flacher, dafür ist die Strecke aber länger.« Er wies auf das leere Feld. »Offenbar war er gerade auf der Abfahrt nach Carroux, als der Unfall passierte. Da fehlt der Stempel.«

»Ja.« Lilou nickte. »Falls es noch Zweifel gegeben hat, ob er wirklich während der Abfahrt und nicht bergan verunglückte, sind sie hiermit wohl ausgeräumt.«

»Das stand doch nie zur Debatte.« Hiroux sah sie irritiert an. »Wenn du dir die Geografie an der Stelle vergegenwärtigst, ist das gar nicht anders möglich.«

»Ich habe diese Strecke nicht so im Kopf wie du«, gab Lilou zurück. »Ich war erst einmal auf dem Mont Ventoux.«

»Dann fahren wir jetzt dorthin und schauen es uns vor Ort an.« Er drehte auf dem Absatz um und wandte sich zu der Tür, die zum Parkplatz der Dienststelle führte. »Komm, ich zeige dir die Stelle, wo es passiert sein muss.«

KAPITEL 5

Sie hatten den Streifenwagen genommen, und Hiroux saß am Steuer. Er war schweigsam, während er den Wagen durch den Nachmittagsverkehr aus der Stadt steuerte. Endlich wurde die Bebauung dünner. Bürogebäude, Handwerksbetriebe und kleinere Unternehmen mischten sich zwischen die neu errichteten Wohnblocks an der Peripherie der Stadt. Das war keine schöne Ecke von Carpentras, und Lilou atmete auf, als sie endlich das Ortsschild passierten. Nun wurden die Häuser wieder kleiner, die Landschaft fast lieblich mit Olivenhainen und Weinfeldern. Als sie die Überlandstraße erreichten, die nach Bedrange führte, trat Hiroux aufs Gas.

Lilou kurbelte das Fenster hinunter und hielt die Nase in den Fahrtwind. Selbst jetzt im Frühjahr roch es auf dem Land immer ein wenig staubig – beinahe wie eine Vorahnung auf den bevorstehenden Sommer, auf ausgetrocknete Flussbetten und verdorrtes Gras. Dabei standen die Kirschbäume gerade erst in voller Blüte, und die Lavendelfelder an den Hängen zeigten einen ersten bläulichen Schimmer im silbernen Glanz.

Kurz vor dem Ortsschild von Bedrange tauchte eine Gruppe von Fahrradfahrern in bunten Trikots vor ihnen auf. Hiroux fluchte verhalten, als er vom Gas ging. »Sie fahren immer nebeneinander«, brummte er. »Als ob sie ein Rennen fahren würden. Dabei ist die Straße viel zu eng und unübersichtlich.«

Es ging hier schon ziemlich bergauf, die Fahrer standen in den Pedalen, trotzdem waren sie natürlich langsamer als der Wagen, aber die kurvige Strecke machte ein Überholen unmöglich. Hiroux drückte auf die Hupe, der letzte Radler drehte sich um und machte eine obszöne Geste in ihre Richtung. Der Commandant schlug mit der Hand auf das Lenkrad, dann tastete er nach dem Knopf für das Folgetonhorn. »Na warte, Bürschchen.«

»Nicht, Miquèl.« Lilou fing seine Hand ab, bevor die Sirene ertönte. »Wir haben anderes zu tun.«

Hiroux schüttelte sie ab, doch dann nickte er. »Hast ja recht. Ich ärgere mich nur immer wieder aufs Neue über diese Rennradfahrer. Eine öffentliche Straße ist keine Rennstrecke, aber das scheinen die immer zu vergessen.«

Lilou sah ihn erstaunt an. »Ich dachte, du fährst selbst Rad?«

»Ja, schon, aber nicht so.« Hiroux grinste. »Ich habe ein Mountainbike und bin am liebsten abseits der Straßen unterwegs.«

»Ach so.« Lilou nickte. Offenbar gab es sogar unter den Fahrradenthusiasten verschiedene Fraktionen. »Gäbe es mehr Radwege ...«

»Würden diese Arschlöcher sie auch nicht benutzen.« Er schnaubte. »Ein Radweg ist toll, wenn man sicher von A nach B kommen will. Aber diesen Spinnern geht es um Geschwindigkeit, und dafür sind die Voies Vertes noch weniger ausgelegt als diese Straßen.«

»Also bräuchte man eigene Fahrradstraßen?« Lilou deutete nach draußen. »Genug Platz wäre ja.«

»Ein paar gut ausgebaute Radwege gibt es schon, aber die sind eher fürs Radwandern gedacht. Rennradfahrer wirst du da kaum antreffen.« Er hob die Schultern und seufzte. »Dabei würde ein wenig Rücksichtnahme schon reichen. Gerade hier am Mont Ventoux sind viel zu viele Idioten unterwegs. Sie sehen die Tour de France im Fernsehen und glauben, sie könnten so etwas auch versuchen.« Er stieß die Luft aus. »Es gibt jedes Jahr Tote und Verletzte auf der Strecke, die sich überschätzt haben. So wie unseren Monsieur Grenouille.«

»Zumindest sieht Grissan das so.« Lilou nickte. »Er ist ebenfalls Radfahrer, oder?«

»Er ist der Vorsitzende des größten Fahrradclubs in Carpentras«, antwortete Hiroux. »In letzter Zeit macht er sich tatsächlich für den Tourismusverband stark. Dabei sind noch mehr Fahrradfahrer das Letzte, was wir hier gebrauchen können.« Er schüttelte den Kopf. »Dann hat man nirgendwo mehr seine Ruhe.«

Sie hatten Bedrange erreicht. Im Schatten von bunten Markisen reihten sich kleine Restaurants und Läden, die hauptsächlich Fahrradzubehör verkauften. Auf dem Parkplatz vor der Mairie standen mehr Fahrräder als Autos, und die meisten Menschen, die im Schatten von ausladenden Platanen saßen, trugen hautenge Trikots. Dieser Ort hatte sich offenbar auf die Beliebtheit des Mont Ventoux bei den Fahrradfahrern eingerichtet – hier würde man das neue Tourismuskonzept bestimmt begrüßen.

Sie durchquerten das hübsch zurechtgemachte Zentrum des Orts und gelangten an einen kleinen Kreisverkehr, in dessen Mitte neben einem Olivenbaum ein Schild an einen Radrennfahrer erinnerte, der offenbar dreimal die Mont-Ventoux-Etappe der Tour de France gewonnen hatte. Ein Wegweiser wies zum Mont Ventoux in 22 Kilometern Entfernung. Hiroux setzte den Blinker und bog ab. Die Straße schwang sich um eine Kurve und tauchte in lichten Laubwald ein, es ging nun deutlich bergauf. Zwischen den Baumstämmen erhaschte Lilou immer wieder einen Blick ins Tal, dessen Hänge zunehmend steiler wurden. Immer wieder überholten sie Fahrradfahrer, die sich einzeln oder in Gruppen bergan quälten, während sie auf der Gegenfahrbahn in halsbrecherischer Geschwindigkeit zu Tal rasten. Der weißen Bodenmarkierung, die den Straßenrand als zugegeben ziemlich schmale Fahrradspur auswies, schien niemand Beachtung zu schenken.

Erneut tauchten Rennradfahrer vor ihnen auf, zwei Männer und eine Frau in identischen orange-grünen Trikots mit dem Emblem eines Clubs auf dem Rücken. Hiroux ging vom Gas, im selben Moment kam eine größere Gruppe Fahrradfahrer von oben aus der Kurve geschossen. Einer der Fahrer wurde aus der Kurve getragen, geriet auf die Gegenfahrbahn und kollidierte beinahe mit der Frau auf dem Rennrad. Hiroux trat scharf auf die Bremse und fluchte. Der Fahrradfahrer bremste ebenfalls, sein Rad schlingerte, Hiroux konnte gerade noch ausweichen und einen Zusammenstoß vermeiden. Lilou erhaschte einen Blick auf das erschrockene Gesicht des Radlers, dann war er vorbei. Hiroux ließ zischend den Atem entweichen. »Das war knapp.«

Lilou wandte sich um. Die Gruppe hatte nicht angehalten, sondern verschwand weiter hinten gerade um eine Kurve. Die Rennradfahrer vor ihnen fuhren nun hintereinander, und vorsichtig steuerte Hiroux den Wagen an ihnen vorbei. Lilou bedankte sich mit einem Handzeichen, die Frau lächelte und nickte ihr zu. Langsam beruhigte sich ihr Herzschlag – sie waren wirklich nur knapp einem Unfall entgangen. »Das kann man wohl sagen«, erwiderte sie. »Du hast schnell reagiert.«

»Ja, zum Glück.« Er nickte. »Aber jetzt verstehst du, was ich meine. Wer sein Sportgerät nicht unter Kontrolle hat, sollte hier nicht fahren.«

»Das ist wohl wahr.« Sie sah aus dem Fenster. Zur Rechten ging es nun steil hinunter. Ab und zu lichtete sich der Wald und gewährte Sicht auf die umliegenden Berge. Dann tauchte die Straße wieder in den Schatten der krüppeligen Eichen ein, die hier die vorherrschende Vegetation bildeten. Der Straßenbelag war in keinem guten Zustand, fiel Lilou auf. Zahllose Risse und Sprünge im Asphalt waren nur notdürftig mit Teer geflickt und bestimmt nicht ungefährlich für die Radfahrer, die ihnen immer wieder in hohem Tempo entgegenkamen.

Auf Lilous Bemerkung hin nickte Hiroux. »Die Straße von Carroux hinüber nach Sault ist viel besser ausgebaut«, sagte er. »Das hier ist die schmalste und steilste der drei Straßen, die zum Gipfel führen. Aber ich dachte, es wäre am besten, wenn wir die Strecke wählen, die auch Grenouille gefahren ist.«

»Ja, das ist gut.« Lilou sah wieder aus dem Fenster und versuchte sich vorzustellen, wie es sich anfühlen würde, diesen steilen Anstieg mit dem Fahrrad zu bewältigen. Nein, beschloss sie. Das war definitiv nicht ihr Sport.

Endlich traten die Bäume zurück, die Vegetation wurde dünner, die Umgebung der Straße felsiger, und es dauerte nicht lange, bis sie in einer Kurve einen ersten Blick auf ihr Ziel erhaschte. Majestätisch erhob sich der markante Gipfel über die kahlen, weißen Hänge. Aus der Entfernung mochte man meinen, dass auf dem Mont Ventoux sommers wie winters eine Schneedecke lag, doch in Wahrheit waren seine Flanken vom weißen Kies des umgebenden Kalkgesteins bedeckt, der hell das Sonnenlicht reflektierte. Eine letzte lange Steigung mit Blick zum Turm auf dem Gipfel, der langsam näher kam. Atemberaubende Kurven mit grandioser Aussicht in das blassblaue Panorama der Bergzüge des Luberons. Immer wieder Fahrzeuge am Straßenrand mit staunenden Touristen. Und natürlich überall Fahrradfahrer, vor, hinter und neben ihnen. Lilou bewunderte ihren Kollegen für die Gelassenheit, mit der er den Wagen durch die Serpentinen steuerte. Ganz offensichtlich machte er das nicht zum ersten Mal.

Kurz vor dem Gipfel bogen sie in einen Parkplatz ein. Es war nichts mehr frei, ein Mann in roter Warnweste winkte sie jedoch durch zu einer schraffierten Fläche. Das Parkverbotsschild wies eine Ausnahme für Einsatzfahrzeuge aus, Hiroux stellte den Wagen ab und wischte sich die Handflächen an der Uniformhose trocken. »Das ist kein Spaß«, brummte er. »Hier sind einfach zu viele Menschen.«

Lilou grinste. »Kannst du es ihnen verdenken?«

»Nein.« Er stieg aus, Lilou folgte ihm. »Weißt du, als ich zum ersten Mal auf dem Mont Ventoux war, war ich noch ein kleiner Junge. Mein Vater stieg mit mir herauf, und wir waren ganz allein hier oben. All das gab es noch nicht.« Mit einer ausholenden Geste umfasste er das Plateau des Gipfels. Ein Schild wies auf einen Kiosk hin, ein Pfeil deutete auf den Zuweg zu einem Restaurant. »Hier waren nur der Turm der Wetterstation, der Wind und die Krähen. Sonst nichts. Es hat mich ungeheuer beeindruckt.« Er hob die Schultern. »Heute ist das nur noch Kommerz.« Er zeigte auf einen Bus mit Anhänger, an dessen Seiten der Schriftzug eines Veranstalters prangte: »*Le Mont Ventoux pour tous*«, war darauf zu lesen. »Schau, sie bringen die Leute mit Bussen hier hoch und setzen sie auf Fahrräder, mit denen sie dann nur noch die Abfahrt absolvieren. Das ist doch nicht der Sinn der Sache.«

»Nein, vermutlich nicht.« Lilou sah sich um. »Aber ich kann auch verstehen, wenn sie auf diese Weise ein wenig die Luft der Tour de France schnuppern wollen. Selbst wenn es nicht jeder schafft, aus eigener Kraft, hier heraufzukommen.« Sie deutete auf ein älteres Ehepaar, das soeben aus seinem Wagen stieg. »Die Leute sind doch aus ganz unterschiedlichen Gründen hier. Wer will es ihnen verdenken?«

Sie schlossen sich den Besuchern an, die die letzten Meter bis zum Gipfel über eine breite Treppe erklommen. Oben angelangt, trat Lilou an das Geländer der Plattform. Von hier war die Aussicht wirklich atemberaubend: Die Gebirgszüge der französischen Alpen erstreckten sich über den gesamten Horizont, so weit das Auge reichte. Nur in Richtung Südwesten flachten die Berge immer mehr ab, bis die Ebene von Carpentras bis zur Rhône hin zunehmend im bläulichen Dunst verschwand. Der Wind sang in den stählernen Verstrebungen des Funkturms, es war unvermutet kalt. Lilou versuchte, die anderen Besucher auszublenden, und stellte sich vor, ganz allein hier oben zu sein. Einen Moment lang erahnte sie, wie sich Miquèl Hiroux als kleiner Junge gefühlt haben musste: Man wurde demütig und klein angesichts dieser gewaltigen Schönheit rundum.

Hiroux riss sie aus ihrer Versunkenheit. »Schau mal da«, sagte er und deutete mit dem Finger auf ein Geröllfeld unterhalb des Gipfels. »Kannst du sie erkennen?«

Lilou kniff die Augen zusammen. In der Richtung, in die Hiroux wies, konnte sie vereinzelte schwarze Punkte ausmachen, die sich langsam bewegten. »Sind das Schafe?«, fragte sie.

»Gämsen«, erwiderte Hiroux. »Sie sind sehr scheu, man kann sie meist nur aus der Ferne beobachten.« Seine Miene wirkte sehnsuchtsvoll. »Ich muss wirklich mal wieder eine Tour hier herauf machen. Frühmorgens hat man den Berg noch für sich allein.«

Lilou sah sich um. »Und wo steht dieses Gipfelschild?«

»Stand«, korrigierte Hiroux sie. »Dort drüben war es.«

An der niedrigen Brüstung, die die Plattform begrenzte, waren noch zwei metallene Pfosten zu sehen, über und über mit Aufklebern und Stickern bedeckt. Leere Schellen baumelten traurig von der Spitze. »Es ist ein Jammer.« Hiroux schüttelte den Kopf. »Fast schon ein Sakrileg. Ich hoffe wirklich, das Schild taucht wieder auf.«

Wenig später waren sie wieder unterwegs und fuhren bergab in Richtung Carroux. Die Straße war hier gut ausgebaut und breit und schwang sich in weiten Serpentinen über die hellen kiesbedeckten Hänge. Immer wieder boten sich grandiose Ausblicke in die umgebenden Berge. Lilou war froh, dass Hiroux am Steuer saß. Hoch konzentriert lenkte er den Wagen zwischen Fahrradfahrern und Wanderern bergab und würdigte die Aussicht keines Blickes.

Etwa auf halber Strecke setzte er den Blinker und bog in einen geschotterten Parkplatz ein. Ein Schild verwies auf einen Wanderweg, Picknicktische im Schatten der Bäume luden zum Verweilen ein. Er stellte den Wagen unter einer Kiefer ab, sie stiegen aus.

»Irgendwo da drüben muss es passiert sein«, sagte Hiroux und wies auf die andere Straßenseite.

Sie ließen eine Gruppe Fahrradfahrer passieren, bevor sie die Straße überquerten. Dann standen sie am Straßenrand und blickten nach unten. Der Hang fiel steil ab, niedrige Büsche verdeckten die Sicht auf den Wanderweg, der ein Stück unterhalb verlaufen musste. Von hier aus gab es genau genommen überhaupt nichts zu sehen – keine Spuren waren zu erkennen, die darauf hinwiesen, dass an dieser Stelle ein Mensch in den Tod gestürzt war. Allerdings war das auch achtundvierzig Stunden her – genug Zeit, dass sich die Vegetation am Straßenrand wieder erholte.

Lilou ließ die Blicke schweifen. Die Straße lag schnurgerade in der Nachmittagssonne und wies ein deutliches Gefälle auf. Klar einsehbar, Gefahren ließen sich rechtzeitig erkennen. Am Morgen konnte das anders sein, die langen Schatten der Bäume würden die Strecke verdunkeln, die auch noch feucht von der Nacht sein mochte. Aber trotzdem gab es eigentlich keinen Grund, weswegen man hier von der Straße abkommen sollte. Und ausgerechnet einem geübten Fahrradfahrer sollte das passiert sein? Sie schritt langsam am Seitenstreifen entlang und musterte den Boden, ob ihr irgendetwas ins Auge fiel. Im weichen Sand am Straßenrand waren Fahrradspuren zu erkennen, aber das war nicht verwunderlich bei den vielen Fahrern, die hinter ihr keuchend nach oben strampelten oder mit überhöhter Geschwindigkeit ins Tal brausten. Die beiden uniformierten Polizisten ernteten erstaunte Blicke, aber keiner der Sportler interessierte sich genug für ihr Tun, als dass er ihretwegen auch nur langsamer geworden wäre.

Sie sah sich noch einmal um. Bonaventures Worte gingen ihr durch den Kopf: dass ein Wagen Grenouille seitlich getroffen haben musste. Auf der anderen Straßenseite befand sich tatsächlich die Zufahrt zu dem Parkplatz, auf dem Hiroux angehalten hatte. Wenn ein Fahrer unaufmerksam war und schwungvoll auf die Straße einbog, ohne auf einen Radfahrer zu achten, der mit hoher Geschwindigkeit den Berg herunterkam ... Ja, es war möglich, dass der Unfall so passiert war. Und Hiroux hatte recht: Das war nur bei der Abfahrt denkbar. Bonaventures Andeutung, dass es sich womöglich um eine gezielte Attacke gehandelt hatte, mochte dagegen zutreffen oder auch nicht. Das ließ sich aufgrund der Gegebenheiten weder bestätigen noch ausschließen. Aber mindestens war es ein Unfall mit Fahrerflucht, dessen war sie sich nun ganz sicher.

Hiroux zuckte mit den Schultern. »Hast du genug gesehen?«, fragte er.

»Ich glaube schon.« Lilou warf noch einen letzten Blick über die Böschung am Straßenrand. Es war definitiv zu steil, um hier zum Wanderweg abzusteigen. Abgesehen davon hatte Karimi den Hang gründlich untersucht. Wenn hier im Wald Spuren zu finden gewesen wären, hätte er sie bestimmt entdeckt.

Schließlich stiegen sie wieder ins Auto und fuhren zurück. »Was denkst du?«, fragte Lilou. »Liegt Fremdverschulden vor oder nicht?«

»Ich weiß nicht.« Hiroux umrundete eine Gruppe Wandersleute. »Wenn du mit sechzig Stundenkilometern den Berg runterkommst, darfst du keine Fehler machen. Da reicht eine Kleinigkeit, ein Stein auf der Straße oder ein Insekt, das dir ins Auge gerät, und du machst einen Abflug.«

Er hob die Schultern. »Aber du siehst ja, was hier los ist. Eine Kollision mit einem Auto ist immer möglich.«

»Bonaventure ist überzeugt davon.« Lilou sah aus dem Fenster. Irgendetwas nagte an ihr, aber sie konnte nicht sagen, was es war. Sie schloss die Augen und rief sich noch einmal die Unfallstelle ins Gedächtnis. »Aber natürlich!«

»Was ist?« Hiroux warf ihr einen kurzen Seitenblick zu, bevor er die Augen wieder auf die Fahrbahn richtete.

»Grenouille ist auf der falschen Straßenseite gefahren!«

Miquèl stutzte, dann riss er die Augen auf. »Du hast recht. Wenn er von oben kam, fuhr er gar nicht auf der Talseite. Aber das bedeutet ja …«

»Dass er versucht hat, jemandem auszuweichen«, ergänzte Lilou. »Was auch immer hier passiert ist, er war nicht allein auf der Straße.«

Hiroux sah finster drein. »Verflucht noch mal, dann hat Bonaventure wirklich recht. Anders lässt sich dieser Unfall nicht erklären.«

Den Rest der Fahrt verbrachten sie schweigend. Auch Hiroux schien seinen Gedanken nachzuhängen. Lilou versuchte, die bisher gewonnenen Informationen im Geist zu sortieren. Ganz offensichtlich lag der Rechtsmediziner mit seinem Verdacht richtig. Die Tatsache, dass sich Grenouille auf der falschen Straßenseite befunden haben musste, ließ im Grunde keinen anderen Schluss zu, als dass noch jemand beteiligt gewesen war. Dazu kam, dass Bonaventures Befund eindeutig für eine Kollision mit einem Fahrzeug sprach, und nachdem Lilou die Unfallstelle mit eigenen Augen gesehen hatte, glaubte sie auch zu wissen, was geschehen war:

Ein Autofahrer war, ohne zu schauen, vom Parkplatz auf die Straße eingebogen. Grenouille hatte das Auto gesehen und war auf die Gegenfahrbahn ausgewichen, doch er hatte die Kollision nicht verhindern können und war über die Böschung in die Tiefe gestürzt.

Doch warum um alles in der Welt hatte der Fahrer nicht angehalten? Wieso hatte er nicht wenigstens die 112 gewählt? Grenouille könnte noch leben, hätte er rechtzeitig Hilfe erhalten. Lilou kaute auf ihrer Unterlippe. War doch etwas dran an Bonaventures Verdacht, dass es sich hierbei in Wahrheit um einen Anschlag handelte? Wer hatte Interesse daran, Yves Grenouille aus dem Weg zu räumen?

Das wenige, was sie über das Opfer wusste, hatte sie von Flo Lessien erfahren: Grenouille habe allein gelebt, hatte seine Nachbarin gesagt, und den Kontakt mit anderen Menschen vermieden. Dass er sich mit ihr angefreundet hatte, war offenbar nur der einsamen Wohnlage geschuldet gewesen und weniger dem Bedürfnis nach sozialen Kontakten. Selbst in Mirocène hatte er sich offenbar nur selten blicken lassen. Lilou runzelte die Stirn. Den alten Bauernhof hatte er vor zwei Jahren gekauft. Und als sie heute Morgen Grenouilles Namen recherchiert hatte, hatte sie keine Daten gefunden, die älter als zwei Jahre waren. Als ob der Mann keine Vergangenheit besäße. Oder sie bewusst verschleiert hatte?

»Wohin jetzt?«, fragte Hiroux, als sie das Ortsschild von Carpentras passierten.

»Am besten zurück in die Dienststelle«, antwortete Lilou. »Ich würde gern mehr über diesen Mann herausfinden. Die normalen Datenbanken geben nicht viel her. Er ist erst vor zwei Jahren in die Provence gezogen, aus der Zeit davor habe ich nichts über ihn gefunden. Das kam mir gleich eigenartig vor.«

»Verstehe.« Miquèl nickte. »Hatte er ein Mobiltelefon bei sich?«

»Nein. Nur seine Ausweise, einen Schlüssel und diese Karte vom *Club des Cinglés.*«

»Dann hat er auch keine Tour aufgezeichnet.«

»Was meinst du damit?« Lilou sah ihren Kollegen fragend an.

»Viele Sportler nutzen für Streckensportarten eine App, um ihre Fortschritte zu dokumentieren und mit der Community zu teilen. Hätte er ein *mobile* dabeigehabt, hätten wir vielleicht damit etwas über ihn herausbekommen.«

»Ach so.« Lilou schüttelte den Kopf. »Leider Fehlanzeige.«

»Auf jeden Fall sollten wir beim *Club des Cinglés* nachfragen«, stellte Hiroux fest. »Grenouille muss sich da angemeldet haben, um diese Stempelkarte zu erhalten.«

»Und was soll uns das bringen? Mehr als seinen Namen und seine Adresse werden die auch nicht haben. Und beides kennen wir.«

Hiroux hob die Schultern. »Vielleicht sind ja noch ältere Daten über ihn gespeichert. Viele ›Cinglés‹ machen die Tour mehr als einmal.«

»Das wird nicht funktionieren, Miquèl«, entgegnete Lilou und schüttelte den Kopf. »Vergiss nicht, dass wir keinen offiziellen Ermittlungsauftrag haben. Staatsanwalt Beringer wird uns keine Ermächtigung erteilen, diese Auskünfte einzuholen.«

»Muss er auch nicht.« Hiroux schmunzelte. »Wir können einfach René um die Daten von Grenouille bitten.«

»Wer ist René?« Lilou sah ihn fragend an.

»René Rodez«, ergänzte Miquèl. »Der Gründer und Präsident des *Club des Cinglés.*«

»Den du offenbar persönlich kennst.«

»Natürlich.« Miquèl grinste. »Die Fahrrad-Community in Carpentras ist nicht so groß. Aber René ist … ach, du wirst es sehen.«

»Okay.« Lilou nickte. »Kannst du ihn anrufen und um einen Termin bitten?«

»Muss ich nicht.« Hiroux trat auf die Bremse, setzte den Blinker und bog hinter dem Viadukt nach rechts ab. »Wir fahren einfach hin. Er wohnt gleich da vorn.«

Hiroux fuhr durch ein offen stehendes Gittertor und hielt vor einem niedrigen Gebäude, das bestimmt früher einmal eine Firma beheimatet hatte. Die weiße Farbe blätterte von den Wänden, darunter kam bräunlich verfärbtes Metall zum Vorschein. Die wenigen Fenster waren blind, eine metallene Treppe führte zu einer einfachen Stahltür. Rostspuren neben der Tür zeigten, dass hier einmal ein Firmenschild gehangen haben musste, doch es war längst verschwunden.

Hiroux stieg aus, und Lilou folgte ihm die drei bedenklich schwankenden Gitterstufen nach oben. Es gab keine Klinke, Hiroux klopfte an die Tür, das Geräusch hallte durch das gesamte Gebäude. Von drinnen waren Schritte zu hören, ein Schlüssel drehte sich im Schloss, dann ging die Tür auf, und René Rodez stand vor ihnen. Er trug Jogginghosen und ein verwaschenes T-Shirt, in seinem Mundwinkel hing eine qualmende Zigarette. Verwirrt starrte er sie an, als ob er sich erst vergegenwärtigen müsste, wo er sich befand. Dann nahm er die Zigarette aus dem Mund, und sein Gesicht verzog sich zu einem freudlosen Grinsen.

»Miquèl. Wenn du in Uniform kommst, bedeutet das bestimmt nichts Gutes.«

Hiroux erwiderte das Grinsen. »Keine Sorge, wir brauchen nur eine Auskunft. Dürfen wir reinkommen?«

Rodez nickte widerstrebend und trat von der Tür zurück.

KAPITEL 6

Das Innere des Gebäudes war eine Überraschung. Lilou ließ ihre Blicke durch den Raum schweifen. Es war tatsächlich nur ein einziger Raum, sämtliche Zwischenwände waren entfernt worden, sodass eine riesige Wohn- und Arbeitsfläche entstanden war. Die Mitte des Raums wurde von einem großen Tisch eingenommen, der mit Computerbauteilen, Kabeln und weiteren Komponenten bedeckt war, die Lilou nicht zuordnen konnte. Am Tisch lehnte ein Fahrrad, ein spilleriges Rennrad mit hoch eingestelltem Sattel. An der hinteren Wand, die beinahe im blauen Dunst von Zigarettenrauch verschwand, befand sich ein Bett, auf dem sich Decken und Kleidung in wildem Durcheinander stapelten, daneben war eine kleine Küchenzeile eingebaut. Lilou erkannte eine Spüle, in der sich Pizzakartons türmten, einen Kühlschrank und eine kleine Kaffeemaschine, für mehr war kein Platz. Ein niedriger Diwan an der Längswand verschwand ebenfalls unter Kleidung, Büchern und Zeitungen. An der Fensterwand verlief ein langer Arbeitstisch, auf dem drei Monitore flimmerten. Mehrere Computer standen aufgereiht daneben und blinkten in vielfarbigen Sequenzen. Auch hier herrschte Chaos, aber im Gegensatz zum übrigen Raum schien es ein gewisses System zu geben. Bunte Magazine waren säuberlich gestapelt, ein Becher mit Stiften befand sich neben einer Ablage, aus der Briefe und Schriftstücke quollen. Eine Kaffeetasse stand neben einem vollen Aschenbecher, ein Headset lag auf der Tastatur – offenbar hatten sie den Bewohner dieses Lofts bei der Arbeit unterbrochen.

René Rodez war ein Mann in den Vierzigern, und er wirkte deutlich weniger verwahrlost als seine Behausung, fand Lilou. Er war mittelgroß und schlank, trug das dunkle Haar kurz und war glatt rasiert. Seine Jogginghose war von einer bekannten Marke, und sein kurzärmeliges T-Shirt entblößte muskulöse Unterarme. Als er Lilou anlächelte, verwandelte sich sein Gesicht. Lachfältchen erschienen um seine Augen, die eben noch mürrische Miene war wie weggewischt.

»Und du bist Miquèls Kollegin?«, fragte er und reichte ihr die Hand.

»Genauer gesagt ist sie meine Vorgesetzte«, erwiderte Hiroux und schmunzelte. »Commissaire Lilou Braque.«

»*Salut,* Lilou«, sagte Rodez und schüttelte ihr feierlich die Hand. »Ich bin René.«

»Sehr erfreut«, antwortete Lilou ernsthaft. »Ich hoffe, Sie können uns helfen.«

»Das hoffe ich auch.« Er wandte sich ab und deutete auf die Küchenecke. »Wollt ihr Kaffee? Ich habe sonst nichts hier.«

»Ja, gern.« Hiroux nickte und sah sich um. »Können wir uns setzen?«

»Klar.« Rodez ging zum Sofa. Mit einem kräftigen Ruck zog er an der Decke, alles polterte zu Boden. Er machte eine einladende Geste. »Bitte schön, nehmt Platz.«

Lilou stieg vorsichtig über Kleidung und Zeitschriften hinweg, schob mit dem Fuß ein Buch zur Seite, es war *Une brève histoire du temps* von Stephen Hawking, und ließ sich vorsichtig nieder. Der Diwan war weich und überraschend bequem, und auf einmal spürte sie, wie müde sie war. Der

Tag war lang und anstrengend gewesen, und er war noch immer nicht vorbei.

Es dauerte nicht lange, und René Rodez kam mit zwei Kaffeebechern zu ihnen, aus denen Dampf aufstieg. Der Kaffee war schwarz und bitter und weckte Lilous Lebensgeister wieder.

Rodez hatte seine Tasse ebenfalls neu gefüllt. Er setzte sich auf seinen Schreibtischstuhl, der protestierend quietschte, und drehte ihn in ihre Richtung. »Was kann ich für euch tun?«

»Es gab einen Unfall mit einem Fahrradfahrer am Mont Ventoux, auf der Abfahrt nach Carroux«, begann Hiroux.

»Ach, wirklich?« Rodez hob den Kopf. »Davon habe ich gar nichts mitbekommen.«

»Es wurde nicht an die große Glocke gehängt.« Hiroux winkte ab. »Aber der Mann hatte eine Stempelkarte vom *Club des Cinglés* bei sich.«

»Verstehe.« René Rodez runzelte die Stirn. »Aber wieso glaubt ihr, dass ich deshalb mehr über ihn weiß als ihr?«

Hiroux warf Lilou einen fragenden Blick zu.

»Er ist erst vor zwei Jahren in die Gegend gezogen, und es scheint, als hätte er zuvor gar nicht existiert. Zumindest ist vor diesem Zeitpunkt nichts über ihn in den offiziellen Registern vermerkt.«

»Finde ich gut.« René Rodez grinste. »Ich halte gar nichts davon, dass Menschen so genau ausgeforscht werden können.«

»In diesem Fall wäre es aber wichtig, René.« Hiroux war ernst geworden. »Der Mann ist gewaltsam ums Leben gekommen.«

»Ach, er wurde ermordet?« Rodez sah erschrocken drein.

»Das wissen wir noch nicht«, antwortete Lilou. »Aber wir vermuten, dass es kein bloßer Unfall war. Deshalb ist es wichtig, möglichst viel über den Mann herauszufinden. Zum Beispiel, wo er früher gewohnt hat.«

»Und ihr glaubt, dass ich diese Informationen in meiner Datenbank habe?« Er stieß sich mit dem Fuß ab und drehte den Stuhl zu seinen Bildschirmen. »Nun, das lässt sich ja feststellen. Wie heißt der Mann?«

»Yves Grenouille«, sagte Lilou. »So wie der Frosch.«

Rodez tippte, dann hob er die Schultern. »Ich habe keinen Yves Grenouille«, sagte er. »Tut mir leid.«

»Er hatte aber eine Stempelkarte. Und so wie ich es verstanden habe, bekommt man die nur, wenn man sich auf der Website angemeldet hat, oder?«

»Das ist richtig.« René Rodez nickte. »Hast du die Stempelkarte dabei?«

»Nein«, Lilou zog ihr Telefon aus der Tasche, »aber ich habe Fotos.« Sie reichte ihm das Gerät.

Rodez musterte die Bilder, dann tippte er erneut. »Über die Nummer müsste ich ... Ah, da haben wir ihn ja.« Triumphierend wies er auf den Bildschirm. »Sein Name ist Harry Shelter.«

»Was?« Lilou stand auf und ging zu ihm hinüber. »Er heißt gar nicht Yves Grenouille?«

»Zumindest ist das nicht der Name des Mannes, der diese Stempelkarte beantragt hat. Der ist nämlich Brite.«

Lilou musterte den Eintrag. »Kann nicht auch jemand anders diesen Antrag stellen?«

»Prinzipiell schon.« Rodez hob die Schultern. »Aber es ergibt keinen Sinn. Wenn man an diesem Spiel teilnimmt, dann will man auch in die Rangliste.« Er klickte auf ein paar Buttons. »Schau, dein Mr Shelter hat schon sechsmal teilgenommen.«

Sie beugte sich vor und las die Einträge. »Er hat diese Fahrt jedes Jahr unternommen«, stellte sie fest.

»So ist es.« Rodez rief erneut eine andere Seite auf. »Hier ist die Adresse, an die ich …« Er stutzte. »Ach, er ist das.«

»Er ist was?« Lilou sah ihn auffordernd an. »So sagen Sie schon!«

»Ach, das war ein wenig eigenartig. Er hat mir einen Brief geschrieben, in dem ein Zwanzigeuroschein steckte mit der Bitte, ihm die Karte an eine andere Adresse zu schicken.«

»Venetie 844«, sagte Lilou und nickte. »In Mirocène.«

»Aber nein.« Rodez schüttelte den Kopf. »Also ja, die Adresse war in Mirocène, aber es war eine *épicerie*. Ein Kramladen.«

»Hm.« Lilou runzelte die Stirn. Sie blickte erneut auf den Bildschirm. »Als Adresse ist hier Newcastle in Großbritannien angegeben. Offenbar hat er sein Leben in Frankreich unter einem neuen Namen begonnen und spricht so gut Französisch, dass er sich als Franzose ausgeben konnte. Das erklärt natürlich, warum ich praktisch nichts über einen Yves Grenouille gefunden habe.«

»Aber nicht, wieso er das getan hat«, warf Hiroux ein.

»Und auch nicht, wieso er seinen Datenbankeintrag hier nicht selbst geändert hat.« Rodez hob die Schultern. »Es werden immer nur die aktuellen Daten gespeichert. Seine Vergangenheit wäre *perdu* gewesen.«

»Er hatte bestimmt Sorge, dass damit auch seine bisherigen Cinglés-Erfolge verloren sind«, mutmaßte Hiroux. »Deshalb hat er es nicht getan.«

»Ja, das kann sein.« Rodez nickte. »Seinen Namen hätte er auch nicht selbst ändern können. Dazu hätte er mich kontaktieren müssen.«

»Und genau das wollte er offenbar nicht.« Lilou runzelte die Stirn. »Harry Shelter hatte ganz sicher etwas zu verbergen. Und womöglich hängt sogar sein Tod mit seiner Vergangenheit zusammen.«

Rodez hatte sich wieder dem Computer zugewandt und rief eine Suchmaschine auf. Er gab den Namen »Harry Shelter« ins Suchfeld ein, doch die Einträge waren spärlich und hatten nichts mit ihrem gesuchten Unfallopfer zu tun. Der Mann war offenbar auch zuvor nicht im Internet vertreten gewesen.

»Ich kann euch seine Stammdaten ausdrucken«, schlug Rodez vor. »Ihr habt bestimmt noch andere Möglichkeiten als ich, um etwas über diesen Typen rauszubekommen.«

»Da wäre ich nicht so sicher«, gab Hiroux zurück und blinzelte Rodez zu. »Aber wir versuchen es erst einmal über den Dienstweg. Danke, René.«

»Aber immer gerne doch.« Rodez schwang seinen Bürostuhl herum und rollte zu einem Drucker, der ein Blatt Papier ausspuckte. »Bitte schön. Du kannst dich bestimmt bald mal revanchieren.«

»Du könntest dich auch einfach an die Straßenverkehrsordnung halten«, antwortete Hiroux. »Irgendwann ist dein Führerschein weg, dann kann ich dir auch nicht mehr helfen.«

»Schon gut.« Rodez grinste und zündete sich eine neue Zigarette an. »Ich geb mir ja Mühe.«

»Ich hoffe, du hast nicht vor, weiter inoffiziell zu ermitteln«, meinte Hiroux, als sie wieder im Auto saßen. »Oder doch?«

»Nein.« Lilou schüttelte den Kopf. »Falls Yves Grenouille in Wahrheit Engländer ist, müssen wir uns für weitere Auskünfte an die britischen Behörden wenden. Und für eine Anfrage nach Großbritannien brauchen wir eine Ermächtigung des Staatsanwalts. Das können wir nicht in Eigenregie entscheiden. Ich werde gleich mit Commissaire Demoireau sprechen.«

Hiroux warf einen Blick auf die Uhr. »Der Chef wird kaum noch im Büro sein«, sagte er. »Es ist schon nach sechs.«

»*Merde.*« Lilou runzelte die Stirn. »Aber heute können wir ohnehin nichts mehr unternehmen. Ich rede morgen früh mit ihm. Vermutlich wird Beringer entscheiden, dass nun doch Grissan die Ermittlungen übernehmen soll.« Sie deutete nach vorn, wo der zinnenbewehrte Turm der Porte d'Orange zu sehen war. »Kannst du mich bitte hier absetzen? Wir sehen uns dann morgen.«

»Klar.« Miquèl Hiroux lenkte den Wagen auf den Seitenstreifen. »Bis morgen!«

Lilou atmete tief durch, als sie auf der Straße stand. Von hier waren es nur ein paar Schritte zur Place de l'Horloge, wo sich nicht nur Simons Restaurant befand, sondern auch die große Wohnung im ersten Stock des Gebäudes, das ihr Freund von seinem Großonkel geerbt hatte. Noch immer fiel es ihr schwer, diese Wohnung als ihr Heim zu betrachten. Zwar wohnte sie bereits seit über einem Jahr in diesem Haus, doch bis vor einigen Wochen war ihr Zuhause das kleine Einzimmerappartement rechts oben unter dem Dach gewesen. Simon hatte das linke Zimmer bewohnt, und seit sie ein Paar geworden waren, war es durchaus ein Zusammenleben gewesen. Warum um alles in der Welt fühlte sich die größere Wohnung nun weniger wie ein Daheim an als das winzige Zimmer, das immer nur als vorübergehende Bleibe gedacht gewesen war, während sie ihr Praktikum absolvierte? Eigentlich sollte sie doch das Gefühl haben, endlich angekommen zu sein. Nicht zuletzt, weil sie Simons Heiratsantrag angenommen hatte und er genau genommen nicht mehr ihr Freund, sondern ihr Verlobter war. Dabei war das so ein altmodisches Wort und änderte überhaupt nichts zwischen ihnen.

Diesen Gedanken festhaltend, überquerte sie die Straße und trat in den Schatten der Porte d'Orange. Das letzte noch existierende Stadttor mündete in eine verwinkelte Gasse, der sie folgte. Kleine Läden reihten sich aneinander, der dicke Gemüsehändler grüßte sie mit einem Nicken, die junge Bäckersfrau, die gerade die Stellagen mit den ausgestellten Broten nach drinnen holte, lächelte ihr freundlich zu. An der Place de l'Horloge verhielt sie den Schritt. Am liebsten wäre sie gleich nach oben gegangen, hätte sich umgezogen und es sich auf dem Sofa gemütlich gemacht. Doch sie hatte Simon heute noch gar nicht gesehen, also besann sie sich anders und schob die Tür zum Restaurant auf. Mit schnellen Schritten durchquerte sie die Gaststube, die so früh am Abend nur spärlich besetzt war, nickte grüßend zu Pierre und Amalie hinüber, die hinter der Theke Gläser polierten, und betrat durch die Schwingtür die Küche.

Simons Angestellte waren alle mit den Vorbereitungen für den Abend beschäftigt. Bella und Yasemin saßen auf dreibeinigen Hockern am Tresen und schnitten Gemüse klein, Mersoud Aligot stand am Herd und rieb Orangenschalen in einen Bräter, aus dem es köstlich duftete. Er bereitete eine Daube zu, den traditionellen provenzalischen Schmortopf, und ihr lief das Wasser im Mund zusammen. Martin Frederikson füllte mit einem Ausdruck höchster Konzentration drei Suppenschalen, die auf einem Tablett standen. Nur Simon war nicht zu sehen.

»*Bonjour*«, grüßte sie in die Runde.

»Ah, Lilou!« Mersoud wandte sich um und begrüßte sie mit Wangenküssen. Martin winkte, die beiden Frauen nickten ihr zu.

Jetzt tauchte auch Simon auf. Er kam aus dem winzigen Büro, das sich an die Küche anschloss und das er eigentlich gar nicht mehr brauchte – schließlich gab es oben in der Wohnung zwei bislang ungenutzte Räume, die als ihre Arbeitszimmer gedacht waren und wo er bereits einen Schreibtisch aufgestellt und seinen Computer installiert hatte. Allerdings stand der Schrank mit dem Papierkram immer noch hier unten und wartete auf seine Übersiedlung.

»*Salut*, Hon.« Simon lächelte breit und küsste sie. »Schön, dich zu sehen.«

»*Bonjour*, Simon.« Sie erwiderte seinen Kuss. »Ich freue mich auch, dich zu sehen. Heute Mittag haben wir uns ja leider verpasst.«

»Heute Mittag? Ja, da war ich …«, er zögerte, »… unterwegs«, schloss er lahm. »Ich hatte etwas zu erledigen.« Er sah sie nicht an dabei.

Lilou hob die Brauen. Simon war eine ehrliche Haut, er konnte nicht lügen und tat es deshalb auch nie – eine Eigenschaft, die sie durchaus zu schätzen wusste. Warum um alles in der Welt dann ausgerechnet heute? Aber ihn hier vor versammelter Mannschaft zur Rede zu stellen, kam nicht infrage. »Ach so«, antwortete sie leichthin und bemühte sich, die Enttäuschung aus ihrer Stimme fernzuhalten.

»Magst du etwas essen?« Simon wandte sich zum Herd. »Wir haben heute Daube provençale als Tagesgericht. Die magst du doch so gern.« Eilfertig nahm er einen Teller aus dem Regal. »Mersoud, gib Lilou doch bitte etwas davon. Möchtest du ein Glas Wein dazu?«

Lilou ließ sich von ihm zur Bank am Mitarbeitertisch dirigieren. Bis der dampfende Teller und ein Glas mit perlendem Inhalt vor ihr standen, war der eigenartige Moment schon wieder vorbei. Simon setzte sich zu ihr an den Tisch. »Was hast du heute gemacht?«, fragte er.

Das hätte sie von ihm auch gern gewusst, aber sie verkniff sich die Frage. »Ich habe dir doch gestern von dem Fahrradfahrer erzählt, der am Mont Ventoux ums Leben gekommen ist«, begann sie. »Ich habe in der Sache ermittelt und dabei festgestellt, dass er hier unter falschem Namen lebte.«

»Oha.« Simon winkte Martin, der ihm ebenfalls ein Glas Wein eingoss. »Sagtest du nicht, die Gendarmerie sei für den Fall zuständig?«

»Normalerweise, ja.« Lilou begann zu essen. Wie immer schmeckte es köstlich. »Aber offenbar gibt es hier einen Interessenkonflikt, sodass ich erst mal inoffiziell ermitteln sollte. Er ist Engländer, und wir müssen die britischen Behörden kontaktieren, deshalb wird morgen …«

Martin kam an den Tisch. Offenbar hatte er ihre letzten Worte gehört. »Immer diese Engländer«, meinte er und verzog das Gesicht. »Stell dir vor, gestern hat einer Ketchup zu seinem Riz pilaw bestellt. Er sei ihm sonst zu trocken.« Entrüstet schüttelte er den Kopf. »Was für Banausen!«

Simon grinste. »Wir erfüllen natürlich auch solche Wünsche«, erwiderte er. »Mersouds Pilaw ist perfekt, aber wenn ein Gast es lieber mit Ketchup mag?« Er hob die Schultern. »Wer bin ich, das jemandem zu verbieten?«

Martin schnaubte entrüstet. »Er sollte froh sein, dass er etwas so Gutes zu essen bekommen hat. Von zu Hause kann er das ja nicht kennen.«

Simon schüttelte tadelnd den Kopf. »Das ist ein Vorurteil, Martin. Auch in Großbritannien gibt es gute Köche.«

»Ich kenne kein englisches Gericht, das mit der französischen Küche mithalten kann.« Martin reckte die Nase in die Luft. »Die können von uns noch was lernen.«

»Vielleicht sind sie ja deshalb so gern in Frankreich«, gab Lilou zurück. »Viele Briten leben sogar hier.«

»Und treiben unsere Immobilienpreise in die Höhe.« Martin machte ein finsteres Gesicht. »Ist ja okay, wenn sie in Frankreich Urlaub machen, aber sie müssen doch nicht gleich ganz hierbleiben.«

»Dir kann man es aber auch nicht recht machen.« Simon trank sein Glas aus und stand auf.

Amalie kam durch die Schwingtür und heftete einen neuen Bon an die Pinnwand. »Zwei Mal das Lamm für Tisch drei«, rief sie.

Martin wandte sich zu ihr. »Kommt sofort!«

Lilou legte die Gabel weg. »Ich bin satt«, sagte sie. »Und müde. Ich gehe nach oben.«

»Ist gut.« Simon nahm ihren Teller. »Ich schaue, dass es heute nicht so spät wird. Bis nachher, Babe!«

»Sag nicht Babe zu mir«, antwortete Lilou automatisch. Dann musste sie gähnen.

Er lachte. »Sorry, Babe.« Er küsste sie auf die Nase. »Und gute Nacht – falls du nachher schon schläfst.«

»Gut, dass du kommst, Lilou!« Mit diesen Worten wurde Lilou am nächsten Tag in der Dienststelle begrüßt. Auch heute saß Gardien Cropardin hinter dem Tresen am Empfang und sah ihr auffordernd entgegen. »Demoireau hat schon nach dir gefragt.«

»Ach ja?« Lilou nickte ihm zu. »Danke.« Tatsächlich hatte sie ohnehin vorgehabt, als Erstes den Commissaire aufzusuchen und ihm von ihren gestrigen Ermittlungen zu erzählen. Womöglich wusste Demoireau aber ohnehin schon Bescheid und wollte ihr mitteilen, dass Grissan den Fall übernehmen würde. Sie presste die Kiefer aufeinander. Sosehr sie sich anfangs gegen diese nicht offizielle Ermittlung gewehrt hatte – es hatte nicht am Fall gelegen, sondern nur an Beringers unkonventionellem Vorgehen. Der Fall selbst hatte sie vom ersten Moment an interessiert, und inzwischen brannte sie geradezu darauf, weitere Informationen zu Yves Grenouille alias Harry Shelter einzuholen. Sie seufzte und wandte sich zur Treppe.

Zu ihrer Überraschung war Demoireau nicht allein im Büro. Staatsanwalt Beringer war bei ihm und sprang auf, als sie das Zimmer betrat. Er kam auf sie zu und streckte ihr leutselig die Hand entgegen. »Madame le Commissaire, ich freue mich, Sie zu sehen«, sagte er.

»*Bonjour,* Monsieur le Procureur«, erwiderte Lilou. »Gut, dass Sie da sind«, begann sie. »Ich hätte Sie sonst angerufen, nachdem ich mit Commissaire Demoireau gesprochen habe.«

Beringer schmunzelte. Manchmal hatte Lilou das Gefühl, er sah in ihr immer noch die kleine Praktikantin und musste sich an ihre neue Rolle als Stellvertreterin von Demoireau erst gewöhnen. »Dann trifft sich das ja gut«, antwortete er.

»Was wollten Sie denn mit Commissaire Demoireau besprechen?«

Mit kurzen Worten schilderte sie, was sie gestern Abend bei René Rodez erfahren hatten. »Wenn ich weiter zur Person des Opfers ermitteln soll, muss ich Erkundigungen in Großbritannien einholen«, schloss sie. »Dazu brauche ich aber eine Befugnis, und die habe ich nur, wenn Sie mich offiziell mit der Ermittlung beauftragen.«

»Sie werden offiziell ermitteln«, antwortete Beringer und nickte Demoireau zu. »*Mon commissaire,* erzählen Sie doch Mademoiselle Braque, was Sie mir gerade berichtet haben.«

»Ich habe Nachricht aus der Kriminaltechnik erhalten«, begann der Commissaire. »Das Fahrrad des Unfallopfers ist in der technischen Abteilung der Gendarmerie untersucht worden. Die Ergebnisse bestätigen Bonaventures Verdacht: Es gibt eindeutige Hinweise auf Fremdverschulden. Die Spuren am Rahmen belegen die Kollision mit einem Auto – da hat jemand eindeutig Fahrerflucht begangen.«

»Nach so einem Unfall nicht anzuhalten, sondern einfach weiterzufahren, ist strafrechtlich als Vorsatz zu werten«, dozierte der Staatsanwalt. »Ich habe deshalb Strafantrag gestellt und eine Untersuchung eingeleitet.«

»Ich nehme an, Commandant Grissan wird nun übernehmen?«

»Natürlich.« Beringer nickte bekräftigend. »Alles rund um das Unfallgeschehen liegt in der Zuständigkeit der Gendarmerie. Ich habe ihn bereits angewiesen, die Ermittlungen aufzunehmen.«

»Dann wird er bestimmt auch René Rodez nochmals befragen wollen«, sagte Lilou. »Oder soll ich ihm …?«

»Aber nein.« Der Staatsanwalt winkte ab. »Den Kontakt zu den britischen Behörden stellen Sie bitte her. Grissan hat dafür gar keine Leute, er müsste das an die übergeordnete Dienststelle in Avignon weiterleiten. Ich würde die Untersuchungen aber lieber hier konzentrieren.« Er sah sie prüfend an. »Trauen Sie sich zu, mit Grissan zusammenzuarbeiten?«

»Natürlich.« Lilou grinste verhalten. »Die Frage ist eher, ob Commandant Grissan das hinbekommt.«

Demoireau ließ ein Schnauben hören. »Ihm wird nichts anderes übrig bleiben.«

»Unterschätzen Sie Grissan nicht«, sagte Beringer in rügendem Tonfall. »Er wäre nicht Chef d'escadron, wenn er nicht genau wüsste, was in dieser Situation geboten ist. Abgesehen davon ist die Aufgabenverteilung klar geregelt. Er ermittelt hier vor Ort zum Geschehen, während Sie versuchen, möglichst viel über die Vergangenheit des Opfers herauszufinden.«

»Sie sollten sich trotzdem regelmäßig mit ihm austauschen«, meinte der Commissaire. »Teambesprechungen sind das A und O jeder Ermittlung.«

Lilou verzog das Gesicht. Sie kannte Demoireaus Vorliebe für Besprechungen vor Ort, die in ihren Augen oft nur unnötig Zeit kosteten. Wobei das gemeinsame Sichten der Puzzlestücke einer Ermittlung, die durch das Team zusammengetragen wurden, natürlich ebenfalls wichtig war, das wollte sie gar nicht bestreiten. Nur so häufig, wie Demoireau diese Treffen im Rahmen einer größeren Ermittlung regelmäßig einberief, erschienen sie ihr als Zeitverschwendung. Und in diesem frühen Stadium der Untersuchungen erblickte sie erst recht wenig Sinn in einem Austausch. »Wir werden sehen«, sagte sie. »Erst einmal müssen wir Ergebnisse zum Besprechen haben.« Sie hob die Schultern. »Deshalb würde ich jetzt gern mit der Arbeit anfangen.« Sie sah Beringer an. »Wenn das für Sie in Ordnung ist?«

Er nickte. »Natürlich. Ich wünsche Ihnen viel Erfolg.«

»Danke, *mon procureur.*«

KAPITEL 7

In ihrem Büro angekommen, fuhr Lilou sofort den Rechner hoch. Während sie wartete, bis das Betriebssystem in Schwung kam und der Bildschirm das Emblem der Police nationale zeigte, trat sie ans Fenster. Das junge Laub der Platanen am Boulevard Albin Durand leuchtete und blinkte in der Morgensonne und verdeckte den blitzblauen Himmel. Sie öffnete den Fensterflügel und nahm einen tiefen Atemzug. Sofort brandete der Verkehrslärm herauf – auf der Ringstraße um die Altstadt staute sich der morgendliche Berufsverkehr. Mit leisem Bedauern dachte sie an die majestätische Stille des Mont Ventoux, die man so früh am Morgen vermutlich wirklich noch erleben konnte, und schloss das Fenster wieder.

Dass der Staatsanwalt sie nun auch offiziell ermitteln ließ, war eine willkommene Entwicklung. Weniger willkommen war die Tatsache, dass Beringer den Fall wieder in Grissans Hände gelegt und ihr nur die Hintergrundrecherche übertragen hatte. Aber das war die Entscheidung des Staatsanwalts, und die würde sie keinesfalls infrage stellen. Grissan hatte natürlich viel mehr Erfahrung als sie und kannte Land und Leute besser. Aber ob er wirklich unvoreingenommen an diesen Fall herangehen würde, wenn es ihm doch offenbar darum ging, sein Hobby in möglichst gutem Licht darzustellen? Ein Verkehrsunfall mit anschließender Fahrerflucht war wohl kaum geeignet, den Mont Ventoux künftigen Radsporttouristen schmackhaft zu machen.

Sie setzte sich an ihren Schreibtisch und rief die internationale Straftäterdatenbank auf. Große Hoffnungen, auf diese Weise etwas über Harry Shelter herauszufinden, machte sie sich nicht, weshalb sie es gestern auch gar nicht erst versucht hatte. Dazu kam, dass Zugriffe auf diese Datenbank aufgezeichnet wurden, weswegen sie das ohne das ausdrückliche Okay ihres Staatsanwalts auch nicht hätte tun dürfen. So war es aber kein Problem, und sie tippte den Namen »Harry Shelter« ins Suchfeld ein.

Das Ergebnis erschien, sie klickte den Eintrag an, und während sie las, wurden ihre Augen immer größer. Der Mann war alles andere als ein unbeschriebenes Blatt. Er wurde nicht nur in Großbritannien steckbrieflich gesucht, sondern war auch international zur Fahndung ausgeschrieben. Industriespionage lautete die Hauptanklage neben weiteren Vergehen wie Identitäts- und Ausweisfälschung, Datendiebstahl, Erpressung und Betrug. Offenbar war er ein Meister der Tarnung, lebte die meiste Zeit unter falschem Namen und hatte sich einer Festnahme immer wieder erfolgreich entzogen. Vor zwei Jahren erst war seine Identität aufgedeckt worden, als sein Auftraggeber, ein moldauischer Datenhehler, bei einer Razzia gefasst wurde und ihn im Zuge eines Deals mit der Staatsanwaltschaft verriet – zumindest reimte sich Lilou die verklausulierten Einträge so zusammen. Eine der Firmen, die Shelter geschädigt hatte, war ein bekannter britischer Hersteller von Kosmetikartikeln, und beim Namen – Plantadrug Inc. – rührte sich etwas in Lilous Gedächtnis.

Sie verließ die Maske der internationalen Straftäter, öffnete den Browser und tippte »Plantadrug« ins Suchfeld der Suchmaschine ein. Das erste Ergebnis war die Online-Version eines älteren Zeitungsartikels, und schon beim Lesen der Schlagzeile kam ihre Erinnerung zurück: *»Trickster steals top secret formula for everlasting youth!«*

Der Fall war vor drei Jahren sogar in Frankreich durch die Medien gegangen: Eine leitende Angestellte der Entwicklungsabteilung von Plantadrug Inc. hatte sich mit einem Heiratsschwindler eingelassen. Die persönliche Katastrophe dieser Frau wäre kaum einer Erwähnung in der Yellow Press wert gewesen. Allerdings hatte sich der Mann später als Industriespion herausgestellt, der nichts anderes im Sinn gehabt hatte, als die neueste Entwicklung der Firma – eine Hautcreme, die vollmundig ewig jugendliche Haut versprach – zu stehlen und an die Konkurrenz zu verkaufen. Die Mitarbeiterin hatte neben der menschlichen Enttäuschung und dem beruflichen Ruin auch noch die Schmähung durch die britische Sensationspresse hinnehmen müssen.

Lilou klickte das Foto im Beitrag an. Es zeigte die unscharfe Abbildung einer schwarzhaarigen Frau in einem hellen Businesskostüm mit akkurat geföhntem Bob, die am Arm eines älteren Mannes in einem dunklen Anzug in die Kamera lächelte. Lilou sah genauer hin. Natürlich war das nicht Yves Grenouille alias Harry Shelter, sondern der Vorstandsvorsitzende der Plantadrug Inc., zu dem Dr. S., wie sie in dem Artikel genannt wurde, offenbar damals noch ein gutes Verhältnis gehabt hatte. Die Frau war wahrlich nicht zu beneiden – Grenouille, wie Lilou ihn im Geiste immer noch nannte, hatte ihr Leben zerstört. Was aus ihr wohl geworden war? Vermutlich hatte sie woanders versucht, beruflich neu Fuß zu fassen. Was bestimmt nicht einfach gewesen sein konnte: Die Branche war mit Sicherheit gut vernetzt, und wer sich einmal so exponiert hatte, fand bestimmt nicht ohne Weiteres einen neuen Job in diesem Bereich.

Lilou schloss das Browserfenster mit einem Klick und kehrte zurück zu der Datenbank der internationalen Straftäter. Gewissenhaft rief sie Eintrag für Eintrag zu Harry Shelter auf. Offenbar waren verschiedene Dienststellen mit den Untersuchungen befasst gewesen, und man hatte erst im Nachgang, als Shelters Name einmal bekannt war, verschiedene Fälle von Industriespionage und Datendiebstahl seiner Person zuordnen können. Es gab Hinweise auf mehrere Adressen, an denen er gemeldet gewesen war, und Namen, die er angenommen hatte, ein besseres Foto als das in seiner Akte fand sie jedoch nicht.

Lilou runzelte die Stirn. Die Anschrift in Newcastle, unter der er sich als Harry Shelter beim *Club des Cinglés* registriert hatte, war nicht unter seinen bekannten Aufenthaltsorten. Vielleicht war das ein Hinweis darauf, dass das tatsächlich seine richtige Adresse gewesen war? Selbst jemand, der Identitäten und Wohnsitze wechselte wie andere Menschen ihre Kleidung, brauchte eine Basis, zu der er nach einem Auftrag zurückkehren konnte. Und die Harry Shelter vermutlich aufgegeben hatte, als er aufgeflogen war. Wobei er den Namen Yves Grenouille und sein Untertauchen in Frankreich offenbar bereits seit längerer Zeit vorbereitet hatte. Lilou lehnte sich in ihrem Sessel zurück und dachte nach.

Hatte das, was sie über den Mann herausgefunden hatte, wirklich etwas mit seinem Tod zu tun? Es konnte ein einfacher Unfall mit Fahrerflucht gewesen sein, wie er leider oft genug vorkam und jeden Radfahrer auf einer belebten Straße jederzeit ereilen konnte. Traurig, vermeidbar und vor allem auch strafbar, weshalb das auch ein Fall für die Ermittlungsbehörden war. Aber eine vorsätzliche Tat war hier nicht auszuschließen, das hatte ja auch Bonaventure angedeutet. Und im Licht der neuen Erkenntnisse war dieser Gedanke auch nicht von der Hand zu weisen: Harry Shelter hatte viele Menschen betrogen und den Zorn der Geschädigten auf sich gezogen. Die Mitarbeiterin von Plantadrug war wahrscheinlich nicht die Einzige gewesen, deren Gutgläubigkeit er für seine Zwecke missbraucht hatte. Lag es nicht nahe, dass eines seiner Opfer durch Zufall oder mithilfe aufwendiger Recherche die neue Identität Shelters herausgefunden hatte? Und nun in den provenzalischen Bergen brutal Rache genommen hatte?

Lilou bekam Gänsehaut. Die Tötung eines Menschen gezielt zu planen, war etwas so Schreckliches, dass sie es sich kaum vorzustellen vermochte. Dabei hatte sie beruflich doch immer wieder damit zu tun, dass scheinbar ganz normale Menschen ihren Mitmenschen Schaden zufügten – ob beabsichtigt oder nicht, machte für das Opfer keinen Unterschied.

Doch halt – sie stutzte. Bis jetzt hatte sie außer dem Namen in René Rodez' Datenbank keinen Hinweis darauf, dass es sich bei ihrem Unfallopfer wirklich um den gesuchten Industriespion handelte. Vielleicht war das nur eine zufällige Namensgleichheit? Oder Yves Grenouille hatte sich aus welchen Gründen auch immer für den Namen des gesuchten Betrügers entschieden, als er sich beim *Club des Cinglés* registrierte? In den sozialen Medien war das keine Seltenheit, und so sparsam, wie Grenouille mit seinen Daten im Internet umzugehen schien, war es sogar durchaus nachvollziehbar.

Tatsächlich hatte bisher niemand die Leiche identifiziert – alles, was sie hatten, war seine *carte d'identité* und das Foto aus der Führerscheindatenbank, in der sein Führerschein auch erst seit zwei Jahren eingetragen war. Aufmerksam musterte sie das Foto, das Shelters Akte beigelegt war. Es zeigte einen Mann in mittleren Jahren mit fülligem, dunklem Haar, Schnauzbart und einer markanten Hornbrille. Eine gewisse Ähnlichkeit mit ihrem toten Fahrradfahrer war nicht zu leugnen, aber im Grunde hatte Shelter ein Allerweltsgesicht – nicht anders als Grenouille. Ob der Mann tatsächlich Harry Shelter war, konnte ihr bisher niemand beantworten.

Sie rief erneut Shelters Datenblatt in der Straftäterdatenbank auf, scrollte sich durch die Einträge und suchte den mit dem jüngsten Datum. Eine Polizeidienststelle in London zeichnete dafür verantwortlich, der zuständige Beamte hieß DS Bradley Fox. Lilou griff zum Hörer und wählte die Nummer, die auf dem Kopf des Untersuchungsberichts angegeben war.

Das Erste, was Lilou bei ihrem Telefonat nach Großbritannien feststellte, war, dass sie die Nummer der Metropolitan Police in London gewählt hatte. Jene übergeordnete Dienststelle, die nach ihrer Adresse unter dem Namen »Scotland Yard« bekannt war und für deren Zuständigkeiten es in Frankreich keine wirkliche Entsprechung gab.

Das Zweite war, dass Detective Sergeant Fox zwischenzeitlich zum Detective Inspector aufgestiegen war, wie sie eine weibliche Stimme ein klein wenig schnippisch korrigierte. Aber natürlich könne sie Lilou mit dem Kollegen verbinden, sie möge bitte in der Leitung bleiben.

Das Dritte war die ausnehmend sympathische Stimme, die DI Fox besaß. Er sprach sogar ein paar Brocken Französisch, war aber unüberhörbar erleichtert, als Lilou signalisierte, dass sie das Gespräch auf Englisch führen konnten.

Von dem, was sie ihm mitzuteilen hatte, war Fox dagegen regelrecht elektrisiert. »Ich komme rüber zur Identifizierung«, sagte er sofort. »Ich kenne Shelter persönlich, wir hatten ihn mal zur Vernehmung hier. Aber wir konnten ihm damals nichts nachweisen und mussten ihn wieder laufen lassen. Danach war er wie vom Erdboden verschwunden.« Er lachte leise. »Was ja kein Wunder ist, wenn er gar nicht mehr im Lande war. Und bei euch in Frankreich kann man vermutlich ganz gut untertauchen.«

Lilou musste ihm recht geben. Da es hier kein zentrales Melderegister gab, war es selbst für Polizeidienststellen nicht ganz einfach, den Aufenthaltsort eines Menschen festzustellen. Wenn nun jemand wie Harry Shelter unter falschem Namen ein Haus erwarb, reichte im Grunde ein einziges gefälschtes Ausweisdokument, um damit eine neue Existenz zu begründen. Solange er nicht mit Behörden in Kontakt treten musste, würde nie jemand seine Identität hinterfragen.

Noch während sie telefonierten, hatte sich DI Fox bereits über die Verbindungen nach Frankreich kundig gemacht. »Es gibt heute Mittag einen Flug nach Marseille. Bleib bitte in der Leitung, ich lasse mir gleich ein Ticket reservieren.« Lilou hörte seine Tastatur klappern, dann war er wieder am Apparat. »Wo ist Shelters Leiche jetzt? Bei euch in Carpentras? Kannst du mir ein Hotel empfehlen?«

Lilou geriet beinahe selbst außer Atem bei der Geschwindigkeit, mit der DI Fox vorging. »Ja, natürlich. Wir kümmern uns darum.«

»Sehr gut. Das Ticket ist schon gebucht, mein Flieger landet um 16 Uhr 15 Ortszeit.« Ein kurzes Zögern. »Wie komme ich nach Carpentras? Holt mich jemand ab, oder soll ich ein Taxi nehmen?«

»Ich werde da sein.« Lilou warf einen Blick auf die Uhr. Es war gerade einmal halb elf, bei DI Fox noch eine Stunde früher. »Das ist kein Problem.«

»Dann bis nachher.« Lilou glaubte, das Grinsen durch das Telefon zu hören. »Ich freue mich.«

Sie grinste zurück, obwohl Fox das ja genauso wenig sehen konnte wie sie. »Ich freue mich auch.«

Sie beendete das Gespräch und blieb noch einen Augenblick sitzen. Der britische Kollege schien wirklich zu hoffen, dass Shelter endlich gefunden worden war und der Fall damit zu den Akten gelegt werden konnte. Auch wenn er sich bestimmt einen anderen Abschluss gewünscht hätte, dachte sie. Ein Täter sollte vor Gericht gestellt und seiner gerechten Strafe zugeführt werden. Wenn er vorher starb oder wie in diesem Fall gewaltsam zu Tode kam, wurde der Täter zum Opfer, und das widersprach Lilous Gerechtigkeitssinn. Wenn jemand durch ein Gewaltverbrechen starb, musste alles unternommen werden, die Umstände des Todes aufzuklären. Und wenn sich das Opfer zuvor eines Verbrechens schuldig gemacht hatte, war die Herausforderung sogar noch größer. Dann mussten diese Taten ebenfalls untersucht werden – schon allein, um zu verhindern, dass ein Unschuldiger dafür büßte. So gesehen war es gar nicht verkehrt, dass Grissan für die Aufklärung von Shelters Unfall zuständig war, ging ihr durch den Kopf. Während sie zusammen mit DI Fox Harry Shelters verbrecherische Vergangenheit untersuchen würde. Falls es sich bei ihrem Unfallopfer wirklich um Harry Shelter handelte, rief sie sich ins Gedächtnis. Erst wenn Fox die Leiche identifiziert hatte, durfte sie ihn als Straftäter betrachten. Vorher galt auch bei ihm die Unschuldsvermutung.

Sie stand auf und ging hinüber ins Nachbarbüro, wo Roseanne Filippi ihr Reich hatte. Wie immer quoll der Schreibtisch der Sekretärin über von Akten, Papieren und Formularen, doch die treue Seele der Dienststelle hatte das Chaos auf ihrem Schreibtisch genauso im Griff wie all die vielen Vorgänge, die über denselben liefen.

»Guten Morgen, Lilou.« Die ältere Frau rückte die Brille zurecht und strich sich eine dunkle Locke aus dem Gesicht, die sich aus ihrem aufgesteckten Dutt gelöst hatte. »Du siehst aus, als wärst du einem Gespenst begegnet.«

»Ein wenig kommt es mir auch so vor«, gab Lilou zu. »Unser verunglückter Fahrradfahrer ist kein unbeschriebenes Blatt, wie wir bisher dachten. Er ist Engländer und wird in Großbritannien wegen Industriespionage gesucht. Heute Nachmittag kommt ein Kollege von Scotland Yard rüber, um ihn zu identifizieren.« Sie deutete auf Roseannes Rechner. »Kannst du bitte ein Hotelzimmer für ihn reservieren?«

»Natürlich.« Roseanne lächelte. »Wie heißt er? Und wie lange wird er bleiben?«

»Detective Inspector Bradley Fox«, antwortete Lilou. »Wie lange er bleibt, hängt vor allem davon ab, ob Yves Grenouille wirklich Harry Shelter ist. Und natürlich davon, ob es Hinweise gibt, dass Shelters Vergangenheit mit seinem Tod zu tun hat.« Sie hob die Schultern. »Offenbar ist DI Fox schon länger mit diesem Fall befasst.«

»Braucht er auch eine Reservierung im TGV?«, fragte Roseanne. »Oder will er lieber einen Leihwagen?«

»Weder noch.« Lilou machte eine abwehrende Geste. »Ich hole ihn nachher vom Flughafen ab.«

»Ach.« Roseanne grinste. »Hat er das vorgeschlagen?«

»Ja.« Lilou zuckte beiläufig mit den Achseln. »Wenn wir wirklich gemeinsam ermitteln sollen, ist es doch gut, wenn wir uns gleich ein wenig kennenlernen.«

»Aber natürlich.« Roseanne blies sich die widerspenstige Locke aus dem Gesicht. »Dass er bildhübsch ist und ein sympathisches Lächeln hat, hat damit ganz bestimmt überhaupt nichts zu tun.«

»Ich weiß nicht einmal, wie er aussieht«, gab Lilou zurück. »Kennst du ihn denn?«

»Bis jetzt nicht«, antwortete Roseanne. »Ich hätte allerdings nichts dagegen, ihn kennenzulernen.« Sie kicherte. »Aber natürlich ist er viel zu jung für mich.«

Sie drehte ihren Monitor zu Lilou. Auf dem Bildschirm war ein junger Mann in Uniform zu sehen. Dunkles Haar fiel ihm in die hohe Stirn, intensiv blaue Augen blickten in die Kamera, sein offenes Lächeln zeigte blendend weiße Zähne. Er hatte die Daumen in den Gürtel gehakt und trug die Uniform der Metropolitan Police mit einer Lässigkeit, um die Lilou ihn spontan beneidete. Auf dem Foto wirkte er wie einem Werbeplakat entstiegen, und als Lilou die Bildunterschrift las, bestätigte das ihre Vermutung: Es handelte sich um eine Imagebroschüre der Londoner Polizei. »*We'd love to have you in our team*«, lautete der zugehörige Text.

»Ist der nicht bombig?«

Lilou winkte ab. »Wenn er so aussieht, ist er vermutlich ein eingebildeter Affe«, sagte sie. »Am Telefon klang er allerdings ganz nett.«

»Du wirst es herausfinden.« Roseanne blinzelte ihr zu. »Jedenfalls muss Simon gut auf dich aufpassen.«

»Keine Sorge, ich kann schon selbst auf mich aufpassen.« Lilou runzelte die Stirn. Manchmal hatte Roseanne Ansichten wie aus dem vorvorigen Jahrhundert. »Abgesehen davon ist das ein rein berufliches Treffen. Das hat mit Simon nichts zu tun.«

»Natürlich nicht.« Roseanne war ernst geworden. »Verzeih. Ich wollte nichts unterstellen.«

»Schon gut.« Lilou lächelte Roseanne an. »Wie geht es Sylvie?«

»Gut.« Die Sekretärin warf einen zärtlichen Blick auf das Foto eines hübschen Mädchens von etwa zwölf Jahren. Die dunklen Locken und die Stupsnase wiesen sie eindeutig als Roseannes Tochter aus. Von Commissaire Demoireau, ihrem Vater, hatte sie außer den ernsten grauen Augen nicht viel mitbekommen. »Sie ist gerade auf Klassenfahrt, und ich vermisse sie jetzt schon.« Roseanne seufzte. »Aber da muss ich durch. Ich kann sie ja nicht ständig festhalten.«

»Nein, das kannst du wohl nicht«, antwortete Lilou. »Irgendwann muss sie auf eigenen Beinen stehen.«

»Ich weiß.« Roseanne schlug die Augen nieder. »Am liebsten wäre es mir, sie würde ewig so klein bleiben. Aber gleichzeitig bin ich sehr stolz darauf, wie gut sie sich entwickelt.« Ihr Gesicht hellte sich auf. »Stell dir vor, sie will ebenfalls Polizistin werden.«

»Das wundert mich nicht.« Lilou schmunzelte. »Bei den Eltern ist das doch nicht verwunderlich.«

»Vermutlich hast du recht.« Roseanne nickte. »Jedenfalls bin ich schon sehr gespannt auf deinen Inspector Fox. Du stellst ihn uns doch bestimmt vor, oder?«

»Aber ja.« Lilou grinste. »Ich bringe ihn morgen mit, dann kannst du ihn kennenlernen.«

Lilou verließ Roseannes Büro und kehrte in ihr eigenes Zimmer zurück. Statt an ihren Rechner setzte sie sich auf das hellblaue Sofa, das an der Wand stand, und starrte an die Decke. Sie war gegenüber dem Staatsanwalt nicht ganz ehrlich gewesen – in Wahrheit hatte sie keine große Lust auf eine Zusammenarbeit mit Grissan, der sie schon mehrfach hatte spüren lassen, was er von ihr hielt: nicht viel. Ob es daran lag, dass sie eine Frau war oder in seinen Augen zu jung für den Job, oder ob es einfach an seinen allgemeinen Vorbehalten gegenüber den Kollegen der Police nationale lag, vermochte sie nicht einzuschätzen. Sie wusste nur, dass er ihr ständig das Gefühl vermittelte, sich beweisen zu müssen, und das hatte sie eigentlich nicht nötig. Himmel, sie war stellvertretende Dienststellenleiterin und gut in ihrem Job – Grissans Vorurteile konnten ihr am Allerwertesten vorbeigehen. Die waren sein Problem, nicht das ihre.

Sie stand auf, straffte die Schultern und atmete tief durch. Wenn der Staatsanwalt wollte, dass sie mit dem Chef der Gendarmerie zusammenarbeitete, dann sollte sie es einfach tun, anstatt Löcher in die weiße Wand zu starren. Sie griff nach dem Telefon, wählte die Nummer der Dienststelle der Gendarmerie und ließ sich mit Grissan verbinden.

»*Bonjour,* Madame le Commissaire«, sagte der Commandant. »Monsieur le Procureur hat mich schon unterrichtet.«

Er klang abweisend, als ob er über den Auftrag genauso wenig erfreut wäre wie sie. Aber tatsächlich hörte sich Grissan immer irgendwie kurz angebunden an, und Lilou beschloss, seinen Tonfall zu ignorieren. Mit knappen Worten berichtete sie, was sie über Shelters Vergangenheit herausgefunden hatte und dass ein Kollege aus Großbritannien zur Identifizierung nach Carpentras kommen würde. »Falls es sich bei unserem Opfer tatsächlich um diesen Industriespion handelt, werden wir mit den britischen Behörden zusammenarbeiten müssen«, schloss sie. »Dann bekommt der Fall völlig andere Dimensionen.«

Lilou hörte Grissan schnaufen. Doch er widersprach nicht. »Bringen Sie ihn gleich morgen früh her«, befahl er. »Ich will mit ihm reden. Am besten um ...«, er zögerte, »sagen wir, um neun. Diese *Anglais* fangen ja nicht so früh an.«

»In Ordnung.« Sie unterdrückte ein Schmunzeln. »Vielleicht möchten Sie gleich eine Teambesprechung ansetzen? Dann können wir abstimmen, wie wir weiter vorgehen.«

»*D'accord.*« Begeistert klang Grissan nicht, aber er würde sich genauso fügen wie sie. Und es brachte ja wirklich nichts, wenn sie die Ermittlungen getrennt durchführten. Falls Shelter aufgrund seiner Vergangenheit Opfer eines Gewaltdelikts geworden war, dann brauchte Grissan die Informationen, die der britische Kollege ihm liefern konnte. Umgekehrt war es durchaus möglich, dass Shelter seine verbrecherische Tätigkeit nach Frankreich verlagert hatte, als ihm der Boden in Großbritannien zu heiß geworden war, und sein Tod in Wahrheit ein brandaktueller Fall war, dem Fox natürlich nachgehen würde.

Sie beendete das Gespräch und rief als Nächstes Docteur Bonaventure an. Der Rechtsmediziner zeigte sich nicht wirklich erstaunt über die neue Entwicklung. »Ich hab's doch gleich gesagt«, polterte er. »Wenn ihr Flics nur ein einziges Mal auf mich hören würdet!«

Lilou grinste. »Ein Kollege aus Großbritannien kommt, um die Leiche zu identifizieren. Sind Sie heute Nachmittag da? Dann würde ich ihn ...«

»Natürlich bin ich da«, unterbrach sie Bonaventure. »Wo soll ich auch sonst sein? Wann kommt er?«

»Sein Flieger landet um 16 Uhr 15. Ich bringe ihn dann direkt zu Ihnen, wenn das okay ist.«

»Ich werde warten. Bin ja selbst gespannt, wen ich da auf dem Tisch habe.«

»Alles klar. Dann bis nachher.«

»*Au revoir.*« Er räusperte sich. »Das haben Sie sehr gut gemacht, Mademoiselle.«

»Danke, Monsieur le Docteur.«

Als Lilou das Gespräch beendet hatte, sah sie auf die Uhr. Es war gleich zwölf, eigentlich noch zu früh für ihre Mittagspause. Allerdings musste sie rechtzeitig los, um pünktlich in Marseille am Flughafen zu sein. Im günstigsten Fall würde sie eine Stunde brauchen, doch der Verkehr rund um Frankreichs zweitgrößte Stadt war unberechenbar, und sie wollte auf keinen Fall zu spät kommen. Sie schob ihren Stuhl zurück und streckte sich, dann schnappte sie sich ihre Tasche, verließ ihr Büro und ging die Treppe nach unten.

In der Eingangshalle lief ihr Guillaume Mistral über den Weg. Der junge Kriminaltechniker kam gerade die Treppe aus dem Keller herauf. Sein Gesicht hellte sich auf, als er sie erblickte. »Lilou! Wie schön, dich zu sehen!«

»Guillaume!« Sie erwiderte seine Wangenküsse. »Du siehst müde aus.«

»Das bin ich auch.« Er nahm die Brille ab und rieb sich die Augen. »Ich habe letzte Nacht die DNA-Spuren von Grenouilles Kleidung ausgewertet und hatte nicht viel Schlaf.«

»Ach so.« Lilou lächelte ihn an. »Ich mache gerade Mittagspause. Möchtest du mich begleiten und mir erzählen, was du rausgefunden hast?«

»Dazu müssen wir nicht essen gehen«, antwortete Guillaume. »Ich habe genau gar nichts herausgefunden. An Grenouilles Trikot sind keine Fremdspuren nachzuweisen.«

»Okay.« Lilou nickte. »Kommst du trotzdem mit?«

»Ist das ein dienstlicher Befehl?« Er verdrehte mit übertriebener Mimik die Augen. »Dann bleibt mir wohl keine Wahl.«

Lilou musste lachen. »Ist schon okay, ich lade dich ein.«

»So war das doch gar nicht gemeint.« Guillaume schmunzelte. »Aber wenn du das Mittagessen bezahlen willst, sage ich nicht Nein.«

»Ich wollte aber nur ins Café *Le Luc*«, wiegelte Lilou ab. »Ich muss nachher noch nach Marseille.«

»Das *Le Luc* ist völlig okay.« Er gähnte erneut. »Die haben wenigstens anständigen Kaffee. Was treibst du in Marseille?«

»Das erzähle ich dir, wenn wir da sind.«

Es war nicht weit zur Place du 25 Août. Das Café *Le Luc* war ein einfaches Lokal, das kleine Mittagsgerichte und ein Salatbüfett an einer Selbstbedienungstheke anbot. Drinnen war es eng und ein wenig schäbig, doch in der warmen Jahreszeit konnte man draußen unter der dunkelroten Markise sitzen und den lebhaften Betrieb auf dem Platz beobachten. Das Essen war gut und günstig, weshalb die Kollegen aus der Dienststelle auch gern zum Mittagessen hierherkamen. Und nicht nur die – es war proppenvoll, alle Tische auf der Terrasse waren besetzt. Die Kellnerin eilte sichtlich gestresst mit einem vollen Tablett an ihnen vorbei. »Ihr müsst ein bisschen warten«, rief sie über die Schulter. »Tisch fünf wird gleich frei.«

Lilou stellte sich auf die Zehenspitzen und versuchte zu erspähen, welchen Tisch die Kellnerin meinte. Guillaume deutete auf einen Vierertisch am Straßenrand. Miquèl Hiroux saß da zusammen mit einer Frau, die ihnen den Rücken zukehrte. Bevor Lilou ihn daran hindern konnte, drängte sich Guillaume zwischen den Stühlen hindurch und winkte Lilou, ihr zu folgen.

Seufzend setzte sie sich in Bewegung. Sie hatte noch nicht entschieden, ob und wie sie Hiroux in die weiteren Ermittlungen einbinden würde. Um in Shelters Vergangenheit zu recherchieren, brauchte sie ihn nicht, und wenn sie mit DI Fox zusammenarbeitete …

»Stopp«, befahl sie sich selbst. Noch wussten sie nicht einmal mit Sicherheit, ob Grenouille und Shelter wirklich dieselbe Person waren. Und Hiroux hatte zumindest ein Recht darauf, von den neuen Entwicklungen zu erfahren.

Guillaume hatte bereits am Tisch neben Miquèl Platz genommen und wies auf den letzten freien Stuhl. Die Frau hatte sich halb umgewandt, und Lilou erkannte die dunkelhaarige Frau, die am Dienstagmorgen in diesen Unfall verwickelt gewesen war. Statt des Kopftuchs von gestern trug sie heute eine schmale Kappe, unter der ihre dunklen Locken hervorquollen. Nur noch ein hautfarbenes Pflaster klebte auf ihrer hohen Stirn.

»*Bonjour,* Madame Bayes«, begrüßte sie sie. »Ich hoffe, es geht Ihnen wieder gut?«

»Aber ja, danke.« Die Frau hatte eine angenehm warme Stimme. »Ihr Kollege kümmert sich sehr nett um mich.« Sie lächelte Hiroux zu.

Der erwiderte das Lächeln mit leicht belämmertem Gesichtsausdruck. »Gibt es schon etwas Neues zu unserem Fall?«, fragte er.

Lilou runzelte die Stirn. Vor einer Person, die nicht der Polizei angehörte, über einen aktuellen Fall zu sprechen, war ein No-Go. War ihr Kollege so verblendet von dieser Frau, dass er daran gar nicht mehr dachte? Oder wollte er sich vor ihr wichtigmachen, war das so ein Männerding? Sie sah, dass auch Guillaume irritiert schaute.

»Wir wollen doch jetzt nicht über die Arbeit reden«, sagte Lilou leichthin und warf Hiroux einen strengen Blick zu. »Ich habe Mittagspause.«

»Aber ja, natürlich. Verzeih.« Hiroux wurde tatsächlich rot.

Madame Bayes trank ihre Cola aus und erhob sich. »Ich will dann auch nicht länger stören«, sagte sie. »Ich muss ohnehin zurück in mein Hotel. Ich habe heute noch Termine.«

Hiroux sah ihr hinterher. »Sie bleibt nur noch ein paar Tage in Carpentras«, sagte er bedauernd. »Sie arbeitet für ein Pariser Unternehmen.«

»Verstehe.« Lilou sah zu, wie die schlanke Frau mit raschen Schritten den Platz überquerte und in einen silbergrauen Wagen stieg, der am Bürgersteig parkte. Offenbar ein Ersatzwagen, denn der blaue Toyota, mit dem sie am Dienstag den Unfall gehabt hatte, war bestimmt noch nicht wieder fahrbereit. »Dann tut es mir leid, dass wir euch gestört haben.«

»Ach, das macht doch nichts.« Hiroux lächelte gequält. »Sie hat ja wirklich genug zu tun.«

»Das haben wir auch.« Sie erzählte ihm von dem Auftrag des Staatsanwalts, und was sie am Vormittag über Harry Shelter herausgefunden hatte. »Heute Nachmittag kommt ein Kollege von der Metropolitan Police in London, um die

Leiche zu identifizieren. Wenn es sich wirklich um Shelter handelt, wird das vielleicht ein internationaler Fall.« Sie hob die Schultern.

»Womöglich sind wir dann beide raus«, meinte Hiroux. »Wenn die Briten übernehmen …«

»… können sie nicht ohne Weiteres in Frankreich ermitteln«, ergänzte Guillaume den Satz. »Sie müssen schon mit uns zusammenarbeiten.«

»Oder mit Grissan.« Hiroux nickte. »Ich bin gespannt, wie Beringer das sieht.«

»Ich auch.« Lilou winkte die Kellnerin heran. »Aber nun würde ich wirklich gern etwas essen.«

KAPITEL 8

Sie hatten das *Le Luc* gerade verlassen und gingen den Boulevard Albin Durand entlang, als Guillaume Lilou mit dem Ellbogen anstieß. »Schau mal da drüben«, sagte er und deutete hinüber zur anderen Straßenseite. »Ist das nicht Simon?«

Lilou blieb stehen und blickte in die Richtung, in die Guillaume wies. Tatsächlich: Gerade trat ihr Freund aus einem Hauseingang, der zum Hotel *Romaneum* gehörte, einem der kleineren Hotels am Rande der Altstadt. Direkt hinter ihm folgte eine schlanke Frau mit honigblondem Haar, das ihr glatt über den Rücken fiel. Sie gehörte zu den Frauen, die auch in Jeans und T-Shirt chic aussahen, stellte Lilou nicht ohne Neid fest. Die Fremde hakte sich bei Simon unter, er lachte sie zärtlich an und sagte etwas zu ihr, was Lilou auf die Entfernung natürlich nicht hören konnte. Aber der Gesichtsausdruck der Frau, als sie in sein Lachen einstimmte, sprach Bände.

Lilou schloss die Augen und biss die Zähne aufeinander. Es war wie eine eiskalte Dusche. Sie neigte nicht zur Eifersucht und wäre nie auf die Idee gekommen, Simon nachzuspionieren, wenn er auf seinen Einkaufstouren zu den Bauern und Märkten der Umgebung unterwegs war. Aber vielleicht war das ja ein Fehler gewesen, dachte sie. So vertraut, wie die beiden miteinander umgingen, schienen sie sich schon länger zu kennen, und die Tatsache, dass sie gemeinsam aus einem Hotel kamen, sprach eine mehr als eindeutige Sprache.

Guillaume legte ihr in einer verständnisvollen Geste die Hand auf den Arm. »Vielleicht gibt es ja eine ganz harmlose Erklärung dafür«, sagte er.

Mühsam drängte sie die Tränen zurück. »Ja, bestimmt gibt es die«, brachte sie heiser hervor. »Lass uns weitergehen, ich muss gleich los.«

»Stimmt, der englische Kollege, den du abholen musst.«

»Genau.« Lilou nickte. »Ich will auf keinen Fall zu spät am Flughafen sein.«

»Soll ich lieber mitkommen?« Guillaume schaute sie besorgt an. »Du siehst ziemlich fertig aus.«

»Aber nein, es geht schon.« Sie rang sich ein Lächeln ab, auch wenn sie ahnte, dass es eher einer Grimasse glich. »Mir geht's gut.«

»Das glaub ich dir zwar nicht, aber okay.« Guillaume hob die Schultern. »Du musst wissen, was du tust.«

Sie atmete tief durch und zwang sich zu einer festen Stimme. »Mach dir bitte keine Sorgen. Simon macht so etwas nicht. Das ist bestimmt nur eine alte Freundin, es hat überhaupt nichts zu bedeuten.«

»Na gut.« Guillaume hob die Schultern. »Wenn du meinst?«

»Ja, das meine ich.« Lilou nickte nachdrücklich. Es *hatte* nichts zu bedeuten, Simon würde sie nicht betrügen. Wenn sie sich das nur oft genug vorsagte, glaubte sie es vielleicht irgendwann selbst.

»Fahr bitte vorsichtig«, sagte Guillaume und küsste sie auf die Wangen. »Ich will dich in einem Stück wiederhaben.«

»Versprochen.« Lilou erwiderte die *bisous.* »Wir sehen uns dann morgen.«

Tatsächlich war Lilou dankbar, die nächste Stunde für sich allein zu haben. Sie würde die Zeit brauchen, um den Schock zu verdauen. Zwar hatte sie sich gegenüber Guillaume zuversichtlich gezeigt, dass es eine ganz harmlose Erklärung für den Vorfall geben würde, doch in Wahrheit konnte sie sich nicht vorstellen, wie die aussehen sollte. Simon und eine fremde Frau in trautem Umgang miteinander – es gab nicht viele Möglichkeiten, wie das zu interpretieren war. Simon war Kanadier und lebte noch nicht lange in Frankreich, und sie hatten beide aufreibende Jobs, die nicht viel Zeit für Freundschaften ließen. Sie hätte die Hand dafür ins Feuer gelegt, dass sie Simons Freunde – und auch seine Freundinnen – alle kannte. Mehr noch, dass sie auch selbst mit ihnen befreundet war.

Sie zwang sich zur Konzentration, während sie den Dienstwagen durch den Stadtverkehr steuerte. Erst als sie die Schnellstraße nach Avignon erreichte, wagte sie es, sich ein wenig zu entspannen. Sofort waren ihre Gedanken wieder bei Simon und der Fremden. Wer war sie? So vertraut, wie die beiden miteinander umgegangen waren, doch bestimmt keine Geschäftspartnerin. Simon kaufte gern direkt bei Bauern und lokalen Kooperativen ein, aber danach hatte diese Frau einfach nicht ausgesehen. Und wäre das ein ganz harmloses Treffen mit einer alten Freundin aus seiner Vergangenheit gewesen, hätte Simon ihr doch bestimmt davon erzählt. Sie waren jetzt seit bald einem Jahr zusammen, es gab keine Heimlichkeiten zwischen ihnen, hatte es nie gegeben und würde es auch nie geben. Zumindest war sie davon noch vor einer Stunde überzeugt gewesen.

Inzwischen war sie kurz vor Avignon, und große Wegweiser über der Straße kündigten die Abzweigung zur Autobahn nach Marseille an. Sie wechselte die Spur und fädelte sich rechts ein. Vor ihr leuchteten rote Bremslichter auf, die Autos wurden immer langsamer, bis sie nur noch im Schritttempo dahinrollten. Verärgert schlug sie mit der Hand auf das Lenkrad. Rund um Avignon staute es sich oft, und sie hoffte, dass nicht auch noch ein Unfall passierte, der den Verkehr ganz zum Erliegen brachte. Zäh ruckte die Schlange weiter, und sie ließ ihre Gedanken wieder treiben.

Der gestrige Tag kam ihr in den Sinn. Simon war gestern Mittag nicht in seinem Restaurant gewesen. Etwas, das ihres Wissens nur selten vorkam – es war nicht seine Art, seine Leute mit der Arbeit allein zu lassen. Seine Einkaufstouren unternahm er deshalb strikt außerhalb der Öffnungszeiten des Restaurants, und auch seine Termine plante er, wenn möglich, zu anderen Zeiten. Hatte er sich vielleicht auch gestern mit dieser Frau getroffen? Ging das am Ende schon länger? Und hatte nicht auch Mersoud eigenartig abwehrend reagiert? Waren seine Mitarbeiter eingeweiht?

Lilou presste die Kiefer aufeinander. Nein, das führte zu nichts. Die Restaurantbelegschaft hatte damit nichts zu tun. Das war allein eine Sache zwischen ihr und Simon. Oder vielmehr zwischen Simon und der blonden Frau. Sie atmete tief durch. Wenn sie ihre Gefühle benennen sollte, so waren es in erster Linie Wut und Enttäuschung. Wut, weil Simon ihr Vertrauen missbrauchte, und Enttäuschung, weil sie gerade bei ihm das Gefühl gehabt hatte, dass das Vertrauen, das sie in ihn und ihre Beziehung setzte, gerechtfertigt war. Vor einigen Wochen hatte er ihr einen Heiratsantrag gemacht, den sie angenommen hatte. Ein Termin für die

Hochzeit stand zwar noch nicht fest, aber für sie hatte ihre Beziehung damit das Stadium der Unverbindlichkeit längst verlassen. Seit sie zusammen in die große Wohnung gezogen waren, die früher Simons Großonkel gehört hatte, betrachtete sie sich und Simon als Familie. Himmel, sie hatten sogar über Kinder gesprochen! Und ja, sie wollte Kinder, und sie wollte sie mit ihm, auch wenn der richtige Zeitpunkt für sie noch nicht gekommen war. Sie spannte den Kiefer an. Je mehr sie darüber nachdachte, umso mehr hatte sie das Gefühl, als bräche gerade ihre gesamte Lebensplanung in sich zusammen.

Endlich erreichte sie das Autobahnkreuz. Zum Glück folgten die meisten Fahrzeuge der Beschilderung nach Norden, nach Valence und weiter nach Lyon – der Stau hatte sich augenscheinlich an der Mautstelle in Fahrtrichtung Norden gebildet. Sie dagegen wollte nach Süden, und hier war die Fahrt frei. Sie nutzte an der *péage* die Fahrspur ganz rechts, die Einsatzfahrzeugen vorbehalten war, und die Plakette, die an ihrem Rückspiegel befestigt war, gab ein leises Piepen von sich, die Ampel sprang auf Grün, die Schranke hob sich, dann war sie durch und trat aufs Gas.

Die Landschaft wurde rasch grüner. Die letzten Gebäude wichen spitzzipfeligen Zypressen und baumbestandenen Hügeln. Als sie die Rhône überquerte, hob sich plötzlich Lilous Laune. Die Sonne lachte von einem strahlend blauen Himmel, der Ginster blühte in leuchtendem Gelb, und die Autobahn machte ihrem Namen – Autoroute du Soleil – alle Ehre. Sie öffnete das Seitenfenster und genoss den Fahrtwind, der durch den Wagen wirbelte. Nein, sie würde sich von der kleinen Szene, die sie beobachtet hatte, nicht den Tag verderben lassen. Sie beschloss, sich lieber auf die Begegnung mit DI Fox zu freuen, auf den sie wirklich neugierig war. Und auf die gemeinsame Ermittlung natürlich. Mit einem Kollegen aus einem anderen Land zusammenzuarbeiten, würde eine ganz neue Erfahrung für sie sein. Allerdings sollte sie nicht zu viel erwarten – gut möglich, dass der britische Beamte nur die Leiche identifizierte und im Anschluss zurück nach Hause flog. Oder Staatsanwalt Beringer legte die komplette Ermittlung in die Hände von Grissan und seinen Gendarmen, wenn sich herausstellte, dass es sich bei dem Toten wirklich um Harry Shelter handelte.

In Lançon-Provence passierte sie erneut eine Mautstelle, danach wurde die Umgebung wieder städtischer und der Verkehr immer dichter. Als endlich das graublaue Wasser des Étang de Berre in Sicht kam, bewegte sie sich in einer zäh fließenden Kolonne vorwärts. Aber nun hatte sie es beinahe geschafft, die ersten Schilder wiesen bereits auf die Zufahrt zum Flughafen hin. Sie warf einen Blick auf die Uhr, es war halb vier, sie würde pünktlich sein.

Am Flughafengelände folgte sie der Beschilderung zu den Terminals und bog schließlich in die Vorfahrtspur ein. Hier war das Parken den Taxis und Bussen vorbehalten, doch es gab auch Haltebuchten für die Einsatzkräfte. Kurz überlegte sie, den Dienstwagen hier abzustellen, aber diese Parkplätze waren wirklich Einsatzfahrzeugen vorbehalten, und als sie zwei uniformierte Gendarmen der Brigade für Lufttransport mit martialisch aussehenden Maschinenpistolen erblickte, fuhr sie weiter zum Kurzzeitparkplatz. An einer der großen Schautafeln orientierte sie sich, dann machte sie sich auf den Weg zum Terminal.

Zwischen all den Anzugträgern in der Ankunftshalle erkannte Lilou Bradley Fox erst, als er auf sie zutrat. Er war in Zivil, trug zu beigefarbenen Cargohosen ein helles Leinensakko und darunter ein dunkelblaues Poloshirt mit einem diskret eingestickten Polizeiemblem über der linken Brust. Das sah chic und gleichzeitig dienstlich aus und wäre in Frankreich vollkommen undenkbar. Französische Polizisten sah man nur dann ohne Uniform, wenn sie verdeckt ermittelten, während das in Großbritannien augenscheinlich anders gehandhabt wurde.

»Commissaire Braque?« Er streckte ihr die Hand entgegen. »*Bonjour*, Madame. Ich bin Detective Inspector Bradley Fox. Meine Freunde nennen mich Brad.«

Sein Lächeln war entwaffnend, und sie erwiderte seinen Händedruck, fest und warm. »Ich heiße Lilou.«

»Schön, dich kennenzulernen, Lilou.«

»Ich freue mich auch.« Sie deutete auf seine Umhängetasche. »Hast du nicht mehr Gepäck?«

»Nein.« Er grinste. »Ich hatte nicht viel Zeit zum Packen. Falls ich länger bleibe, muss ich wohl oder übel einkaufen gehen.«

»Das bekommen wir hin.« Sie wandte sich zum Ausgang. »Mein Wagen steht auf dem Parkplatz. Wir fahren direkt in die Rechtsmedizin, wenn das okay für dich ist. Docteur Bonaventure erwartet uns.«

»Natürlich ist das okay.« Er schulterte seine Tasche und folgte ihr. »Falls euer Toter doch nicht Harry Shelter ist, fliege ich gleich morgen wieder zurück.« Das klang beinahe bedauernd. Offenbar fand der junge Inspector die Möglichkeit, in Frankreich zu ermitteln, genauso spannend wie sie, mit einem Kollegen von der britischen Polizei zusammenzuarbeiten.

»Wir werden sehen«, sagte sie und entriegelte die Türen des Peugeot. Mit der Hand fegte sie rasch ein paar Krümel vom Beifahrersitz und holte eine zusammengeknüllte Tüte aus dem Fußraum. Auf einmal schämte sie sich für den Zustand des Wagens, den ihr Vorgänger nicht gerade pfleglich behandelt hatte. Inzwischen hatte sich Lilou an die Flecken auf der Polsterung und die Brandlöcher im Sitz so gewöhnt, dass sie sie gar nicht mehr wahrnahm – in Gegenwart des schicken Beamten der Met wurden sie ihr peinlich bewusst.

Bradley Fox schwieg, während Lilou sich durch den Feierabendverkehr kämpfte. Offenbar wollte halb Marseille aus der Stadt hinaus, während gleichzeitig annähernd genauso viele Fahrzeuge stadteinwärts fuhren. Sie entspannte sich erst ein wenig, als sie die Stadtautobahn erreichten, und atmete auf, sobald sie wieder auf der Route du Soleil waren.

Zur Linken tauchte eine gleißende Wasserfläche auf, die Bergkette am gegenüberliegenden Ufer war im blauen Dunst des Nachmittags nur zu erahnen. »Ist das das Mittelmeer?«, fragte Fox.

»Das ist der Étang de Berre«, erklärte Lilou. »Ein Binnensee, der aber mit der Bucht von Marseille und der Mündung der Rhône durch einen Kanal verbunden ist, sodass ihn auch größere Schiffe befahren können.«

»Verstehe.« Fox sah aus dem Fenster. »Dann ist das ein bisschen wie bei uns in London mit der Themsemündung.«

Lilou nickte. Sie war noch nie in Großbritannien gewesen und konnte sich nicht so recht vorstellen, wie eine Flussmündung einem Binnensee ähneln sollte. Aber wenn Bradley Fox das so sah, wer war sie, darüber zu befinden?

»Warst du schon einmal in Frankreich, Brad?«, fragte sie.

»Nein, es ist mein erstes Mal.« Er reckte den Hals, um an Lilou vorbei aus dem Fenster zu sehen. »Das Land ist wunderschön.«

»Ja, das ist es wirklich«, antwortete Lilou im Brustton der Überzeugung. Sie stammte aus Paris und hatte ursprünglich geplant, auch wieder dorthin zurückzukehren. Doch inzwischen war sie jeden Tag aufs Neue froh über den Zufall, der sie nach Carpentras verschlagen hatte – die lebhafte kleine Stadt war ihr mitsamt der wunderschönen Umgebung regelrecht ans Herz gewachsen. »Du hast Glück, jetzt ist die beste Jahreszeit für einen Besuch in der Provence. Es ist noch nicht so heiß, und die Lavendelblüte steht unmittelbar bevor.«

»Ich bin schon sehr gespannt.« Bradley Fox lehnte sich zurück und streckte die langen Beine aus. »Magst du mir während der Fahrt von unserem Fall erzählen?«

»Ja, gern.« Lilou scherte aus und überholte einen Lastwagen. Erst als sie wieder zurück auf der rechten Spur war, begann sie zu sprechen. »Am Montag ist am Mont Ventoux ein Radfahrer tödlich verunglückt. Er stürzte den Hang hinab, wir haben ihn durch Zufall am Dienstagabend gefunden.« Mit knappen Worten beschrieb sie die Fahrt, die Yves Grenouille an diesem Tag unternommen hatte und die sie anhand der Stempel rekonstruieren konnten. »Laut der Datenbank des *Club des Cinglés* wurde diese Streckenkarte an einen Briten namens Harry Shelter ausgegeben. Und als ich den Namen in die polizeiliche Datenbank eingab …«

»Bist du auf einen gesuchten Industriespion gestoßen.« Fox nickte. »Wir fahnden schon seit Jahren nach ihm. Das Team, das in der Sache Shelter ermittelt, umfasste zeitweilig über hundert Beamte. Er hat unzählige Firmen bestohlen und dem britischen Königreich eine Menge Schaden zugefügt, indem er Firmengeheimnisse ins Ausland verkauft hat.« Er hob die Schultern. »Seinen Namen kennen wir erst seit etwa einem Jahr. Damals wurde ein moldauischer Zwischenhändler gefasst, der ihn verraten hat.« Seine Miene verdunkelte sich. »Der Mann hat dafür Strafminderung bekommen. Das war nicht in Ordnung, denn wir konnten Shelter trotzdem nicht dingfest machen. Wenn du mich fragst, hat ihn der Hehler gewarnt, und er ist daraufhin untergetaucht. Augenscheinlich in Frankreich.«

Lilou runzelte die Stirn. »Grenouille hat den Hof, den er bewohnt, schon vor zwei Jahren gekauft und lebt seitdem hier. Das passt nicht zusammen.«

»Wieso denn nicht? Er wird sich rechtzeitig seinen Rückzugsort geschaffen haben.«

»Inklusive neuer Identität? Hm, ja, vielleicht.«

»Natürlich.« Fox nickte nachdrücklich. »Auf diese Weise wären wir nie auf ihn gekommen. Als Shelter aufgeflogen ist, lebte Grenouille schon längst in Frankreich.«

»Vermutlich hast du recht.« Lilou neigte den Kopf. »Er musste ja schließlich jederzeit mit so etwas rechnen.«

»Und bestimmt wollte er sich irgendwann zur Ruhe setzen. Shelter ist oder war jetzt Mitte sechzig. Ich denke, er hatte seine Schäfchen im Trockenen und hätte solche Jobs ohnehin nicht mehr lange gemacht.«

»Seinen Ruhestand hat er sich bestimmt anders vorgestellt.« Lilou beschrieb Fox die einsame Lage des Hofs. »Er lebte sehr zurückgezogen und hatte eigentlich nur mit seiner Nachbarin Kontakt.«

»Dann ist das doch der perfekte Ort, wenn man nicht gefunden werden will.«

»Ja, du hast recht.« Lilou nickte. »So habe ich es noch gar nicht gesehen. Es würde tatsächlich sehr gut passen.«

Docteur Bonaventure erwartete sie in seinem Büro. Lilou hatte ihn von unterwegs noch kurz angerufen und ihr Kommen angekündigt.

Bradley Fox sah sich neugierig in dem vollgestellten Zimmer um. Bonaventure war ein großer, korpulenter Mann, und die Büroeinrichtung spiegelte die Statur des Besitzers durchaus wider. Der Schreibtisch war riesig, und die Anordnung der drei Monitore erinnerte an das Cockpit eines Raumschiffs. Eine massive Tastatur und ein Trackball verschwanden beinahe unter Stapeln von Papier, Aufzeichnungen und Notizen, Zeitschriften und Ausdrucke bildeten ein chaotisches Durcheinander, das vermutlich nur Bonaventure durchblickte. Der Schreibtischstuhl war naturgemäß äußerst robust und ebenfalls von gigantischen Ausmaßen und erinnerte mit seiner hohen Lehne und den Nackenstützen ein wenig an einen Ohrensessel.

Bonaventure stemmte sich ächzend hoch und schüttelte Lilou und Fox die Hand. »*Bonjour,* Monsieur«, sagte er. »Ich bin Bonaventure und habe die Leiche untersucht«, stellte er sich vor. Er sprach flüssig Englisch, aber mit starkem Akzent.

»Ich habe schon von Ihnen gehört, Monsieur le Docteur«, erwiderte Fox und rieb sich unauffällig die Hand. »Ich habe Ihre Veröffentlichung über Toxinnachweis bei Wasserleichen gelesen.«

»Ah.« Bonaventures Gesicht hellte sich auf. »Das freut mich. Das freut mich wirklich sehr.« Er winkte mit großer

Geste. »Lassen Sie uns rübergehen. Sie möchten ihn doch sicher sehen.«

»Ja, bitte.«

Bradley Fox klang nicht sehr begeistert, fand Lilou. Aber vermutlich ging es ihm nicht anders als ihr: Sich mit einer Leiche zu befassen, gehörte einfach zum Job, aber es war definitiv nicht der Teil ihrer Arbeit, um den sie sich riss. Sie wusste, dass es Kollegen gab, die ein ehrliches, fast schon wissenschaftliches Interesse an der Arbeit eines Rechtsmediziners hatten und denen die Untersuchung eines toten Menschen auch nichts ausmachte. Doch sie gehörte definitiv nicht dazu. Und DI Fox offenbar auch nicht, stellte sie fest. Er war blass um die Nase, hatte die Lippen zu einem schmalen Strich zusammengepresst, und seine Miene zeigte deutlich einen Ausdruck von Widerwillen.

Trotzdem beugte er sich gehorsam über den Tisch, als Bonaventure das Tuch von der Leiche zog. Eingehend betrachtete er das Gesicht des Toten, dann nickte er. »Ja, das ist Harry Shelter«, sagte er. »Ich bin mir ganz sicher.« Er zog ein Telefon aus der Tasche. »Ist es okay, wenn ich ein paar Fotos mache?«, fragte er. »Ich möchte sie gern meinen Kollegen in London schicken.«

»Klar.« Bonaventure steckte die Hände in die Taschen seines weißen Kittels und trat einen Schritt beiseite. »Brauchen Sie mehr Licht?«

»Nein, das geht schon.« Mit geübten Bewegungen machte Fox seine Aufnahmen, schritt um den Tisch herum und lichtete Yves Grenouille von allen Seiten ab. Nein, Harry Shelter, korrigierte sich Lilou im Stillen. Sie musste aufhören, von ihm als sportbegeistertem Franzosen zu denken. Der Mann war ein Verbrecher, hatte Firmen bestohlen und

Menschen betrogen. Sie musterte Shelters Gesicht. In den Polizeiberichten hatte sie von seiner Masche gelesen, sich das Vertrauen einer Mitarbeiterin in gehobener Position zu erschleichen und so Zugang zu Firmendaten zu erlangen. Er musste etwas an sich gehabt haben, was auf Frauen diese Wirkung hatte, dachte sie. Doch nun, im Tod, war davon nichts mehr zu erkennen. Vielleicht war es seine Stimme gewesen, seine Art zu sprechen. Oder sein Lachen, sein Humor? Der Tod hatte sein Mienenspiel eingefroren und damit auch seine Anziehungskraft, worin auch immer sie bestanden haben mochte, einfach ausgelöscht. Der Mensch Harry Shelter war in diesem Toten nicht mehr zu erkennen.

DI Fox schob sein Telefon wieder zurück in die Tasche seines Sakkos. »Darf ich Ihre Berichte nach London weiterleiten?«, fragte er. »Die Kollegen möchten die Akte schließen.«

»Der letzte Akt sozusagen.« Bonaventure lachte volltönend über sein eigenes Wortspiel. »Madame la Commissaire hier hat alle Befunde. Sie kann sie Ihnen gerne geben.«

»Das ist gut.« Fox warf ihr einen Seitenblick zu. »Ich denke, wir werden in diesem Fall ohnehin zusammenarbeiten. Ich kenne Shelter und du die Umstände seines Todes.«

»Das würde ich sehr gern«, antwortete Lilou. »Aber das entscheidet der Staatsanwalt, nicht ich.«

»Eigentlich ist nämlich die Gendarmerie für den Fall zuständig«, erklärte Bonaventure. »Und nicht die Polizei.«

»Ach?« Die Augenbrauen des jungen Detectives hoben sich. »Wieso das denn?«

»Bei uns sind die Zuständigkeiten örtlich geregelt«, erklärte Lilou. »Vereinfacht gesagt ist in den Städten die Polizei für Ermittlungen zuständig, auf dem Land dagegen die

Gendarmerie. Und da Grenouille, also Harry Shelter, am Mont Ventoux zu Tode gekommen ist, fällt die Untersuchung in die Verantwortung der Gendarmerie. Außer der Staatsanwalt entscheidet anders.« Sie nickte zu dem Toten hin. »In diesem Fall hat er mich mit der Recherche zur Vergangenheit dieses Mannes beauftragt, während die Kollegen von der Gendarmerie den Unfallhergang untersuchen.«

»Das war im Leben kein Unfall«, brummte Bonaventure auf Französisch und schnaubte. »Das habe ich Ihnen doch erklärt.«

»Ich weiß.« Lilou machte eine beschwichtigende Geste. »Trotzdem ist sein Tod als Unfall zu betrachten. Und wir haben zu klären, ob jemand diesen Unfall vorsätzlich herbeigeführt hat.«

Bonaventure deutete auf das Bein des Toten. Die Rissquetschwunde hatte sich inzwischen tiefschwarz verfärbt, während die Haut rundherum in Grün- und Brauntönen schillerte. Abbauprozesse des Blutfarbstoffs, wie Lilou wohl wusste, die auch die Kühlung in der Rechtsmedizin nur verlangsamen, aber nicht aufhalten konnte. Wenn sie Shelters Verletzungen eingehender untersuchen wollten, sollte es bald geschehen. »Hier hat ihn ein Wagen mit der Stoßstange getroffen«, erklärte der Rechtsmediziner. »Dem Winkel nach muss das Fahrzeug seitlich auf ihn zugekommen sein. Das würde ich als Tötungsabsicht interpretieren.«

»Das ist nur ein Indiz«, korrigierte ihn Lilou. »Genauso gut kann ihn der Wagen beim Überholen gerammt und über die Böschung gestoßen haben.«

»Wäre er den Hang hinuntergerutscht, hätten wir deutlich mehr Hautabschürfungen vom Sturz«, widersprach Bonaventure. »Ich habe mir die Stelle an der Straße angesehen. Der Mann ist mit Schwung von der Straße geflogen. Mit mehr Schwung, als dass es versehentlich passiert sein könnte.«

»Wir werden sehen.« Lilou wunderte sich über Bonaventures Bestimmtheit. Er musste sich seiner Sache sehr sicher sein, wenn er glaubte, den Hergang so eindeutig aus den Verletzungen ableiten zu können. »Sie wissen doch, was Commissaire Demoireau immer predigt: erst ermitteln, dann Schlüsse ziehen. So wird er es bestimmt auch hier halten wollen.« Sie grinste und blinzelte Bonaventure zu, um den Worten die Spitze zu nehmen.

»Schon gut«, brummte der Rechtsmediziner. »Ich weiß ja, wie der Hase läuft. Aber Sie werden sehen, ich habe recht.«

DI Fox hatte ihren Dialog stumm verfolgt. *»Je … je ne comprends pas tout«,* warf er in gebrochenem Französisch ein. »Ich nicht alles verstanden habe. Aber Sie sagen, es sicher kein Unfall?«

»Sorry, Brad.« Lilou sah ihn um Entschuldigung bittend an und fuhr auf Englisch fort. »Docteur Bonaventure meint, aus der Art der Verletzungen ein vorsätzliches Handeln zu erkennen. Und ich antwortete, dass wir in alle Richtungen ermitteln werden.«

»Ah.« Die Miene des Detectives hellte sich auf. »Natürlich werden wir das. Danke, Monsieur le Docteur.«

»Und was machen wir jetzt?«, fragte Bradley Fox, als sie über den Parkplatz des Krankenhauses zurück zum Wagen gingen.

»Ich dachte, ich bringe dich jetzt in dein Hotel. Es ist nach sechs, wir haben längst Feierabend.«

»Aber nein!« Fox unterbrach sie und grinste. »Bitte vergiss nicht, für mich ist es noch eine Stunde früher. Und in einer Mordermittlung gibt es ohnehin kein *Nine-to-five.*«

»Das ist schon richtig«, erwiderte Lilou. »Aber noch ist es keine Mordermittlung, sondern ein ungeklärter Todesfall, für den noch dazu die Gendarmerie zuständig ist. Morgen früh um neun findet eine Besprechung am Gendarmerieposten statt, bei der vermutlich auch der Staatsanwalt anwesend sein wird. Danach entscheidet sich, wie es weitergeht.«

»Okay.« Fox nickte. »Aber ich würde trotzdem gern heute schon anfangen. Immerhin habe ich jahrelang gegen Harry Shelter ermittelt und möchte meine Seite des Falls zum Abschluss bringen.«

»Das verstehe ich.« Lilou schloss den Wagen auf, sie stiegen ein. »Was möchtest du also tun?«

»Sightseeing.« Der Detective grinste. »Ich möchte gern sehen, wo Shelter die letzten beiden Jahre gelebt hat. Kannst du mir das zeigen?«

»Klar.« Lilou nickte. »Dann lernst du auch gleich unser Land ein wenig kennen.«

»Das ist schön.« In seiner Stimme lag ehrliche Begeisterung. »Das ist sehr schön.«

KAPITEL 9

Lilou umfuhr die Innenstadt und wählte eine Abkürzung durch eines der Neubaugebiete, in dem sich hauptsächlich Bürogebäude und Lagerhallen befanden, die in den letzten Jahren vermehrt aus dem Boden geschossen waren. Kurze Zeit später waren sie auf der Ausfallstraße in Richtung Mirocène.

Fox sah sich aufmerksam um. »Das ist aber keine so schöne Ecke«, stellte er fest. »Sieht es in der Stadt überall so aus?«

»Aber nein.« Sie schüttelte den Kopf. »Die Altstadt von Carpentras ist wirklich hübsch, und auch die älteren Wohnviertel sind sehr schön. Aber du wolltest ja sehen, wo Shelter-Grenouille gelebt hat, also habe ich die kürzeste Route raus aus der Stadt genommen.« Sie lächelte ihm zu. »Die Stadt schauen wir uns morgen an.«

»Das ist gut.« Er lehnte sich zurück und streckte die langen Beine aus. »Nicht, dass es einen Unterschied macht, aber ich habe mir die Provence irgendwie ... malerischer vorgestellt.«

»Das ist sie durchaus«, erwiderte Lilou. »Aber was du von Bildern kennst, sind die Dörfer: verwinkelte Gassen, durch die kein Auto passt, krumme Treppen und windschiefe Steinhäuser, in denen eigentlich niemand mehr wohnen will. Aber stell ein paar Blumenkübel an die Hauswand und eine verwitterte Bank neben die Tür, und schon sieht es malerisch aus.«

»Hm. So habe ich es noch nie betrachtet.« Fox lachte. »Aber das gilt natürlich genauso für die malerischen Gegenden in England. Die Dörfer in den Yorkshire Dales oder im Peak District sind wunderhübsch, aber tatsächlich sind das bitterarme Landstriche. Die Menschen halten sich mit Müh und Not und ein wenig Tourismus über Wasser.«

»Genau wie hier.« Lilou deutete auf die vorbeiziehende Landschaft. »Dabei ist diese Region noch begünstigt. Die Ebene rund um Carpentras ist fruchtbar, hier wachsen Kirschen, Feigen, Oliven und Wein. Dank der Berge rundherum führen die Flüsse auch im Hochsommer noch Wasser. Das ist nicht überall so.«

»Okay, mit Wasser haben wir in England keine Probleme.« Er grinste. »Wir haben eher zu viel davon.«

»Davon habe ich schon gehört.« Lilou lachte. »Das englische Wetter ist ja legendär.«

»Angeblich bekommt man davon schöne Haut.« Er blinzelte ihr zu. »Aber das hast du natürlich nicht nötig.«

Lilou warf ihm einen raschen Seitenblick zu. Flirtete er mit ihr? Sie beschloss, nicht darauf einzugehen, aber in Wahrheit fühlte sie sich durchaus geschmeichelt. Normalerweise ignorierte sie Avancen von anderen Männern schon aus Prinzip. Aber nachdem sie heute Mittag Simon mit der Blondine aus dem Hotel hatte kommen sehen …

Zum Glück tauchte hinter einer Kurve die Abzweigung auf, die nach La Venetie führte, und enthob Lilou einer Antwort. Sie setzte den Blinker und bog auf die kleine Straße ab. »Hier sieht es vermutlich so aus, wie du es dir vorgestellt hast«, sagte sie.

»Ja, schon eher.« Bradley reckte den Hals. »Mir war nur nicht klar, dass die Provence so gebirgig ist.«

Oben am Hang tauchten die ersten Häuser auf, und nach einigen Kurven kam das verbeulte Schild in Sicht, das den Weiler La Venetie markierte. Lilou versuchte, den Ort mit den Augen von Bradley Fox zu sehen, der noch nie zuvor in Frankreich gewesen war. Die holprige Straße und die kreuz und quer zwischen den Häusern gespannten Stromleitungen kündeten noch mehr von der Armut der Bevölkerung als die heruntergekommenen Häuser. Hier oben zwischen den karstigen Hügeln gab es keinen Weinbau und keine Obstbäume, nur vereinzelt stehende dunkle Pinien und magere Weiden, auf denen Ziegen grasten. Und trotzdem hatten das Dorf und seine Umgebung ihren eigenen Reiz. Die Häuser mochten alt und baufällig sein, doch die Fensterrahmen leuchteten in pastelligem Blau und Gelb mit bunten Blumen in steinernen Trögen um die Wette. Die alte Frau, die Lilou schon beim letzten Mal bemerkt hatte, saß erneut auf ihrer Bank. Neugierig starrte sie dem Wagen hinterher – offenbar war man hier Besuch wirklich nicht gewohnt.

Ein schmuckloser Ziegelbau markierte das Ende des Dorfs, und Lilou bog auf den schmalen Fahrweg ab, der zu Grenouilles Haus führte. Sie passierten das Anwesen von Flo Lessien, im Erdgeschoss brannte Licht, und Lilou erhaschte einen Blick auf ihre schmale Gestalt am Wohnzimmertisch. Dann überquerten sie die kleine Brücke und tauchten ein in die Dunkelheit des Waldes.

Wenig später ließ Lilou den Wagen vor Grenouilles Haus ausrollen. Bradley machte keine Anstalten auszusteigen, sondern musterte den alten Bauernhof mit aufmerksamer Miene. Schließlich nickte er.

»Das ist hier wirklich am Ende der Welt«, meinte er und öffnete die Beifahrertür.

Lilou stieg aus und nahm einen tiefen Atemzug. Die Sonne senkte sich zum Horizont, im Schatten der Bäume herrschte bereits die Dämmerung des Abends. Der Duft der Pinien hing in der Luft, es war vollkommen still. Nicht einmal ein Vogel war zu hören. »Hierher verirrt sich wirklich niemand«, stimmte sie zu.

Fox ließ die Blicke über die Stallgebäude schweifen, dann wandte er sich dem Wohnhaus zu. »Hast du den Schlüssel?«, fragte er.

»Nein, leider nicht.« Sie hob die Hände. »Wir können nicht rein.«

»Oh.« Fox runzelte die Stirn. »Hatte er denn keinen dabei?«

»Doch, natürlich hatte er einen. Aber der liegt mit all den anderen Sachen bei der Gendarmerie.« Sie hob die Schultern. »Ich habe dir doch gesagt, dass wir nicht zuständig sind. Abgesehen davon bräuchten wir einen Durchsuchungsbeschluss.«

»Ja, ja, schon klar.« Bradley Fox verzog das Gesicht. »Die Bürokratie ist wohl in jedem Land die gleiche.«

»Bestimmt.« Lilou grinste. »Aber wir können einmal um das Haus herumgehen, dann kannst du durch die Fenster schauen.«

»Gute Idee.« Er nickte und setzte sich in Bewegung.

Sie waren erst ein paar Schritte weit gekommen, als Lilou hinter sich das Geräusch eines Motors vernahm. Sie fuhr herum. Wer hatte hier etwas zu suchen? Grenouille war tot, und seine Nachbarin hatte gesagt, dass er nie Besuch bekommen hatte. Also konnte es eigentlich nur …

Ein staubiger Pick-up mit offener Ladefläche hielt neben ihrem Peugeot, und Flo Lessien sprang heraus, gefolgt von ihrem Hund. Mit langen Schritten und finsterer Miene eilte sie heran, ihr dunkelblondes Haar war offen und wehte wie eine Fahne hinter ihr her. Abrupt hielt sie an, der Hund lief weiter und blieb schwanzwedelnd vor Lilou stehen.

Sie tätschelte vorsichtig seinen Kopf. »Hallo, Fidò«, sagte sie.

»Ach, Sie sind das.« Erleichterung machte sich auf Madame Lessiens Zügen breit. »Ich dachte schon, jemand will hier einbrechen.«

»Kommt das denn öfter vor?« Fox machte einen Schritt nach vorn und musterte die ältere Frau. Der Hund ließ von Lilou ab und stellte sich zwischen Flo Lessien und den Detective.

»Was?« Sichtlich irritiert sah Flo ihn an. »Aber nein. Hierherauf verirren sich nicht einmal Diebe. Aber nachdem Yves doch nie Besuch bekam, dachte ich, ich schaue besser mal nach.« Sie stemmte die Hände in die Hüften. »Was wollen Sie hier?«

»Das ist Detective Inspector Bradley Fox von der Metropolitan Police in London«, stellte Lilou ihren Kollegen vor. »Er unterstützt uns bei den Ermittlungen zum Tod von Yves Grenouille.«

»Ein *Anglais?*« Flo zog ihre Nase kraus. »Versteht er, was wir reden?«

»*Oui,* Madame«, antwortete Fox höflich und ließ den Hund an seiner Hand schnuppern. »Ich spreche Französisch ein bisschen.«

»*Bien.*« Flo nickte anerkennend, der Hund wedelte mit dem Schwanz. »Was hat die britische Polizei mit Yves zu tun?«

»Yves Grenouille war in Wahrheit Engländer«, antwortete Lilou. »Deshalb untersuchen wir den Fall gemeinsam.«

»Das wusste ich nicht.« Flo runzelte die Stirn. »Er sprach zwar mit Akzent, aber ich habe mir nichts dabei gedacht. Er hat mir gesagt, er sei in Guyane geboren.«

»Wieso haben Sie mir das nicht schon gestern erzählt?«, fragte Lilou und sah sie tadelnd an.

»Sie haben mich nicht danach gefragt.« Madame Lessien zuckte mit den Schultern, ihr Gesicht war abweisend. »Ich wollte Yves nicht in Schwierigkeiten bringen.« Sie senkte den Kopf. »Jetzt, wo er tot ist, erst recht nicht.«

Der Detective winkte ab. »*It's okay.*« Er schenkte Flo ein strahlendes Lächeln. »Wir nur wollen herumschauen ein wenig«, sagte er in seinem holprigen Französisch. »Das ist okay für Sie, Madame?«

Sie lächelte zurück. Offenbar war auch sie nicht unempfänglich für seinen Charme. Oder honorierte sie seine Bemühungen, mit ihr in ihrer Muttersprache zu sprechen? »Ich habe das doch nicht zu bestimmen, Monsieur l'inspecteur«, antwortete sie. »Und Yves ist tot, er kann sich nicht mehr beschweren.«

Lilou beobachtete sie, wie sie an eines der Fenster trat und hineinspähte. Flo Lessien stutzte, runzelte die Stirn. Wandte sich zu Lilou um. »War von Ihren Kollegen schon jemand hier?«, fragte sie.

»Nicht, dass ich wüsste.« Lilou trat zu ihr und schaute ebenfalls durch die Scheibe. »Ist etwas nicht in Ordnung?«

Es war das Wohnzimmer, in das sie blickten, und auf den ersten Blick schien alles unverändert. Gestern Vormittag hatte sie durch die Fenster nicht viel erkennen können, das Licht hatte auf der falschen Seite gestanden. Nun jedoch war es Abend, und die tief stehende Sonne schickte ihre Strahlen durch die blitzblank geputzten Scheiben. Ein wohnlicher Raum mit Möbeln aus hellem Holz, Bücherregale bis zur Decke gefüllt, eine Couch mit dezent gemusterten Kissen, ein wuchtiger Kamin, in dem ein Häuflein Asche lag.

»Die Bücher stehen falsch«, erklärte Flo und deutete auf das Regal. »Und den Kamin hat Yves seit Wochen nicht mehr benutzt.«

Lilou hob die Brauen. »Woher wissen Sie das?«

Flo Lessiens Miene wurde verschlossen. »Ich sagte doch, wir waren befreundet. Ich habe ihn ab und zu besucht.«

Bradley war ebenfalls herangekommen. »Wann Sie waren hier zum letzten Mal?«, fragte er.

»Gestern.« Flo wirkte schuldbewusst, als sie Lilou ansah. »Nachdem Sie mir gesagt haben, dass Yves tot ist. Ich wollte ...« Sie zögerte und blickte zur Seite. »Ich wollte nach der Katze schauen. Da sah alles noch aus wie immer. Jemand muss in der Zwischenzeit hier gewesen sein.«

Lilou runzelte die Stirn. »Das heißt, Sie besitzen einen Schlüssel?«

»Nein.« Flo Lessien schüttelte den Kopf. »Das wollte er nicht. Aber ich weiß, wo der Ersatzschlüssel liegt. Ich habe manchmal seine Katze gefüttert, wenn er nicht da war.«

»Das ist sehr gut.« Bradley Fox lächelte anerkennend. »Bitte zeigen Sie uns.«

Flo zögerte nur kurz, dann winkte sie ihnen, ihr zu folgen. »*D'accord*. Kommen Sie mit.«

Der Hund lief voraus, als sie über den Hof zu dem Schuppen ging, in den Lilou gestern schon einen Blick geworfen hatte. Zielstrebig trat Flo Lessien an die Werkbank, griff unter die Arbeitsplatte, tastete ein wenig herum und zog schließlich einen Schlüssel hervor. Lilou bückte sich und spähte darunter. Die Platte war aus massivem Holz und ruhte auf einem Metallrahmen mit stabilen Beinen. Als Lilou die Stelle untersuchte, wo Flo den Schlüssel hervorgezogen hatte, fand sie in einer Vertiefung der Verstrebung einen kleinen Magneten, unauffällig neben einer Schraube angebracht, der offenbar den Schlüssel an seinem Platz gehalten hatte.

»Gutes Versteck«, konstatierte sie. »Wenn man es nicht weiß, ist es praktisch unmöglich, ihn zu finden.«

»Yves war immer sehr vorsichtig«, sagte Flo. Sie verließ den Schuppen und wandte sich zur Haustür. »Er würde nie seinen Schlüssel in einem Blumentopf oder auf dem Türsturz verstecken. Das wäre viel zu einfach.« Sie steckte den Schlüssel ins Schloss und drehte ihn zweimal. Lilou hörte, wie stabile Riegel im Inneren der Tür zurückglitten. Das war keine normale Tür, sie war gesichert wie ein Panzerschrank.

Flo hielt den Hund zurück. »Setz dich, Fidò, und warte«, sagte sie zu ihm. Und zu den anderen gewandt: »Kommen Sie herein.«

Der Hund gehorchte. Lilou ließ Bradley Fox den Vortritt und blieb im Eingangsbereich stehen. Sie nahm einen tiefen Atemzug. Es roch nach Küchendunst, nach Möbelpolitur und kaltem Rauch. Sie schnupperte erneut. Es war nicht nur Zigarettenrauch, auch ein schwacher Geruch von verbranntem Papier lag in der Luft.

Sie folgte den anderen ins Wohnzimmer. Flo stand in der Mitte des Raums und sah sich um. »Hier, sehen Sie?«, sagte sie und deutete auf einen Abschnitt des Regals. »Die Bände stehen völlig durcheinander.«

Es handelte sich um ein altes Lexikon, eine bibliophile Ausgabe der *Grande Encyclopédie Larousse,* die hervorragend erhalten war. Auf den roten Buchrücken befanden sich goldgeprägte Zahlen, und Lilou sah sofort, was Flo meinte: Die Bücher waren nicht sortiert, die Reihe begann mit Band 15, es folgten Band 3 und Band 20.

»Oder hier.« Flo war weitergeschritten. Eine umfangreiche Sammlung der Romane von Georges Simenon stand in einem der Fächer. »Die waren immer nach dem Erscheinungsdatum geordnet.« Sie wies auf das Fach darunter, in dem die Werke von Peter Mayle standen. »Die hier auch.« Ihre Augen blitzten. »Ich glaube, jemand war hier und hat alles durchsucht. Und er muss auch etwas gefunden haben.« Sie wies auf das Aschehäufchen in der Feuerstelle. »Das war gestern auch noch nicht hier.«

»Haben Sie denn jemanden bemerkt?«, fragte sie. »Jeder, der hierher will, muss doch an Ihrem Haus vorbei.«

Flo schüttelte den Kopf. »Denken Sie, ich sitze den ganzen Tag am Fenster?«, fragte sie. »Ich war heute auf dem Feld. Da bekomme ich nicht mit, wenn jemand vorbeikommt. Und nachts schlafe ich im Allgemeinen.«

»Natürlich.« Lilou schritt die Regale ab.

Aus dem Nebenzimmer ließ sich Bradley vernehmen. »Lilou, kommst du mal?«, rief er auf Englisch.

Lilou folgte seiner Stimme und betrat einen kleinen Raum, der offenbar als Arbeitszimmer diente. Moderne Büromöbel, ein aufgeräumter Schreibtisch, ein zugeklappter Laptop. Ein Aktenschrank stand in der Ecke, die Türen waren geöffnet, die Fächer halb herausgezogen, Papiere und Schnellhefter lugten durch den Spalt.

Flo war Lilou gefolgt. »Hier drin war ich noch nie«, sagte sie und sah sich um. »Aber ich glaube nicht, dass Yves den Schrank in diesem Zustand hinterlassen hat.«

Lilou nickte. »Ich rufe jetzt die Spurensicherung an. Vielleicht haben wir Glück, und unser Einbrecher hat uns eine Visitenkarte hinterlassen.«

Während sie draußen bei den Autos auf die Kriminaltechniker warteten, wandte sich Lilou nochmals an Flo Lessien. »Sie kennen sich hier im Haus aber ziemlich gut aus«, sagte sie.

Grenouilles Nachbarin tat ihr den Gefallen und errötete. »Ich war ein paarmal hier und hab für Yves sauber gemacht«, meinte sie ausweichend. Sie öffnete die hintere Tür des Pick-ups und pfiff leise. »Komm, Fidò!« Der Hund sprang hinein und legte sich auf die Rückbank. »Und ich bin eine gute Beobachterin.«

Lilou sah sie ernst an. »Ich glaube Ihnen nicht.«

Flo Lessien warf die Autotür ins Schloss und wandte den Blick ab.

»Er war mehr als ein Nachbar für Sie, nicht wahr? Er war Ihr Freund.« Lilou empfand auf einmal Mitgefühl. Diese Frau hatte wirklich schon genug durchgemacht, nun musste sie erneut den Tod eines geliebten Menschen verkraften.

Flo nickte knapp. »Mehr als ein Nachbar, ja. Ein Freund, auch das. Ich habe manchmal für ihn gekocht und bei ihm sauber gemacht. Und wir haben miteinander geschlafen, falls Sie das meinen.« Sie hob das Kinn und sah Lilou geradeheraus an. »Aber das ist meine Privatangelegenheit. Das hat die Polizei nicht zu interessieren.«

»Natürlich nicht.« Lilou winkte ab. »Aber wieso haben Sie uns das nicht gleich gesagt?«

»Ich bin nicht heiß auf das Gerede in der Nachbarschaft.« Flos Miene hatte sich verfinstert. »Was meinen Sie, wie das ist, als alleinstehende Frau hier draußen. Die einen machen mir Avancen, und die anderen warten nur drauf, dass ich den Hof verkaufen muss. Was zwischen mir und Yves war, das geht niemanden etwas an.«

»Verstehe.« Lilou nickte. »Aber nun ist Yves tot, und Sie werden noch als Zeugin befragt werden«, sagte sie. »Sie sollten die Wahrheit sagen. Vielleicht können Sie ja dazu beitragen, dass sein Tod aufgeklärt wird.«

Flo hob die Schultern. »Daran habe ich kein Interesse. Wie Sie sagen, Yves ist tot, und damit muss ich allein fertigwerden. Wie es passiert ist und wer Schuld daran hat …« Sie sah in die Ferne zu den hohen Bergen am Horizont. »All das bringt ihn mir nicht zurück. Nur das hier …«, sie deutete auf das Haus, »… das ist eine Sauerei. Sich so durch Yves' Sachen zu wühlen, so etwas tut man nicht. Er hätte das nicht gewollt.«

Lilou drückte ihr kurz die Schulter, dann machte sie sich auf die Suche nach Bradley Fox. Der englische Detective hatte sich in Richtung des Schuppens entfernt, und aus dem Augenwinkel hatte Lilou beobachtet, wie er alles eingehend betrachtete. Offenbar versuchte er ebenfalls, den Menschen Harry Shelter über sein Umfeld zu erfassen – nicht anders, als sie das gestern getan hatte. Doch nun war Bradley nicht mehr zu sehen, und Lilou ging hinüber zum Schuppen, dessen Schiebetür noch halb offen stand.

»Wo steckst du, Brad?«

»Hier«, ertönte es von drinnen. »Hinter dem Stall!«

Sie fand ihn am Ende des Gebäudes, wo ein breites Tor nach draußen auf einen gepflasterten Hof führte. Er lehnte an einer niedrigen Mauer und war versunken in die Bewunderung der Aussicht. »Ist das der Mont Ventoux?«, fragte er und deutete auf das Bergmassiv, das sich wie ein schlafendes Ungeheuer am nördlichen Horizont erstreckte.

»Genau.« Lilou trat zu ihm. »Der heilige Berg der Fahrradfahrer.«

»Ich kenne ihn nur aus dem Fernsehen«, sagte Bradley in beinahe ehrfürchtigem Tonfall. »Ich verfolge jedes Jahr die Übertragung der Tour de France. Wenn man ihn so in Realität sieht, ist es kaum vorstellbar, dass die da mit dem Rad hochfahren.«

»Verrückte wie Shelter tun das sogar dreimal hintereinander«, entgegnete Lilou. »Aber für mich wäre das auch nichts.« Sie zuckte mit den Schultern. Dabei nahm sie die majestätische Schönheit des Bergs durchaus wahr. Sie verspürte nur kein Verlangen danach, sich sportlich mit ihm zu messen oder gar ihn zu bezwingen. Vielleicht lag es daran, dass sie beruflich genügend Herausforderungen erfuhr – sie hatte ganz reale Gegner, denen sie sich tagtäglich stellen musste.

Schweigend sahen sie zu, wie die Sonne langsam dem Horizont entgegensank, die Bergketten berührte und den Wolkensaum tiefrot färbte. Schließlich wandte sich Bradley Fox ab, kniff die Augen zusammen und deutete zum Haus hinüber. »Siehst du auch, was ich sehe?«, fragte er.

Lilou folgte mit dem Blick seiner ausgestreckten Hand und runzelte die Stirn. »Da ist ein Hintereingang, der in die Küche führt«, sagte sie. »Sieht aus, als wäre die Scheibe kaputt.«

Sie überquerten den Hof und näherten sich dem Haus von hinten. Tatsächlich gähnte eine dunkle Öffnung im Glas, Scherben lagen auf den Dielen der Terrasse.

Bradley wies auf die Glastür, durch die Lilou gestern Vormittag noch in die Küche geblickt hatte. »Dann stammt das hier wohl vom Einbrecher.«

Lilou sah genauer hin. An einer der Spitzen der zerbrochenen Scheibe glitzerte es bräunlich rot. »Tatsächlich. Vielleicht haben wir Glück, und der Täter ist schon polizeilich erfasst.«

»Entweder hier in Frankreich oder bei uns.« Fox nickte zustimmend. »Das muss sich die Spurensicherung unbedingt ansehen.«

»Was müssen wir uns ansehen?« Ebrahim Karimi bog um die Ecke und baute sich vor ihnen auf. Der Leiter der Spurensicherung betrachtete sie und Fox mit unverhohlenem Missmut. »Ihr könnt hier doch nicht ohne Schutzkleidung herumlaufen. Das ist ein Tatort, und da sind überall Spuren, die ihr gerade vernichtet. Bitte wartet vorn, bis wir fertig sind.«

»Bis wir den Einbruch festgestellt haben, war es noch kein Tatort.« Lilou machte eine beschwichtigende Geste und deutete auf ihren Begleiter. »Das ist Detective Inspector Bradley Fox von der Metropolitan Police in London. Wir werden in dem Fall vermutlich gemeinsam ermitteln.«

Karimi nickte knapp. »Geht klar. Nur wartet mit dem Ermitteln bitte, bis wir hier fertig sind.«

»Sie nehmen Proben von das da?« Bradley Fox wies auf die bräunlichen Spuren an den Scherben. »Das sicher ist Blut.«

»Sicher ist gar nichts, bevor wir es nicht untersucht haben«, brummte Karimi. »Aber natürlich nehmen wir Proben. Keine Sorge, wir verstehen unseren Job.«

»Davon bin ich sicher.« Fox schenkte ihm ein strahlendes Lächeln, doch von Ebrahim Karimi prallte die Freundlichkeit des Inspectors ab.

»Im Kamin liegt frische Asche«, mischte Lilou sich nochmals ein. »Kannst du dir das bitte anschauen? Es wäre großartig, wenn ihr daraus etwas rekonstruieren könntet.«

»Asche?« Karimi hob skeptisch die Brauen. »Kann ich nicht versprechen. Aber wir werden unser Bestes tun.«

»Davon bin ich überzeugt«, murmelte Lilou und verkniff sich eine Grimasse. Karimi mochte sie nicht, das war eindeutig zu bemerken. Aber inzwischen hatte sie festgestellt, dass sie damit in guter Gesellschaft war: Das hatte gar nichts mit ihr zu tun – es traf auf die meisten Menschen zu.

Sein Telefon klingelte, er nahm ab und lauschte einen Moment. *»D'accord«*, brummte er schließlich. Dann wandte er sich wieder Fox und Lilou zu. »Am besten fahrt ihr gleich zurück nach Carpentras. Die Kollegen von der Gendarmerie sind schon unterwegs.«

»Und jetzt?«, fragte Bradley Fox, als sie hinter Flo Lessiens Pick-up den schmalen Zufahrtsweg entlangrumpelten. Kurz nach der Brücke bog Grenouilles Nachbarin zu ihrem Hof ab. Sie winkte aus dem offenen Fenster, der große Wagen verschwand um die Hausecke, während Lilou weiterfuhr.

Lilou überlegte kurz. »Was halten Sie von Abendessen?«, schlug sie vor.

»Ein Dinner?« Die Miene des Detectives hellte sich auf. »Das ist eine gute Idee.«

»Dinner ist vielleicht übertrieben.« Lilou grinste. »Meine Tante betreibt ein Pub in Mirocène, die *Bar Lavande*. Das ist ganz in der Nähe, und da bekommen wir bestimmt noch etwas zu essen.«

»Das klingt gut.« Bradley Fox seufzte theatralisch. »Ich wusste nicht, wie ich es ansprechen sollte, aber ich bin am Verhungern.«

»Wenn dir das lieber ist, bringe ich dich nach Carpentras in dein Hotel. Da gibt es ein richtiges Restaurant.« Sie schmunzelte. »Tante Margots Küche ist eher rustikal.«

»Rustikal ist perfekt. Und ich sehe noch etwas mehr von dieser schönen Gegend.«

Viel war von der Gegend allerdings nicht mehr zu erkennen, als Lilou an der Hauptstraße statt nach links in Richtung Carpentras nach rechts nach Mirocène abbog. Die Straße verlief anfangs noch recht beschaulich neben einem sanft geschwungenen Flusslauf, dann stieg das Gelände an, und der Taleinschnitt neben ihnen verschwand langsam in der Tiefe. Von einer Brücke aus war tief unter ihnen das Glitzern des Wassers kaum noch zu erkennen.

»Das ist die Nesque«, erklärte Lilou. »Sie entspringt nordöstlich von hier in den Bergen und fließt auf den ersten Kilometern in einer ziemlich spektakulären Schlucht namens Gorges de la Nesque. Aber so weit müssen wir nicht.«

»Schade.« Bradley Fox deutete aus dem Fenster. »Es ist wirklich toll hier. Aber ich fürchte, es wird bald dunkel und wir würden gar nicht mehr viel sehen.«

»So ist es.« Lilou wurde langsamer, als sie das Ortsschild von Mirocène passierten. Die ersten Häuser kamen in Sicht. »Wir sind gleich da.«

Die Straße wurde immer steiler. Die Mauern entlang der Grundstücke zu beiden Seiten der Straße verliefen keilförmig oder waren wie Treppen abgestuft, um mit der Steigung Schritt zu halten. Zwischen den Häusern boten sich immer wieder spektakuläre Ausblicke in die dem Mont Ventoux vorgelagerten Berge. Ganz oben auf den Gipfeln lagen noch die allerletzten Strahlen der Abendsonne, während die Hänge schon im bläulichen Dunst verschwanden. Das eigentliche Zentrum des Orts drängte sich auf einem Felssporn zusammen, der sich hoch über dem Ausgang der Schlucht der Nesque erhob. Die riesigen Platanen auf dem Hauptplatz überragten beinahe die pittoresken Steinhäuser, die den Platz umgaben. In der Mitte der Fläche stand ein Brunnen, an dessen Mauern sich eine Gruppe Jugendlicher zusammengefunden hatte. Lilou fühlte sich auf einmal in ihre Schulzeit zurückversetzt – zumindest während der Sommerferien hatte auch sie zu solch einer Schar gehört. Unwillkürlich hob sie die Hand zum Gruß, obwohl sie inzwischen niemanden von der Dorfjugend mehr kannte. Mehr als ein Jahrzehnt war vergangen, seit sie ihre Schulferien bei Tante Margot und Onkel Jacques verbracht hatte, und die Teenager, die heute da drüben am Brunnen hockten wie dunkle Vögel, waren damals vermutlich noch kaum den Windeln entwachsen gewesen.

Sie schüttelte die müßigen Gedanken ab und parkte den Wagen gegenüber der *Bar Lavande*. Die Fenster des Lokals waren hell erleuchtet und warfen einen warmen Lichtschein auf die Straße. Trotz der vorgerückten Stunde war die grün-weiße Markise noch ausgefahren, kleine Laternen erhellten die voll besetzten Tische im Außenbereich. Lilou sah Tante Margot mit einem Tablett von Tisch zu Tisch eilen, sie hatte sie noch nicht bemerkt.

»Komm«, sagte sie zu Bradley Fox und überquerte die Straße.

Als sie in den Schein der Lampen traten, wurde Margot auf sie aufmerksam. Sie kam heran und begrüßte Lilou mit Wangenküssen. »Wochenlang lässt du dich nicht blicken, und dann bist du auf einmal ständig hier«, witzelte sie. »Muss ich mir Sorgen machen?«

»Ich habe dir doch erzählt, dass wir im Fall dieses Fahrradfahrers ermitteln«, gab Lilou zurück. »Und der wohnte nun einmal in Mirocène.«

»Aber das weiß ich doch, Kind. Ich mache nur Spaß.« Margot warf einen neugierigen Blick auf Bradley Fox. »Und wer ist das?«

»Das ist Detective Inspector Fox aus London«, stellte Lilou ihn vor. »Das Opfer war britischer Staatsbürger, deshalb unterstützt er uns bei unseren Ermittlungen.«

»Verstehe.« Falls sich Margot über Lilous vage Äußerung wunderte, ließ sie es sich nicht anmerken. Sie reichte Fox die Hand und schüttelte sie. »Wollt ihr etwas essen? Jacques hat Paella gekocht.«

»Das klingt gut.« Lilou warf Bradley einen fragenden Blick zu. »Jacques' Paella ist berühmt, ich kann sie nur empfehlen«, sagte sie auf Englisch.

»Klingt großartig«, antwortete er. »Ich bin hungrig wie ein Wolf.«

»Das ist fein.« Margot grinste. »Ich bringe euch gleich was.« Sie wies ans Ende der Terrasse. »Setzt euch schon mal. Da drüben ist noch ein Tisch frei.«

Lilou drängte sich durch die eng stehenden Tische in die angegebene Richtung. Einige der einheimischen Gäste erkannten sie trotz der Uniform und nickten ihr grüßend zu.

Fox folgte ihr zu einem kleinen Tisch am Rande der Terrasse. »Du bist offenbar öfter hier«, meinte er. »Man kennt dich.«

»Inzwischen viel zu selten«, erwiderte sie. »Leider.«

Jules Demoireau, der Vater des Commissaire, winkte ihr von einem der größeren Tische aus zu. »*Bonjour,* Lilou!« Er erhob sich und reichte ihr die Hand. »Du bist so spät noch dienstlich unterwegs? Ich muss wohl ein ernstes Wort mit George reden.«

»Aber nein.« Lilou lachte verlegen. »Das ist ein Kollege aus England«, stellte sie Bradley vor. »Ich habe ihm gezeigt, wo Grenouille lebte. Er hat die Leiche identifiziert.«

»Soso.« Jules Demoireau hob eine buschige Braue, doch er fragte nicht nach. Als Vater eines Polizisten konnte er sich die Zusammenhänge vermutlich selbst zusammenreimen. Er schüttelte Fox die Hand, dann deutete er auf die Gruppe alter Herren an seinem Tisch. »Colombin ist übrigens auch hier. Vielleicht wollt ihr mit ihm sprechen?«

Fox sah Lilou fragend an. »Wer ist das?«

»Er hat Shelter damals den Hof verkauft«, antwortete Lilou auf Englisch. Sie wandte sich wieder zu Jules Demoireau. »Ich weiß nicht, ob wir wirklich …«

Doch der alte Lehrer hatte sich schon umgedreht. »Colombin, kommst du mal rüber? Lilou will mit dir reden.«

Ein klapperdürres Männchen erhob sich von seinem Platz am Altherrentisch. Auf einen Gehstock gestützt, humpelte er herüber. »Was gibt's denn?« Er hatte eine dünne, krächzende Stimme. Mit zusammengekniffenen Augen musterte er Lilou, dann hellte sein Gesicht sich auf. »Du bist die kleine Nichte von Margot, stimmt's? Aber wieso trägst du eine Uniform?«

»Ich bin inzwischen Polizistin, Monsieur Sarrian. Möchten Sie sich vielleicht zu uns setzen?«

Fox zog einen Stuhl für den alten Mann hervor, ächzend ließ Colombin sich nieder. Den Stock lehnte er an den Tisch, und Lilou achtete darauf, ihn nicht umzuwerfen, als sie sich selbst setzte.

»Hab ich was angestellt?« Er blinzelte aus feuchten, blassblauen Augen und kicherte. »Bin ich womöglich zu schnell gelaufen?«

»Aber nein.« Lilou stimmte in sein Lachen ein. »Ich wollte Sie nach dem Mann fragen, der vor zwei Jahren Ihren Hof gekauft hat.«

»Ach, der Frosch.« Colombin Sarrian grinste. »Er heißt Grenouille, deshalb. Nicht, weil er mich betrogen hat. Nein, er war völlig korrekt.«

Margot kam heran und stellte eine Flasche Wasser und zwei Gläser auf den Tisch. »Noch ein Bier, Colombin?«, fragte sie und hob ein volles Glas.

Er zögerte.

»Das übernehmen wir«, sagte Lilou rasch. »Sie sind eingeladen.«

»Danke.« Colombin grinste. »Dann nehme ich auch noch einen Pernod dazu.«

Margot erwiderte das Grinsen. »Natürlich.«

Lilou schmunzelte, dann wurde sie wieder ernst. »Wie sind Sie zusammengekommen? Gab es einen Makler?«

»Aber nein.« Der alte Mann schüttelte den Kopf. »Er stand auf einmal vor der Tür und fragte mich, ob ich verkaufen will. Keine Ahnung, wie er darauf kam, ich hab mit niemandem darüber gesprochen.«

»Das war vor zwei Jahren?«, warf Fox ein.

»Nein, nein.« Colombin schüttelte den Kopf. »Das ist schon länger her. Fünf Jahre bestimmt. Ich sagte ja, ich wollte noch gar nicht verkaufen.«

»Aber dann haben Sie es doch getan?« Lilou bemühte sich um Geduld.

»Nicht gleich.«

Margot stellte ein kleines Glas vor ihm ab, in dem zwei Finger hoch eine klare Flüssigkeit stand.

Colombin nickte dankend, dann griff er nach der Wasserflasche und füllte mit zittriger Hand das Glas voll. Wo sich das Wasser mit dem Schnaps mischte, entstanden milchige Wolken, ein Duft nach Anis und Kräutern breitete sich aus. Der Alte nahm einen großen Schluck, hustete und wischte sich den Mund. »Gutes Zeug«, krächzte er. »Kann ich mir normal nicht leisten.«

»Grenouille hat Ihnen also nicht so viel bezahlt?«, fragte Lilou vorsichtig.

»Was ist schon viel?« Colombin verzog das Gesicht. »Die Landwirtschaft hab ich damals schon längst aufgegeben gehabt, und am Haus konnte ich seit Jahren nichts mehr machen. Das war doch alles marode und eigentlich gar nichts mehr wert. Und so einsam, wie der Hof gelegen ist, hätt ich nicht gedacht, dass sich überhaupt jemand dafür interessiert.« Er hob die Schultern. »So gesehen war Grenouille sogar noch recht großzügig. Hat eine Anzahlung gemacht, aber mich noch drin wohnen lassen. Erst vor zwei Jahren, wie es dann gar nicht mehr allein ging, hat er mich ausgezahlt, und ich bin ins Altersheim gegangen. Das hätt ich mir von meiner Pension sonst gar nicht leisten können.«

»Hatten Sie später noch Kontakt mit ihm?«, wollte Fox wissen.

Colombin schüttelte den Kopf. »Er hat mich kurz danach einmal im Altersheim besucht und noch ein paar Sachen gefragt. Wer die Weide hinterm Haus gekauft hat, wollte er wissen, und wem der Wald gehört. Und wie ich das mit dem Postboten geregelt hab, damit der nicht jeden Tag so weit rausfahren muss. Ich glaub, der wollte nicht, dass Leute zu ihm kommen.«

»Das kann durchaus sein.« Lilou nickte.

Margot trat an den Tisch und stellte drei Teller vor ihnen ab. »Das geht aufs Haus«, sagte sie und blinzelte Lilou zu. »Lasst es euch schmecken.«

Fox machte eine erfreute Miene. »*Thanks*«, sagte er und griff nach Messer und Gabel.

»*Bon appétit*«, wünschte Lilou.

»*Merci*«, krächzte Colombin und stopfte sich die Serviette in den Kragen seines ausgewaschenen Hemds. Gierig begann er zu essen. »Das ist viel besser als der Fraß im Altersheim«, sagte er mit vollem Mund. »Sag das deinem Jacques.«

»Das will ich hoffen!« Margot lachte. »Jacques wird sich freuen, wenn ich ihm erzähle, dass es dir schmeckt.«

KAPITEL 10

Lilou stand im Schatten einer Hauseinfahrt und spähte hinüber zu den hell erleuchteten Fenstern des *Chez Amande*. Sie hatte Bradley zu seinem Hotel gebracht, war einmal um die Altstadt herumgefahren und hatte ihren Wagen wie immer auf dem großen Parkplatz an der Coulée verte abgestellt. Auf dem Weg durch die verwinkelten Gassen zur Place de l'Horloge war sie immer langsamer geworden, doch schließlich stand sie vor der Fassade des Hauses, in dem sie mit Simon zusammenwohnte.

Bis vorhin war es ihr noch gelungen, die kleine Szene mit Simon und der fremden Frau zu verdrängen. Erst als sie Fox an seinem Hotel hatte aussteigen lassen, war die Erinnerung über sie hereingebrochen – Roseanne hatte ihn ausgerechnet im Hotel *Romaneum* untergebracht, genau da, wo sie heute Mittag ihren Verlobten beobachtet hatte, wie er mit einer gut aussehenden Blondine schäkernd aus dem Hoteleingang kam. Und nun stand sie im Dunkel vor ihrem Zuhause und wusste nicht, wie sie sich verhalten sollte.

Ihr erster Impuls war gewesen, Simon sofort darauf anzusprechen und klare Fronten zu schaffen. Aber bis jetzt hätte sie nur in der Restaurantküche Gelegenheit dazu gehabt, und es war einfach undenkbar, ihm vor versammelter Mannschaft eine Szene zu machen. Und darauf würde es wohl hinauslaufen – zu sehr schmerzte die Enttäuschung, als dass sie in der Situation hätte ruhig bleiben können. Doch so zu tun, als wäre alles in Ordnung, war genauso unvorstellbar. Sie würde es nicht schaffen, ihn mit einem Kuss zu begrüßen und ein wenig bei ihm in der Restaurantküche zu sitzen, als wäre alles wie immer. Sie war keine gute Schauspielerin, sie konnte nicht so tun, als ob nichts gewesen wäre. Also blieb nur, einfach nach oben in ihre Wohnung zu gehen und ihn in dem Glauben zu lassen, sie sei noch gar nicht da? Das widerstrebte ihr ebenfalls und erschien ihr verlogen.

So stand sie eine geschlagene halbe Stunde vor dem Restaurant. Immer wieder drehte sie an ihrem Verlobungsring, rieb an dem kleinen hellblauen Stein, zog den Reif vom Finger und steckte ihn wieder auf. Sie war sich im Klaren, dass jede Entscheidung, die sie jetzt traf, unmittelbar Einfluss auf ihr künftiges Leben haben würde. Denn wie würde sie reagieren, wenn Simon ihr gestand, dass er sie betrogen hatte? Konnte sie ihrem Verlobten solch einen Fehltritt verzeihen? Oder musste sie nicht vielmehr damit rechnen, dass das immer wieder geschehen würde? War es dann nicht besser, die Beziehung sofort zu beenden? Mit Gewalt drängte sie die Tränen zurück. Als Simon sie gefragt hatte, ob sie seine Frau werden wollte, hatte sie keine Sekunde überlegen müssen. Sie wollte ihn heiraten, wollte, dass er irgendwann der Vater ihrer Kinder wurde. Ein Leben ohne ihn konnte und wollte sie sich nicht vorstellen. Und jetzt?

Lilou gab sich einen Ruck und trat aus dem Hauseingang. In diesem Augenblick fuhr ein Taxi vor und hielt vor dem *Chez Amande*. Die Tür zum Restaurant öffnete sich, heller Lichtschein fiel auf die Straße. Amalie stand in der Tür und hielt sie auf, während Pierre, der Kellner, einen Rollstuhl auf die Straße schob, in dem eine ältere Dame saß. Er half ihr beim Einsteigen ins Taxi, sie dankte ihm mit einem Kopfnicken und drückte ihm einen Geldschein in die Hand. Pierre blieb noch stehen und sah dem Taxi hinterher, dann wandte er sich um und entdeckte Lilou, die nicht schnell genug in den Hauseingang zurückgewichen war.

»*Salut,* Lilou«, sprach er sie an. »Du bist heute aber spät dran.«

»Da hast du recht.« Lilou bemühte sich um Leichtigkeit in ihrer Stimme. Unauffällig blinzelte sie die Tränen weg, die trotz aller Vorsätze hinter ihren Lidern brannten. »Ich hatte heute länger zu tun.«

»Kommst du nicht mit rein?« Erstaunt sah der junge Mann sie an.

»Doch, natürlich.« Lilou setzte sich in Bewegung. Die Entscheidung war ihr abgenommen worden – dann sollte es wohl so sein. »Ich komme.«

In der Küche herrschte der übliche Betrieb. Mersoud Aligot stand am Herd, Fleischstücke brutzelten mit roten Chilischoten in einer Pfanne. Er goss Rotwein an, wohlriechender Dampf stieg auf, und unwillkürlich musste Lilou blinzeln, als das scharfe Aroma ihre Augen erreichte. Martin Frederikson war am Arbeitstresen, er knetete Teig mit mehlbestäubten Händen und teilte ihn in kleine Portionen, die er zu Kugeln rollte und in eine Kranzform legte. Bella und Yasemin, die beiden Küchenhilfen, saßen auf hohen Stühlen am Ende der Arbeitsfläche. Bella schälte Kartoffeln, während Yasemin sie in gleichmäßige Scheiben schnitt. Nur Simon war nicht zu sehen. War er womöglich schon wieder unterwegs?

Lilou blieb im Eingang stehen und bekam prompt die Schwingtür ins Kreuz, als Amalie mit einem Tablett hereinkam.

»Vorsicht, Lilou!«, rief die Serviceleiterin. »Du stehst mitten im Weg.«

»Sorry.« Schnell trat Lilou einen Schritt beiseite. *»Bonjour«,* grüßte sie in die Runde.

»*Bonjour,* Lilou«, ertönte es von allen Seiten.

Das hatte offenbar auch Simons Aufmerksamkeit geweckt. Erneut kam er aus dem Hinterzimmer, das ihm früher als Büro gedient hatte und nun eigentlich nur noch als Umkleide verwendet wurde. Er begrüßte sie mit Wangenküssen. »Du kommst spät, Honey. Habt ihr einen neuen Fall?«

Simon verhielt sich genau wie immer. Oder doch nicht: Was hatte er schon wieder im Hinterzimmer zu suchen, während vorn der Laden brummte? Seine Leute auf diese Weise mit dem Abendgeschäft allein zu lassen, war normalerweise nicht seine Art. Aber sie konnte ihn jetzt nicht danach fragen. »Es ist immer noch der alte Fall«, antwortete sie und erwiderte halbherzig seine Küsse. »Der tote Radfahrer, du erinnerst dich?«

Simon nickte und deutete auf den Tisch in der Ecke. »Möchtest du was essen? Du musst hungrig sein.«

»Danke.« Lilou winkte ab. »Ich habe schon gegessen.«

»Oh?« Er zog die Augenbrauen hoch. »Wie kommt's?«

Lilou lag eine scharfe Antwort auf der Zunge. Wenn er sich mittags mit einer fremden Frau treffen konnte, war sie ihm wohl kaum eine Rechtfertigung schuldig. Aber sie unterdrückte ihre Wut. Einen Streit vom Zaun zu brechen, während seine Mitarbeiter zugegen waren, kam einfach nicht infrage. »Ein Kollege aus London unterstützt unsere Ermittlungen«, sagte sie und bemühte sich um einen leichten Tonfall. »Wir waren in Mirocène und haben bei Margot und Jacques gegessen.«

»Ach so.« Simon hob die Schultern. »Die beiden würde ich auch gern mal wieder besuchen.«

Lilou ballte die Fäuste. Wie konnte er nur so tun, als sei alles in Ordnung? »Es war ein dienstlicher Besuch«, erwiderte sie knapp und deutete auf ihre Uniform, die sie immer noch trug. »Ich will gleich nach oben und mich umziehen.«

»Na dann.« Simon nahm sie in den Arm. »Wir sehen uns aber später noch, ja?«

»Ich werde gleich schlafen gehen«, murmelte sie an seiner Schulter. »Ich bin ziemlich müde.« Das war nicht einmal gelogen. Sie fühlte sich auf einmal ausgelaugt. In jedem Fall war sie zu müde für ein ernstes Gespräch mit ihm, das wohl nötig sein würde.

Am nächsten Morgen fühlte Lilou sich wie gerädert. Zwar war sie gleich nach einer heißen Dusche zu Bett gegangen, doch sie hatte lange wach gelegen und gegrübelt. So lange, bis auch Simon irgendwann nach Mitternacht nach Hause gekommen war. Als er zu ihr ins Bett kroch, hatte sie sich schlafend gestellt, und als er versuchte, sie an sich zu ziehen, hatte sie sich von ihm weggedreht. Dann lag sie neben ihm und lauschte seinen tiefen Atemzügen. Einmal murmelte er im Schlaf, doch sie konnte seine Worte nicht verstehen. Ob er von der fremden Frau träumte?

Draußen wurde es schon hell, als Lilou endlich in einen unruhigen Schlaf fiel, aus dem sie kurz nach halb acht schweißgebadet erwachte. Das Bett neben ihr war leer, Simon war bereits unterwegs. Heute war Freitag, das bedeutete Wochenmarkt in Carpentras, den Simon gern nutzte, um neue lokale Produzenten kennenzulernen. Manchmal hatte sie ihn sogar dabei begleitet und war entsprechend später ins Büro gekommen.

Was im Übrigen die meisten ihrer Kollegen nicht anders hielten – der Wochenmarkt von Carpentras galt nicht nur als einer der schönsten in der Provence und war über die Grenzen des Gemeindegebiets hinaus bekannt, sondern wurde auch von den Einheimischen regelmäßig zum wöchentlichen Einkauf genutzt. Er war riesig, zog sich durch die komplette Fußgängerzone bis zum Place du 25 Août und an den Mauern der Bibliothèque l'Inguimbertine entlang. Normalerweise liebte Lilou es, durch die Gassen der Altstadt zu schlendern und die Stände mit den unterschiedlichsten Produkten des Landes zu bewundern. Sie genoss die Vielfalt der Farben und Gerüche, das geschäftige Treiben in den Straßen und die vielen Eindrücke, die mit allen Sinnen zu spüren waren, und nahm sich gern Zeit zum Bummeln. Doch heute hatte sie kein Auge dafür, als sie sich auf den Weg zur Coulée verte machte. Sie war in Eile – Detective Inspector Fox wartete bestimmt schon auf sie.

Der junge Inspector saß noch im Frühstücksraum seines Hotels und tunkte gerade genussvoll sein Croissant in eine Tasse Kaffee. Unwillkürlich sah Lilou sich um, ob sie die fremde Frau entdeckte, die sie gestern mit Simon gesehen hatte, doch sie war nicht da. Ob sie schon wieder mit Simon unterwegs war? Oder war sie am Ende bereits abgereist, und ihr Treffen mit Simon war eine einmalige Sache gewesen? Eine zufällige Begegnung? Nein, so vertraut, wie sie miteinander umgegangen waren, kannten sie sich bestimmt schon länger. Lilou presste die Kiefer aufeinander, bis es wehtat.

Bradley Fox hatte sie entdeckt und winkte ihr zu. Gewaltsam verdrängte sie jeden Gedanken an Simons Betrug –

sie war im Dienst, sie hatte zu arbeiten und keine Zeit für müßige Spekulationen. Sie musste Simon zur Rede stellen, vorher brachte es nichts, über die Sache zu grübeln. Sie straffte sich, setzte eine freundliche Miene auf und durchquerte den Raum.

»Guten Morgen, Lilou«, begrüßte sie der Detective. »Möchtest du noch einen Kaffee?« Er sah sich nach der Bedienung um.

»Danke, nein. Ich habe bereits zu Hause gefrühstückt.« Einen Café double aus der neuen Espressomaschine, mit viel Zucker, im Stehen in der Küche hinuntergestürzt, um ihre Lebensgeister zu wecken – das musste heute als Frühstück reichen. Sie warf demonstrativ einen Blick auf die Uhr. »Wir müssen um neun bei der Gendarmerie sein«, fuhr sie fort. »Commandant Grissan hat eine Teambesprechung angesetzt und möchte, dass wir teilnehmen.«

»Schon gut.« Fox tupfte sich die Lippe mit einer Serviette ab und stand auf. »Von mir aus können wir los.«

Heute trug er eine dunkle Hose, die beinahe, aber nicht ganz wie eine Uniformhose wirkte, dazu ein hellblaues Poloshirt mit dem eingestickten Wappen der britischen Polizei und das helle Leinensakko von gestern. Er sah umwerfend gut aus, doch die anerkennenden Blicke der ältlichen Damen am Nebentisch bemerkte er offenbar gar nicht. Überhaupt schien er sich auf sein Aussehen angenehm wenig einzubilden – nachdem Lilou das Foto aus dem Anwerbeprospekt auf Roseannes Bildschirm gesehen hatte, war sie unsicher gewesen, wie sich die Zusammenarbeit mit diesem Mann gestalten würde. Doch zum Glück ließ Bradley Fox keine Allüren erkennen – sein Verhalten war die ganze Zeit hindurch kollegial und freundlich gewesen. Die einzige Ausnahme war der kurze Flirtversuch auf dem Rückweg von Marseille gewesen, und den hatte sie sich vermutlich nur eingebildet.

Lilou hatte den Wagen auf dem Hotelparkplatz abgestellt, und erneut suchten ihre Augen unwillkürlich nach der blonden Frau. Doch der Innenhof, in dem nur einige Autos standen, war menschenleer. Bradley Fox war an die Toreinfahrt getreten und deutete nach draußen. »Was ist denn hier los?«, fragte er. »Wo kommen all diese Menschen her?«

»Heute ist Markttag«, erklärte Lilou und schloss den Wagen auf. »Deshalb müssen wir auch los. Die Straßen sind voll, und ich will nicht zu spät kommen.«

Während der Fahrt zum Gendarmerieposten hing Bradley mit leuchtenden Augen am Fenster. »Das ist ja unglaublich«, meinte er. »Bei uns in England gibt es natürlich auch Wochenmärkte, aber so etwas habe ich noch nie gesehen.«

Lilou schmunzelte. »Der Markt von Carpentras ist einer der größten und schönsten in der Provence. Er ist etwas ganz Besonderes.«

»Meinst du, wir können dort später noch vorbeischauen?« Sehnsuchtsvoll blickte er nach draußen. »Das würde ich mir ungern entgehen lassen.«

»Aber ja.« Lilou nickte. »Ich hoffe, die Besprechung wird nicht allzu lange dauern. Danach sollten wir ein wenig Zeit dafür finden.«

Der Raum im Gendarmerieposten, in dem die Teambesprechung stattfand, war deutlich größer, als es für ein Besprechungszimmer nötig gewesen wäre. Halb hatte Lilou erwartet, dass sie sich in Grissans Büro treffen würden, das Platz genug geboten hätte und dazu noch über einen kleinen

Konferenztisch für acht Personen verfügte. Doch der Raum, in den sie der Gendarm am Tresen wies, war eher ein Saal, vielleicht sonst für Vorträge genutzt und mit einem langen Sitzungstisch ausgestattet.

Zu Lilous Überraschung waren nicht nur Commandant Grissan und drei weitere Gendarmen anwesend, auch Staatsanwalt Beringer saß mit am Tisch. Einer der Gendarmen war Capitaine Soual, den sie von einem früheren Fall kannte. Er sprang auf und fing Lilou gleich an der Tür ab. »Der Chef hat eine höllische Laune«, raunte er ihr zu. »Beringer ist ihm wohl auf die Zehen getreten.«

»Das kann ich mir denken«, sagte Lilou leise.

Nach der Entdeckung des Einbruchs bei Yves Grenouille alias Harry Shelter war Grissans Theorie von einem Unfall ohne fremde Beteiligung kaum noch haltbar. Docteur Bonaventure hatte mit seiner ersten Annahme doch recht gehabt, das zeigte sich immer deutlicher.

Lilou grüßte in die Runde. »*Bonjour,* Messieurs«, sagte sie. »Das ist Detective Inspector Fox von der Metropolitan Police in London«, stellte sie Bradley vor. »Er hat unseren Toten identifiziert.«

Beringer erhob sich und schüttelte Bradley die Hand. »*Pleased to meet you*«, sagte er. »*Welcome to France, Inspector.*« Er sprach fließend Englisch, aber mit deutlichem Akzent. »*Please sit down.*« Er deutete auf zwei Plätze gegenüber Grissan und seinen Gendarmen, die grüßend nickten.

Grissan machte eine verkniffene Miene, aber er rang sich ein schmales Lächeln ab. »*Bonjour,* Madame, Monsieur.« Er wandte sich Fox zu. »Sie verstehen unsere Sprache?«, fragte er auf Französisch.

»*Oui, un peu*«, antwortete Bradley und deutete mit zwei Fingern sein Sprachniveau an. »Ihr Englisch bestimmt besser ist als mein Französisch«, fuhr er fort.

Grissan schüttelte den Kopf. »Wohl kaum.« Er wies auf Soual. »Fragen Sie einfach, wenn Sie etwas nicht verstehen. Capitaine Soual kann übersetzen.«

»*D'accord*«, antwortete Fox. »Einverstanden.«

Beringer hob die Brauen, doch er sagte nichts dazu, sondern wandte sich an Grissan. »Möchten Sie Ihre bisherigen Ermittlungsergebnisse zusammenfassen?«

Grissan nickte knapp. »Bis gestern Abend sind wir davon ausgegangen, dass es sich bei dem Tod von Yves Grenouille um einen Unfall handelte«, erklärte er. »Ein technisches Team aus Orange hat die Unfallstelle nochmals akribisch untersucht. Dabei wurden Plastiksplitter sichergestellt, die identisch sind mit den Anhaftungen an Grenouilles Fahrrad und mit ziemlicher Sicherheit von der Stoßstange eines Fahrzeugs stammen. Aus diesem Grund haben wir in Richtung Fahrerflucht ermittelt und über die Medien einen Zeugenaufruf gestartet.«

»Hatten Sie damit Erfolg?«, fragte Lilou.

»Leider nicht.« Grissan hob die Schultern. »Der Unfall muss um die Mittagszeit passiert sein. Da sitzt jeder anständige Franzose beim Mittagessen.«

Lilou verbiss sich ein Grinsen. »Auf dem Mont Ventoux sind aber nicht nur Franzosen unterwegs«, entgegnete sie. »Das ist doch eigenartig, dass es gar keine Zeugen gibt.«

Grissan sah sie missbilligend an. »Sportler, die eine Bergbesteigung planen, starten frühmorgens, solange es noch kühl ist. Mittags sind nicht mehr viele unterwegs. In der Hochsaison mag das anders sein, aber jetzt im Mai an einem normalen Arbeitstag herrscht am Mont Ventoux nicht so viel Verkehr.«

»Verstehe.« Lilou hob die Schultern. »Da kann man nichts machen.«

»Immerhin konnte sich der Mann in Sault, der die Karte des *Club des Cinglés* abgestempelt hat, an Grenouille erinnern«, fuhr Grissan fort. »Ihm ist allerdings nichts Ungewöhnliches aufgefallen. Der Mann war allein unterwegs und hat mit niemandem gesprochen. Er hat nur einen Kaffee bei ihm getrunken und ist dann weitergefahren.«

»Diese Splitter, die Sie gefunden haben«, warf Fox ein. »Können Sie zuordnen zu einem Fahrzeug?«

»Leider nein.« Grissan schüttelte den Kopf. »Dieser Kunststoff wird von sehr vielen Herstellern verbaut. Wenn die Stoßstange nicht lackiert ist, kann man sie nicht zuordnen.«

»Schade.« Bradley machte ein bedauerndes Gesicht. »Dann haben Sie also gar nichts?«

Grissan schnitt eine Grimasse. »So würde ich das nicht sagen«, brummte er. »Wir wissen, wer der Tote ist, wo er lebte und wie er zu Tode gekommen ist.«

Lilou nickte. »Was ist mit dem Einbruch, den wir gestern entdeckt haben? Haben die Spuren etwas ergeben?«

»Die werden noch ausgewertet«, sagte Grissan. »Da fragen Sie am besten Ihre Leute.« Er sah sie an. »Was hatten Sie da überhaupt verloren?«

»Meine Idee das war«, warf Bradley Fox ein. »Ich wollte sehen, wo Shelter hat gelebt. Deshalb wir sind gewesen da.«

»Verstehe.« Grissan hob die Schultern und schaffte ein schiefes Grinsen. »So gesehen sollten wir Ihnen sogar dankbar sein.«

»Es war Zufall.« Fox grinste zurück. »Wir das nennen ›Inspector Luck and Sergeant Chance‹«, sagte er.

Lilou lachte. »*Commissaire coïncidence?* Das gefällt mir.«

»Wie dem auch sei.« Grissan ordnete ostentativ die Papiere, die vor ihm lagen. »Die Asche im Kamin war leider für eine Analyse nicht mehr zu gebrauchen«, sagte er. »Karimi hat mir gesagt, dass Sie ihn darauf hingewiesen haben.«

»Ach, wie schade.« Lilou verzog das Gesicht. »Das hätte uns einen Hinweis auf den Grund des Einbruchs geben können.«

»Wie das?« Beringer hob die Brauen. »Denken Sie, das war der Einbrecher?«

»Ja.« Lilou nickte. »Madame Lessien, die Nachbarin, hat ausgesagt, dass die Asche am Tag zuvor noch nicht da war.«

»Woher weiß sie …«

»Wieso kann sie …«

Beringer und Grissan hatten zugleich gesprochen und sahen sich an.

»Die Nachricht von Grenouilles Tod hat sie sehr getroffen, deshalb war sie nochmals in seinem Haus«, erklärte Lilou. »Sie wusste, wo er seinen Haustürschlüssel verwahrte.« Sofort hatte sie ein schlechtes Gewissen. Flo Lessien hatte schon genug durchgemacht, und der Gedanke, dass sie nun ins Zentrum der Ermittlung geraten könnte, war Lilou zuwider.

»Und das kommt Ihnen nicht komisch vor?« Grissans Augenbrauen berührten fast seinen Haaransatz. »Die Frau ist doch in höchstem Maße verdächtig.«

»Wieso sollte sie verdächtig sein?« Lilou sah ihn irritiert an. »Sie trauert um ihn, das ist alles.«

»Die haben doch bestimmt was miteinander gehabt«, warf einer der Gendarmen ein. »Sonst geht die doch nicht einfach so in sein Haus.«

»Sie sagte, sie wollte nach Grenouilles Katze sehen.« Lilou hob die Schultern. »Mag sein, dass da mehr war zwischen ihnen. Aber das macht sie doch nicht gleich verdächtig.«

»Falls sie hat herausgefunden, wer der Mann wirklich ist, das kann ein Motiv sein«, warf Bradley Fox ein. »Schließlich er hat rumgemacht mit anderen Frauen und geführt ein Doppelleben. Und wir nur haben ihre Aussage, dass am Tag vorher alles war in Ordnung.«

»Das stimmt natürlich.« Lilou nickte langsam. Brad hatte vollkommen recht: Flo Lessien und Yves Grenouille waren mehr gewesen als nur Nachbarn, und die Tatsache, dass sie diesen Umstand anfangs verheimlicht hatte, machte sie tatsächlich verdächtig. Ungeachtet dessen würde man sie in jedem Fall vernehmen müssen, wenn man mehr über diesen Mann herausfinden wollte – offenbar war sie die Einzige gewesen, die ihn etwas besser gekannt hatte. »Auch wenn es schwer vorstellbar ist, dass Flo Lessien eine Mörderin ist«, setzte sie hinzu.

»Solange wir keinen gegenteiligen Beweis haben, gilt sie als verdächtig«, beschloss Grissan die Diskussion. »Ich würde sie gern zur Vernehmung herbringen lassen, *mon procureur*«, wandte er sich an Beringer, »und sie erkennungsdienstlich behandeln. Wir haben in Grenouilles Haus verschiedene Fingerabdrücke sichergestellt, die nicht von ihm stammen, und wir haben die Blutspuren an der zerbrochenen Glasscheibe der Terrassentür. Vielleicht gibt es eine Übereinstimmung.«

Lilou schüttelte den Kopf. »Flo Lessien weiß doch, wo der Schlüssel liegt. Wieso sollte sie eine Scheibe einschlagen?«

»Um einen Einbruch vorzutäuschen, das ist doch klar.« Grissan sah sie missbilligend an, dann blickte er zu Beringer. »Habe ich Ihre Einwilligung, Monsieur le Procureur?«

Beringer nickte knapp. »Führen Sie Madame Lessien vor und vernehmen Sie sie. Und versuchen Sie bitte weiter, Zeugen für den Vorfall aufzutreiben. Mittagszeit hin oder her, irgendjemand muss doch etwas bemerkt haben.«

Davide Soual nickte. »Wird gemacht.«

Der Staatsanwalt wandte sich an Lilou. »Sie, Madame, recherchieren bitte weiter, was die Vergangenheit dieses Mannes betrifft. Vor allem interessiert uns, ob er in den letzten beiden Jahren, während er in Frankreich lebte, irgendwelche Straftaten begangen hat. Setzen Sie sich mit der Sécurité intérieure in Verbindung. Wenn Monsieur l'inspecteur Sie dabei unterstützen möchte, würde ich das begrüßen.« Er deutete mit dem Kinn auf Fox.

Lilou hob die Brauen. Der Inlandsgeheimdienst? Offenbar war die Direktion für Innere Sicherheit auch für Industriespionage zuständig, das war ihr gar nicht klar gewesen. Sie hätte erwartet, dass diese Aufgabe durch eine der vielen Abteilungen in der Generaldirektion der Police nationale wahrgenommen würde, aber offenbar war das nicht so.

Beringer schob seinen Stuhl zurück und stand auf. »Sind noch Fragen offen?«, fragte er in die Runde.

»*Sorry, yes.*« Bradley hob die Hand. »Würde nicht besser sein, einzurichten eine ...«, er zögerte, »... eine *special squad?* Nur für diesen Fall?«

»*Une brigade spéciale?*«, übersetzte Lilou auf Grissans fragenden Blick. »Eine Sonderbrigade.«

»*Exactly.*« Fox grinste. »Alle gemeinsam, nicht verschiedene Abteilungen.«

Grissan schüttelte den Kopf. »Der Fall liegt in der Zuständigkeit der Gendarmerie«, sagte er. »Ich habe nur zu wenige Leute für alte, nicht gelöste Fälle. Das kann gern Madame le Commissaire übernehmen.«

Lilou presste die Kiefer aufeinander. Das war wieder typisch für Grissan: Statt anzuerkennen, dass ihre Ermittlungen wichtige Erkenntnisse gebracht hatten, stellte er es so hin, als ob sie in seinem Auftrag gehandelt hätte. Aber sie sagte nichts. Das durfte der Staatsanwalt mit Grissan klären, der die Worte des Chef d'escadron mit einem Stirnrunzeln zur Kenntnis nahm.

»Es wird mir ein Vergnügen sein, die Kollegen von der Gendarmerie zu unterstützen«, erwiderte Lilou zuckersüß. »Ich berichte dann direkt an Monsieur le Procureur, *d'accord?*«

»Sie berichten mir beide«, gab Beringer zurück und warf Grissan einen scharfen Blick zu. »Monsieur l'inspecteur Fox hat ganz recht, dieser Fall kann nur gemeinsam gelöst werden.«

KAPITEL 11

Anstatt direkt zurück zum Hôtel de police zu fahren, parkte Lilou den Wagen an der Bibliothèque l'Inguimbertine. Bradley Fox war sichtlich beeindruckt von dem alten Gebäude.

»Das war früher einmal ein Krankenhaus«, erklärte Lilou. »Seit einigen Jahren beherbergt es die Stadtbücherei und eine berühmte Büchersammlung. Wenn du noch ein paar Tage hier bist, solltest du die Bibliothek besuchen.«

»Das werde ich bestimmt.« Er wandte sich zu ihr um. »Aber nun will ich zum Markt.«

»Dann los.« Lilou bedeutete ihm, ihr zu folgen. Sie überquerten den Boulevard Albin Durand und bogen in eine enge Gasse ein. Schlagartig verstummte der Verkehrslärm hinter ihnen, als ob die hohen, schmalen Hausfassaden ihn einfach schluckten. Bradley sah sich suchend um. »Wo ist denn jetzt der Markt?«, fragte er.

»Geduld.« Lilou wies die Gasse entlang. »Er beginnt gleich da vorn.«

Sie folgten einer verschleierten Nordafrikanerin in dunklen Gewändern, die einen Kinderwagen schob, zu einem kleinen Platz mit einer ausladenden Platane. In ihrem Schatten hatte ein Käsehändler seinen Stand aufgebaut, und die Luft war geschwängert von den aromatischen Düften.

»*This is wonderful!*«, rief Bradley aus und überquerte mit raschen Schritten den Platz. Vor dem Stand blieb er stehen und schaute sehnsuchtsvoll auf die ausgestellten Käselaibe, die in bunten Farben leuchteten. »Ich würde gern etwas probieren, darf ich?«

»Bestimmt.« Lilou winkte den Verkäufer heran, einen älteren Bauern mit speckiger Baskenmütze und rot-weiß karierter Schürze. »Mit welchem möchtest du beginnen?«

Der Bauer hatte sichtlich Spaß an Bradleys Begeisterung. Hatte er erst noch misstrauisch Lilous Uniform beäugt, vergaß er bald seine Vorbehalte gegenüber den Angehörigen des Polizeicorps und zauberte immer neue Käsesorten hervor. Er färbte seine Käselaibe mit Gemüsesäften, wie er ihnen verriet: Rote Bete für leuchtendes Pink, ein Absud aus Brennnesselblättern für intensives Grün, ausgekochte Zwiebelschalen für warmes Orange und Kakaopulver für tiefes Braun. Die bunten Kreationen schmeckten erstaunlich lecker – selbst der Kakao harmonierte überraschend gut mit dem milden Käse.

Am Ende kaufte Bradley von jeder Sorte ein kleines Stück. »Ich hoffe, die halten, bis ich wieder zurückfliege«, meinte er, als sie weitergingen. »Meine Kollegen werden ganz verrückt danach sein.«

Sie kamen nur langsam voran. An jedem Stand blieb Bradley stehen und staunte mit großen Augen. Vor allem die Gewürzhändler hatten es ihm angetan. In großen Säcken und Körben präsentierten sie die vielfältigsten Aromen in immer neuen Farben und Formen. Am Stand daneben wurden Oliven feilgeboten, kleine schwarze, kugelrunde violette und riesige grüne, gefüllt mit Nüssen, Knoblauch oder Pistou … Dazu die Tapenades, feine Zubereitungen aus gehackten Oliven mit verschiedenen Gewürzen, die Bradley ebenfalls alle probieren wollte.

Zwischen den Ständen mit den Lebensmitteln gab es Kunsthandwerk, Kleidung, traditionell gefärbte Stoffe und handwerklich hergestellte Geräte zu bestaunen. Olivenöl, Honig, Duftlavendel, Kerzen, Schnitzereien aus Olivenholz, süßes Gebäck und geräucherte Würste wechselten einander ab. Immer wieder blickte Lilou auf die Uhr – Commissaire Demoireau würde sich bestimmt schon wundern, wo sie blieben. Zum Glück ging es schon auf Mittag zu, die ersten Marktstände wurden bereits abgebaut. Mit sichtlichem Bedauern riss Bradley sich von einem Stand mit handgefertigten Instrumenten los, nicht ohne zuvor noch eine kleine, polierte Grille zu kaufen, die ein lautes Zirpen von sich gab, wenn man in das Mundstück blies.

Endlich waren sie zurück am Auto, Bradley schwer bepackt mit Tüten. »Hoffentlich halten sich die Sachen«, meinte er und musterte besorgt seine Schätze. »Eigentlich müsste der Käse gekühlt werden.«

»Wir haben einen Kühlschrank in der Dienststelle«, beeilte sich Lilou zu sagen. »Er wurde extra für die Einkäufe vom Markt angeschafft. Sonst würden die Kollegen freitags noch später zum Dienst kommen.«

»Das ist eine kluge Sache.« Bradley nickte ernsthaft und streckte die langen Beine aus. »Euer Chef hat das wirklich genehmigt?«

»Es war sogar seine Idee.« Lilou fädelte den Wagen in den Verkehr ein. »Aber es war gar nicht so einfach, die Zentrale in Paris davon zu überzeugen, dass wir so etwas brauchen.«

»Oh.« Bradleys Miene hellte sich auf. »Ich glaube, ich mag ihn jetzt schon.«

Das Gespräch mit Demoireau dauerte nicht lange. Der Commissaire begrüßte den jungen Inspector aus England mit freundlichen Worten auf Englisch, Bradley Fox antwortete in gebrochenem Französisch. Lilou wusste, dass Demoireau leidlich, aber ungern Englisch sprach, deshalb übernahm sie es, ihrem Vorgesetzten vom Gespräch mit dem Staatsanwalt zu berichten. »Wenn ich Monsieur le Procureur richtig verstanden habe«, schloss sie, »dann sollen sich Grissan und seine Gendarmen weiter um die Aufklärung der Umstände von Shelters Tod kümmern, während ich zusammen mit Detective Inspector Fox Shelters Tätigkeiten in Frankreich nachgehen soll.«

»Falls er hat überhaupt etwas gemacht hier«, warf Bradley ein. »Schließlich er wollte in Frieden leben und nicht ins eigene Nest kacken. Sagt man so?«

»Das eigene Nest nicht beschmutzen«, korrigierte Lilou und schmunzelte. »Das werden Ihnen die Kollegen von der Sécurité intérieure sagen können.«

»Der Inlandsgeheimdienst?« Demoireau hob die buschigen Brauen. »Was haben die damit zu tun?«

»Beringer sagte, dass die Direktion für Innere Sicherheit auch für Industriespionage zuständig ist. Und nachdem Shelter deshalb in England gesucht wird ...«

»Ja, natürlich.« Demoireau runzelte die Stirn. »Aber die arbeiten in solchen Fällen üblicherweise mit der Police nationale zusammen.« Er machte eine wegwerfende Handbewegung. »Nun gut. Wenn Beringer das so möchte, muss Mr Fox den offiziellen Dienstweg gehen.«

»Wo ich kann arbeiten?«, fragte Fox. »Ich brauche eine Tisch und eine Laptop.«

»Sie können sich ins Großraumbüro setzen«, sagte Demoireau. »Der Schreibtisch von Roguenot ist frei.«

»Open space?« Der Detective schüttelte den Kopf. »Das ist nicht gut. Ich habe zu machen Telefonate und Videocalls.«

»Du kannst gern in meinem Büro arbeiten«, schlug Lilou vor. »Ich habe einen zweiten Tisch.«

Genau genommen war dieser zweite Schreibtisch ein besserer Katzentisch, den sie in ihrer Zeit als Praktikantin im Zimmer des damaligen stellvertretenden Dienststellenleiters benutzt hatte. Als sie dann mit Commandant Pouffins Stelle auch sein Büro übernommen hatte, hatte sie das Tischchen behalten. Weniger aus Sentimentalität, sondern vielmehr als zusätzliche Ablagefläche für die Unmengen an Papier, die trotz aller Digitalisierung immer noch über ihren Schreibtisch gingen. Aber zum Telefonieren würde er wohl reichen, und für die Videokonferenz konnte sie tatsächlich Roguenots Laptop aus dem Magazin holen.

»Wenn ich dich nicht störe?« Bradley sah sie fragend an. »Du hast doch sicherlich auch noch anderes zu tun.«

»Du störst mich nicht.« Sie schenkte ihm ein flüchtiges Lächeln. »Außerdem sollen wir doch zusammenarbeiten.«

»Das ist richtig.« Er nickte ernsthaft. »Ist das in Ordnung, Monsieur le Commissaire?«

»Aber natürlich.« Demoireau nickte nachdrücklich und streckte Bradley die Hand hin. »Auf gute Zusammenarbeit, Inspector Fox.«

»Ich freue mich darauf.« Fox schüttelte die Hand des Commissaire. »Gemeinsam wir werden bestimmt den Fall lösen.«

»Davon bin ich überzeugt.«

In den nächsten Stunden lernte Lilou eine neue Seite von Bradley Fox kennen. Während er telefonierte, hielt er die Augen halb geschlossen, und sein Gesicht zeigte einen Ausdruck höchster Konzentration. Manchmal schrieb er etwas in ein abgegriffenes Notizbuch, doch meistens hörte er nur zu. Später, während der Videokonferenz mit zwei zivilen Beamten der Sécurité intérieure und einem hochrangigen Offizier in Uniform, erwies er sich als lebhafter Erzähler, als er die einzelnen Delikte erläuterte, die Shelter in Großbritannien zur Last gelegt wurden.

Offenbar war Harry Shelter in früheren Jahren ein Mann von ausgesprochen einnehmendem Äußeren und exzellenten Manieren gewesen. Zumindest hatte er diese Rolle verkörpert, als er noch aktiv seinem zwielichtigen Gewerbe nachging, korrigierte sich Lilou. Der tote Yves Grenouille hatte eher ein Allerweltsgesicht gehabt, er war ihr nicht sonderlich attraktiv erschienen. Andererseits – was machte einen Menschen denn anziehend? Doch wohl nicht nur die Anatomie seiner Gesichtszüge, überlegte sie. Vielmehr war es doch das Zusammenspiel von Mimik und Stimme, von der Art zu sprechen, zu lachen und die Augen zu bewegen, die die Wirkung eines Menschen bestimmten.

Ihr Freund Simon war das beste Beispiel: Er war mittelgroß und schlank, von eher unscheinbarem Äußeren. Das einzig auffallende Merkmal in seinem Gesicht waren die intensiv graublauen Augen zu seinem sandfarbenen Haar. Doch wenn Simon sie ansah und dabei die Lider ein wenig zusammenkniff, erschienen Lachfältchen in den Augenwinkeln und Grübchen in seinen Wangen, und das machte ihn in ihren Augen ungeheuer attraktiv. Bisher hatte sie angenommen, dass nur sie das so empfand, doch offenbar hatte er auch auf andere Frauen diese Wirkung. Zumindest hatte die blonde Frau ihn hingerissen angeschmachtet, als er sie genauso angelächelt hatte. Lilou presste die Kiefer aufeinander und verdrängte gewaltsam die Erinnerung. Jetzt war keine Zeit für ihre privaten Probleme, sie musste sich auf das konzentrieren, was Fox erzählte. Und das war tatsächlich beinahe so spannend wie ein Hollywoodfilm, stellte sie fest.

Wie man heute wusste, war Harry Shelter zum ersten Mal vor über zwanzig Jahren in Erscheinung getreten. Damals war er als Produktionsleiter einer Firma, die Farben und Lacke herstellte, tätig gewesen. Als er aufgrund von Einsparmaßnahmen entlassen wurde, besserte er seine Abfindung auf, indem er die bis dahin streng geheim gehaltene Formulierung eines Unterwasserlacks, auf die die Firma das Patent hielt, an ein Unternehmen in China verkaufte. Man kam ihm zwar bald auf die Schliche, konnte seiner aber nicht mehr habhaft werden – er war untergetaucht und hatte sich eine neue Identität geschaffen, mit deren Hilfe er bald den nächsten spektakulären Coup landete.

Bald verlegte er sich darauf, über Mitarbeiterinnen in Führungsetagen an Firmeninterna zu gelangen. Er machte sich an die zumeist schon etwas älteren Frauen heran und erschlich sich ihr Vertrauen, täuschte ihnen Liebe vor und lullte sie ein mit Versprechungen – bis sie unvorsichtig wurden. Fox hatte im Zuge seiner Ermittlungen mit jeder Einzelnen dieser Geschädigten gesprochen. Meist handelte es sich um Wissenschaftlerinnen auf gut dotierten Posten mit wenig sozialen Kontakten, die in Harry Shelter einen mehr als aufmerksamen Zuhörer fanden. Dass er in Wahrheit nicht an ihnen, sondern nur an den Ergebnissen ihrer Forschungsarbeit interessiert war, begriffen die bedauernswerten Frauen erst, als er sie wieder verließ – und wenig später die Geheimnisse der jeweiligen Firma bei der Konkurrenz auftauchten.

Doch was die britische Polizei auch versuchte: Den Ermittlern gelang es nicht, Harry Shelter dingfest zu machen. Zu schnell wechselte er seine Identitäten, zu wasserdicht war seine Legende, mit der er auf den nächsten Beutezug ging – und wenn sich die Geschädigten dann bei der Polizei meldeten, war er schon längst über alle Berge.

Erst das Ausheben eines Hehlerrings, der mit gestohlenen Daten handelte, brachte die Polizei auf Harry Shelters Spur. Einem der Hehler war er unter seinem echten Namen bekannt, und mithilfe dieses Mannes konnte Shelters Vergangenheit schließlich rekonstruiert werden. Das war vor zwei Jahren gewesen, und seither schien Shelter wie vom Erdboden verschluckt zu sein. Und hier kämen die französischen Kollegen ins Spiel, fuhr Fox fort. Augenscheinlich hatte Harry Shelter unter falschem Namen in der Nähe von Carpentras gelebt und sich als Franzose ausgegeben. Und für die Ermittlungen zu seinem Tod wäre es nicht unerheblich zu wissen, ob er seine Geschäfte womöglich nach Frankreich verlegt hatte. Ob den Kollegen vergleichbare Fälle bekannt wären?

Lilou konnte das Kopfschütteln im dreigeteilten Monitor von ihrem Platz aus sehen. Der uniformierte Offizier ergriff das Wort. »Danke für die Zusammenfassung, Monsieur l'inspecteur«, sagte er. »Ich respektiere Ihren Wunsch nach dem Abschluss Ihrer Ermittlungen. Doch hier handelt es sich, wie ich verstanden habe, um eine Todesermittlung, für die die Gendarmerie in Carpentras zuständig ist. Mag sein, dass der Tod von diesem Mr Shelter mit seiner Vergangenheit zu tun hat. Doch ich versichere Ihnen, hier in Frankreich ist er ein unbeschriebenes Blatt.«

»Natürlich ist er das«, erwiderte Fox. »Er ist ja erst seit zwei Jahren hier. Ich möchte nur wissen, ob bei Ihnen Fälle aktenkundig sind, die ein ähnliches Muster aufweisen wie die, die ich Ihnen soeben beschrieben habe. Wenn ja, würde ich gern Einblick in Ihre Akten nehmen.«

Der Offizier machte ein verdrießliches Gesicht. »Sie wissen genau, dass das so nicht funktioniert«, sagte er. »Sie müssen ein offizielles Ersuchen an die Direction de la Coopération Internationale de Sécurité stellen. Das muss vom Innenminister genehmigt werden. Vorher kann ich Ihnen überhaupt nichts sagen.«

Fox verzog einen Moment lang das Gesicht, doch er hatte sich sofort wieder in der Gewalt. »Das verstehe ich sehr gut, Monsieur«, sagte er höflich. »Können Sie mir wenigstens sagen, ob es solche Fälle bei Ihnen gegeben hat? Weil wenn nicht, muss ich den Dienstweg gar nicht bemühen.«

»Nein, das kann ich nicht.« Der Offizier schüttelte bedauernd den Kopf. »Dazu bin ich nicht befugt.«

Lilou glaubte ihm kein Wort. Im Gegenteil hatte sie den Eindruck, dass dieser Mann genau wusste, wovon Bradley Fox sprach, aber einfach nicht mit dem *Anglais* zusammenarbeiten wollte. Was Grissan im Kleinen in seiner Gendarmeriedienststelle trieb, praktizierte dieser Offizier auf höchster Ebene. Ob alle beim Geheimdienst so waren? Es konnte doch nicht sein, dass man Kollegen Fallakten vorenthielt, die diese für ihre Ermittlungen brauchten!

Der jüngere der beiden anderen Beamten nickte bekräftigend und faltete mit selbstzufriedener Miene die Hände auf dem Tisch. Der Ältere verzog das Gesicht. Lilou erhob sich und sah genauer hin – versuchte er gerade, ein Schmunzeln zu unterdrücken? Offenbar wurde sie dadurch ebenfalls von der Kamera erfasst, denn nun schien er sie direkt anzusehen und – blinzelte er ihr gerade zu? Seine Hand kam ins Bild, er deutete auf sie. »Madame le Commissaire«, sagte er mit leiser Stimme. »Richten Sie doch bitte Ihrem Vorgesetzten beste Grüße von mir aus. Mein Name ist Rainier. Christophe Rainier. Er wird sich an mich erinnern.«

»Das mache ich gern«, antwortete Lilou.

Der Offizier, der sich Ihnen die ganze Zeit nicht vorgestellt hatte, unterbrach. »Es tut mir leid, dass ich Ihnen nicht helfen kann, Mr Fox«, sagte er in salbungsvollem Ton. Vielleicht konnte er ihnen ja wirklich nicht helfen, aber er machte nicht den Eindruck, als täte es ihm leid.

Fox bedankte sich dennoch und beendete das Gespräch. Einen Moment blieb er in Gedanken versunken sitzen, dann drehte er sich auf dem Stuhl zu Lilou und sah sie an. »Christophe Rainier. Wir sollten noch einmal mit deinem Commissaire sprechen.«

»Das denke ich auch.« Lilou stand auf. »Lass uns nachsehen, ob er noch da ist.«

Es war erst kurz nach drei, doch Commissaire Demoireaus Büro war leer. Das war ungewöhnlich, denn normalerweise war Demoireau morgens der Erste in der Dienststelle und ging abends als Letzter. Auch die Kollegen im Großraumbüro wussten nicht, wo er war, und selbst Gardien Tairrousse, der heute Dienst am Empfangstresen schob, hatte ihn nicht gesehen.

»Das ist sehr eigenartig«, sagte Lilou und runzelte die Stirn. »Normalerweise ist er immer da. Und wenn er einen Außentermin hat, weiß ich davon.«

»Vielleicht hat er eine private Verabredung«, mutmaßte Bradley. »Er ist dir ja keine Rechenschaft schuldig.«

»Demoireau hat kein Privatleben«, gab Lilou zurück und schmunzelte. »Schon gar nicht während der Dienstzeit.« Sie wandte sich zur Treppe. »Ich muss Roseanne fragen. Sie ist die Einzige, die immer weiß, wer gerade wo ist.«

Und die Sekretärin der Dienststelle wusste tatsächlich Bescheid. »Er holt gerade Sylvie vom Bahnhof ab«, erklärte sie mit einem Blick auf die Uhr an der Wand. »Sie kommt heute von ihrer Klassenfahrt zurück, und ich kann noch nicht weg.«

»Verstehe.« Lilou hob die Schultern. »Ich nehme an, er kommt heute Nachmittag nicht mehr ins Büro?«

»Nein.« Roseanne schüttelte den Kopf, ihre schwarzen Locken wippten. »Er geht heute Abend mit ihr aus.«

»Das ist schön.« Lilou schenkte Roseanne ein Lächeln. Bis vor Kurzem hatte die Zwölfjährige gar nicht gewusst, dass Demoireau ihr Vater war. In dem Glauben, dass Demoireau das nicht wollte, hatte Roseanne es ihr nie gesagt, während der Commissaire überzeugt war, mit seiner Zurückhaltung Roseannes Wunsch zu entsprechen. Lilou konnte noch immer nicht verstehen, wie zwei erwachsene Menschen über Jahre solch ein Missverständnis hatten aufrechterhalten können. Doch vor einigen Monaten hatte sich die Sache aufgeklärt, und seither nahm Demoireau durchaus Anteil am Leben seiner Tochter, die sich an die neue Situation auch erst gewöhnen musste. Aber die beiden waren auf einem guten Weg, davon war Lilou überzeugt.

»Und was machen wir jetzt?«, fragte Fox, als Lilou ihm berichtete, dass Demoireau heute nicht mehr zu sprechen war. »Bis wir auf offiziellem Weg die Auskunft bekommen, die wir brauchen, vergehen Tage. Und womöglich erfahren wir dabei nur, dass es keine Hinweise auf weitere Straftaten Shelters gibt.«

»Ja, ich weiß.« Lilou kam ein Gedanke. »Flo Lessien erwähnte doch, dass sie sich manchmal um Shelters Katze kümmerte«, sagte sie.

»Stimmt.« Fox rieb sich die Nase. »Das bedeutet, dass sie mitbekommen haben muss, wenn er unterwegs war.«

»Genau.« Lilou nickte. »Vielleicht hat Shelter ihr sogar erzählt, wo er gewesen ist. Dann hätten wir einen Anhaltspunkt, von dem aus wir weitermachen können.«

»Du hast recht.« Fox nickte. »Mrs Lessien könnte wirklich etwas wissen. Aber ich habe Zweifel, dass sie es uns erzählen würde.«

»Du glaubst tatsächlich, Flo hat etwas mit Shelters Tod zu tun?« Lilou sah ihn überrascht an.

»Ich bin nicht ganz sicher«, antwortete der englische Detective. »Sie erweckt den Eindruck, als ob sie ehrlich um ihn trauert. Aber das könnte genauso gut gespielt sein.« Er fuhr sich durchs Haar. »Stell dir vor, sie hat irgendwie herausgefunden, wer er wirklich war. Dass er reihenweise Frauen belogen und betrogen hat. Was macht das wohl mit einer Frau wie Flo Lessien?«

»Es macht sie nicht zur Mörderin«, gab Lilou zurück. »Selbst wenn sie sauer auf ihn ist, würde sie ihn doch nicht gleich umbringen.«

»Du magst sie, stimmt's?« Bradley Fox schmunzelte. »Deshalb vertraust du ihr.«

»Nein, bestimmt nicht.« Lilou schnaubte erbost. »Das sagt mir mein Gefühl.« Sie zögerte. »Meine Menschenkenntnis, wenn du so willst. Meine Intuition.«

Er machte eine beschwichtigende Geste. »Ich meine es nicht böse, Lilou. Ich versuche nur, alle Seiten zu betrachten.«

»Du hast ja recht.« Lilou seufzte resigniert. »In unserem Job zählen nur Indizien und Beweise, nicht mein Bauchgefühl.«

»Intuition ist nicht immer der schlechteste Ratgeber«, antwortete Bradley. »Die kommt direkt aus deinem Unterbewusstsein, und damit nimmst du Dinge wahr, ohne es zu bemerken.«

»Ist das so?« Lilou sah ihn zweifelnd an. »Ich habe oft recht mit meinen Vermutungen, das stimmt schon. Inzwischen vertraut sogar Demoireau darauf, auch wenn er es nicht zugeben würde.« Sie grinste. »Lassen wir es doch drauf ankommen«, schlug sie vor. »Wir befragen Flo Lessien zu Shelters Ausflügen. Vielleicht verrät sie sich ja, falls sie wirklich etwas zu verbergen hat.«

»In Ordnung.« Bradley nickte. »Aber kommen wir überhaupt an sie ran? Grissan wollte sie doch in Gewahrsam nehmen.«

»Er wollte sie zur Vernehmung einbestellen«, korrigierte Lilou. »Ob er sie dabehalten hat, wissen wir nicht.« Sie zog ihr Telefon aus der Tasche. »Aber das finden wir ganz schnell heraus.«

Zwei Anrufe später wussten sie, dass sich Flo nicht mehr in der Dienststelle der Gendarmerie befand. Sie war auf freien Fuß gesetzt worden, allerdings mit der Auflage, das Gemeindegebiet nicht zu verlassen und sich für weitere Befragungen zur Verfügung zu halten. Eine nicht unerhebliche Rolle hatte dabei die Tatsache gespielt, dass sie alleinerziehend war und ihre Tochter abholen musste. Aber sollte sich beim Blut an den Scherben von Shelters Terrassentür eine Übereinstimmung ergeben, musste sie mit ihrer Verhaftung rechnen.

Darauf habe Madame Lessien lauthals gelacht, wie Capitaine Soual Lilou erzählte. Sie war sich offenbar vollkommen sicher, dass man ihr nichts würde nachweisen können. Ihre Fingerabdrücke waren zwar im Haus zu finden gewesen, doch sie hatte ja nie bestritten, ihren Nachbarn des Öfteren besucht zu haben. Tatsächlich waren außer ihren und denen von Grenouille überhaupt keine Fingerabdruckspuren nachgewiesen worden, wie Soual weiter berichtete. Falls es einen Einbrecher gegeben hatte, musste er Handschuhe getragen haben, was Madame Lessien zwar nicht entlastete, Grissan aber auch keine Handhabe gab, sie weiter festzuhalten. Vor einer Stunde sei sie gegangen, schloss Soual.

Lilou beendete das Gespräch und warf einen Blick auf die Uhr. »Sie müsste eigentlich bald zu Hause sein«, sagte sie zu Fox. »Wir fahren hin, aber wir machen vorher noch einen Umweg. Ich möchte dir etwas zeigen.«

Bradley Fox wurde immer stiller und seine Augen immer größer, je näher sie dem beeindruckenden Bergmassiv des Mont Ventoux kamen. Kurz vor Carroux kurbelte er das Fenster herunter und streckte den Kopf hinaus. »Das ist unglaublich«, rief er aus. »Liegt da oben Schnee?«

»Aber nein.« Lilou lachte. »Das sind kahle Geröllhalden aus kalkhaltigem Gestein.« Sie nahm den Fuß vom Gas, als das Ortsschild in Sicht kam.

Bradley zog den Kopf wieder zurück, das Fenster ließ er geöffnet. Bewundernd musterte er das bunte Treiben in dem frisch herausgeputzten Dorf. »Das ist aber hübsch hier.«

»Ja.« Lilou hielt an einem Zebrastreifen an und wartete, bis eine Gruppe Wanderer die Straße überquert hatte. »Das wissen auch die Touristen. Hier ist es immer sehr überlaufen.«

»Das sehe ich.« Bradley deutete nach draußen, wo sich unter den lilafarbenen Markisen eines Cafés die Gäste an kleinen Tischen drängten. Sie passierten ein Stück der alten Stadtmauer mit einem Brunnen davor. Auf der Einfassung sonnte sich eine Katze, auf einer Bank daneben saßen drei alte, in Schwarz gekleidete Frauen. »Und das meinst du wohl mit der pittoresken Armut der Dörfer, oder nicht?«

»Nein, nicht wirklich.« Lilou schüttelte den Kopf. »Carroux ist reich. Oben auf dem Berg befindet sich ein Stausee, der das Dorf und die umgebenden Felder mit Wasser versorgt. Dazu kommt, dass es hier viele Zweitwohnsitze gibt, für die man eine eigene Steuer zahlt. Nein, Carroux ist nicht arm.«

Bedauernd warf Bradley einen Blick zurück. »Hier würde ich auch gern meine Sommer verbringen.«

Der riesige Berg war inzwischen aus dem Blickfeld verschwunden, verdeckt von den sanft ansteigenden, bewaldeten Hängen an seinen Flanken. Ein Stück hinter Carroux folgte Lilou einem Wegweiser zum Mont Ventoux. Die gut ausgebaute Straße stieg erst nur gemächlich an, verlief in weit auseinandergezogenen Kurven durch schattigen Laubwald und wurde nur unmerklich steiler. Nach wenigen Kilometern änderte sich jedoch das Bild: Der Hang neben der Straße wurde felsig und steil, Kiefern und verkrüppelte Eichen bildeten nun die vorherrschende Vegetation. Heute herrschte deutlich mehr Verkehr als vor zwei Tagen, als Lilou mit Commandant Hiroux hier war, Gruppen von

Fahrradfahrern blockierten immer wieder die Fahrbahn. Aufmerksam hielt sie Ausschau, um die Zufahrt zu dem Parkplatz nicht zu verpassen, an dem der Unfall passiert sein musste. Als das Hinweisschild in Sicht kam, setzte sie den Blinker, wartete eine weitere Gruppe ab, die die lange Gerade herabbrauste, und bog auf den geschotterten Platz ein.

Sie stiegen aus, Fox ging zielstrebig zum äußersten Ende des Parkplatzes, wo sich eine gemauerte Aussichtsplattform befand. Er lehnte sich gegen das Geländer und starrte nach Norden. »Wow«, sagte er. »Einfach nur wow.«

Lilou stellte sich neben ihn und musste ihm recht geben. Der Blick konnte hier kilometerweit in die Ferne schweifen, durch nichts aufgehalten als durch den bläulichen Dunst am fernen Horizont. Gipfel reihte sich an Gipfel, Fels und Baumbestand wechselten sich ab und schufen ein für das Auge verwirrendes Muster.

Schließlich löste sich der Detective von dem Anblick und blickte sich suchend um. »Wo ist es passiert?«, fragte er.

»Auf der anderen Seite«, entgegnete Lilou und deutete mit der Hand in die Richtung. »Shelter ist mit dem Fahrrad die Straße heruntergekommen, als ihn das Auto erwischt hat.«

Bradley Fox warf noch einen letzten Blick auf die Aussicht, dann wandte er sich um und überquerte den Parkplatz. Eine Wandergruppe kam den schmalen Weg herauf, der hier begann, bunt gekleidete Menschen mit Rucksäcken und Wanderstöcken verteilten sich auf drei nebeneinander parkende Autos.

Sie warteten, bis die Autos verschwunden waren, dann gingen sie über die Straße. Fox beugte sich vor und spähte über die Kante ins Dickicht der Bäume. »Nichts zu sehen«, meinte er.

»Nein.« Lilou trat zu ihm. »Ein Stück unterhalb verläuft ein Wanderweg, da haben wir Shelters Leiche entdeckt. Die Spurensicherung hat alles untersucht, auch hier an der Straße, aber viel war nicht zu finden. Nur diese Kunststoffsplitter, von denen Grissan heute Morgen gesprochen hat. Die haben ja leider nichts ergeben.«

»Es ist schon eigenartig, dass niemand den Unfall gesehen hat«, bemerkte Fox. »Hier herrscht doch wirklich viel Verkehr.«

»Das hat uns doch Grissan schon alles erläutert«, widersprach Lilou. »Jetzt haben wir Freitagnachmittag. Das Wochenende hat begonnen. An einem Wochentag ist hier deutlich weniger los.« Sie grinste freudlos. »Franzosen ist das Mittagessen heilig. In Paris ist das anders, aber hier auf dem Land ist das wirklich so. Und wenn der Wagen, der den Unfall verursacht hat, nicht angehalten hat …«

»… dauerte das Ganze nur ein paar Sekunden.« Bradley nickte. »Dann kann man wohl nichts machen.« Er setzte sich wieder in Bewegung. »Wohin jetzt?«

»Nach oben.« Lilou deutete die Straße hoch. »Zum Gipfel.«

Wenige Minuten und einige Serpentinen später waren sie oben angelangt. Gern hätte Lilou angehalten, um Bradley Fox die Aussicht am Mont Ventoux zu zeigen, doch heute schien dort eine Veranstaltung stattzufinden: Der Parkplatz war gesperrt, und am Straßenrand parkten Autos dicht an dicht bis weit über die ersten Serpentinen hinaus. Beeindruckend war die Kulisse dennoch, wie Fox betonte. Der schneeweiße Turm der meteorologischen Station, die hell schimmernden Kiesfelder unterhalb des Gipfels, die kühn geschwungene Straße, die am Col des Tempêtes die stolze Höhe von 1830 Metern erreichte, wie ein Schild verkündete, an dem sie im Schritttempo vorüberfuhren ... Selbst für Lilou, die den Mont Ventoux nicht zum ersten Mal besuchte, war es jedes Mal aufs Neue ein atemberaubendes Schauspiel.

Die Sonne stand schon tief, als sie endlich Sault erreichten. Der kleine Ort thronte trutzig auf einer Felsklippe oberhalb der Straße, die im Abendlicht golden schimmerte.

»Hier wurde Shelter zum letzten Mal lebend gesehen«, sagte Lilou und setzte den Blinker.

Die Straße hoch zum Ort war eng und kurvig. Sie endete an einem verwinkelten Platz, und Lilou hielt vor der niedrigen Brüstung, die ihn nach Westen hin begrenzte. Der Blick in die Hochebene war frei, die abgezirkelten Flächen der Lavendelfelder waren gut zu erkennen. Noch blühte der Lavendel nicht, doch die silbrigen Büsche ließen bereits einen Hauch von Violett erahnen. Lilou deutete auf einen Kiosk im Schatten einer Kastanie. »Dort drüben hat Shelter die Karte abstempeln lassen«, sagte sie. »Er war kurz nach zehn hier.«

»Können wir mit dem Besitzer sprechen?«, fragte Fox.

»Klar.« Lilou hob die Schultern. »Das haben zwar schon Grissans Leute getan, aber warum nicht?«

Sie gingen hinüber. Lilou hielt sich im Hintergrund, während sich Fox dem Betreiber des Kiosks vorstellte. Der schien die Bemühungen des jungen Detectives zu würdigen, sich auf Französisch zu unterhalten, und gab bereitwillig Auskunft. Vielleicht sogar bereitwilliger als den Gendarmen, ging Lilou durch den Kopf. Der Mann sprach bestimmt besser Englisch als Bradley Französisch – das musste er in einem Ort wie Sault, der jedes Jahr von Zigtausenden Besuchern überrollt wurde, von denen ein nicht unerheblicher Prozentsatz aus Großbritannien kam. Aber das ehrliche Bemühen des Detectives um die Sprache, die – wie jeder Franzose wusste – für Fremde bestenfalls in Vokabular und Grammatik zu erlernen war, aber niemals mit dem Gefühl dafür, schien bei dem Kioskbesitzer gut anzukommen. Mit lebhaften Gesten berichtete er von der Begegnung mit dem einsamen Fahrradfahrer, und als Fox durchblicken ließ, dass dieser eine dunkle Vergangenheit besaß, senkte der Mann die Stimme.

»Jetzt, wo Sie es sagen …«, murmelte er und blickte sich verschwörerisch um. »Da war eine Frau, die sich nach ihm erkundigt hat.«

»Eine Frau?« Lilou spitzte die Ohren und trat näher. »Können Sie sie beschreiben?«

»Chic war sie, das hab ich mir noch gedacht. Was will so eine bei uns? Sonst kommen doch nur die Fahrradfahrer hierher.« Der Mann legte den Finger an die Nase. »Sie hat ein Kopftuch aufgehabt, deshalb hab ich nicht viel gesehen von ihrem Gesicht. Sie hat eigentlich auch nicht nach dem Mann gefragt, sondern wollte wissen, wie das mit dem Club der Verrückten funktioniert. Wieso der Mann sich bei mir einen Stempel geholt hat.« Leutselig beugte er sich vor. »So was kennen die doch im Ausland nicht.«

»Sie war also Ausländerin?«, fragte Fox.

»Glaub schon.« Der Mann hob die Schultern. »Sprach feines Französisch, wie eine Pariserin. Aber sie war halt nicht von hier.«

»Verstehe.« Bradley schob dem Mann einen Zwanzigeuroschein über den Tresen. »Mehr können Sie uns nicht sagen?«

»Nee.« Bedauernd schob der Mann die Banknote wieder zurück. »Sehr nett war sie und hatte ein schönes Lächeln, an das erinnere ich mich noch. Eine Cola hat sie getrunken. Aber das nützt Ihnen ja nichts.«

»Behalten Sie den Schein trotzdem«, sagte Fox und nickte ihm zu. »Sie haben uns sehr geholfen.«

Sie wandten sich wieder zum Wagen. »Denkst du, die Frau hat etwas mit Shelter zu tun?«, fragte Lilou den Detective.

Er zuckte mit den Schultern. »Kann Zufall sein. Oder auch nicht. Mit diesen mageren Informationen werden wir sie aber kaum finden und befragen können, meinst du nicht?«

KAPITEL 12

Wenig später waren sie wieder unterwegs. Diesmal näherten sie sich Mirocène von der anderen Seite. Kahle Berghänge und die steil abfallende Schlucht der Nesque prägten das Bild. Hier war nichts lieblich oder anheimelnd, wie man die Provence von Postkarten kannte: Die Gegend war rau und einsam, die Straße verlief hoch über dem Flussbett und bot immer wieder spektakuläre Ausblicke auf die dahinterliegenden Bergzüge. An Parkbuchten am Straßenrand begannen beschilderte Wanderwege, die zu den Gipfeln in der Umgebung führten, und ab und an sah man an einem parkenden Auto, dass in diesem schroffen Gelände tatsächlich Menschen unterwegs waren. Auch hier begegneten ihnen immer wieder Fahrradfahrer, die die kurvige Straße als Rennstrecke zu nutzen schienen, und Lilou fuhr entsprechend vorsichtig.

Der Beginn der Zivilisation wurde durch ein einsames Gehöft markiert, eine Ziegenherde graste im steilen Hang. Sie passierten eine kleine Kapelle, die wie ein Wächter am Rand einer Klippe das Tal der Nesque überblickte, durchquerten einen verwilderten Olivenhain, und schließlich kamen die ersten Häuser des Dorfs in Sicht. Die hohen, schmalen Fassaden des alten Ortskerns drängten sich wie Schutz suchend entlang der Straße, wirkten beinahe abweisend auf den zufälligen Besucher. Ein verwittertes Schild wies zum Zentrum des Orts, wo sich der Marktplatz mit der *Bar Lavande* befand, doch für einen Besuch war heute keine Zeit.

Schon wurden die Häuser wieder niedriger, bald tauchten die ersten Weinfelder auf, sorgfältig terrassiert an den immer noch steilen Hängen. Wo die Hügel flacher wurden, wuchsen Kirschbäume in Reih und Glied. Noch hatte die Saison nicht begonnen, doch es konnte nicht mehr lange dauern: Es blitzte schon tiefrot zwischen den grünen Blättern, und ein leerer Verkaufsstand am Straßenrand versprach baldigen Genuss.

Kurze Zeit später erreichten sie die Abzweigung nach La Venetie. Den Weg hoch zu dem einsamen Weiler kannte Lilou inzwischen gut genug. Schwungvoll bog sie hinter dem letzten Haus in die unscheinbare Straße ein, die zu Madame Lessiens Zuhause führte. Die Sonne war hier bereits hinter dem Bergzug verschwunden, der Hof lag im Schatten. Der Pick-up fehlte, der Platz vor dem gelben Haus war leer, doch im Wohnzimmer brannte Licht. Lilou stellte den Peugeot ab, sie stiegen aus. Fox ließ ihr den Vortritt, sie drückte auf den altmodischen Klingelknopf.

Eilige Schritte ertönten, die Tür ging auf, und ein Mädchen mit dicken Zöpfen stand vor ihnen, das wie eine kleinere, jüngere Ausgabe von Flo Lessien wirkte. Der Hund war nicht zu sehen. »Clio, wer ist da?«, hörte Lilou Madame Lessien rufen.

»Ich glaube, das ist die Polizei, *maman!*«, antwortete das Mädchen und beäugte sie misstrauisch.

Lilou schenkte ihr ein beruhigendes Lächeln. »Deine Mutter kennt mich«, sagte sie.

Die Kleine nickte mit großen Augen und trat von der Tür zurück. Madame Lessien tauchte im Flur auf, den großen Hund im Schlepptau. »Ach, Sie sind es.« Sie verzog verdrießlich das Gesicht. »Reicht es denn nicht für heute? Oder glauben Sie auch, dass ich Yves …«, sie warf einen Blick auf ihre Tochter, »… etwas angetan habe?«

»Es geht um etwas anderes«, antwortete Lilou ausweichend. »Dürfen wir reinkommen?«

Flo Lessien zuckte mit den Achseln und nickte. »Wenn es unbedingt sein muss.« Sie ging voraus ins Wohnzimmer. Eine kleine Reisetasche und ein Rucksack standen mitten im Zimmer. »Clio ist gerade von ihrer Klassenfahrt zurückgekommen. Wir haben noch nicht einmal ausgepackt.«

»Das tut mir leid.« Lilou machte ein bedauerndes Gesicht. Dann wies sie auf Bradley. »Detective Inspector Fox kennen Sie ja schon. Wir haben nur noch ein paar Fragen zu Yves Grenouille und wollen Sie nicht lange stören.«

»Wir hoffen, Sie können helfen uns«, ergänzte Bradley Fox und setzte sein einnehmendes Lächeln auf.

Das verfehlte seine Wirkung nicht. Flo Lessien schien sich ein wenig zu entspannen und winkte sie zu dem großen Tisch. »Dann setzen Sie sich doch. Ich mache uns Kaffee.«

Während Flo in der Küche verschwand, sah Bradley sich aufmerksam um. Er war zum ersten Mal in einem Privathaus in Frankreich, ging Lilou durch den Kopf. Wenn man von Harry Shelters Zuhause absah, aber das hatte selbst vor dem Einbruch schon seltsam unbewohnt gewirkt. Hier dagegen war deutlich zu sehen, wie Flo Lessien mit ihrer Tochter lebte: bunt und ein wenig chaotisch, aber warm und gemütlich. Der Laptop stand heute zugeklappt auf der Bank, der Tisch war aufgeräumt und schon fürs Abendessen gedeckt. Ein würziger Duft lag in der Luft, Lilou schnupperte. Irgendetwas äußerst Wohlriechendes mit Zwiebeln und Tomaten köchelte auf dem Herd. Bradley Fox hatte schon irgendwie recht: Sie mochte Flo Lessien und bewunderte, wie sie ihr Leben meisterte. Sie wollte, nein, sie konnte sich diese tapfere Frau einfach nicht als Mörderin vorstellen.

»Bring bitte deine Sachen in dein Zimmer«, wies Flo ihre Tochter an. »Du kannst deine Tasche schon mal auspacken und die Schmutzwäsche rauslegen.«

»Ja, *maman*«, antwortete das Mädchen gehorsam. Mit einem letzten neugierigen Blick auf die beiden Polizisten schnappte sie sich Tasche und Rucksack und verschwand durch eine Tür an der Rückseite des Zimmers. Der Hund folgte ihr.

»Ein sehr nettes Mädchen«, sagte Bradley. »Sie sieht sehr ähnlich aus wie Sie.«

»Danke.« Kurz erschien ein feines Lächeln auf Flo Lessiens Gesicht, dann verzog sie den Mund zu einem schiefen Grinsen. »Aber Sie müssen nicht versuchen, mich einzuwickeln. Ich spreche auch so mit Ihnen.«

»Entschuldigung. Was ist einwickeln?«

»Mir Komplimente machen.« Flo schob die Teller zur Seite und stellte drei dampfende Tassen auf den Tisch. »Das ist nicht nötig.«

»Es war kein Kompliment, es ist Wahrheit«, sagte Bradley und lächelte entwaffnend. »Sie ist ein hübsches Kind.«

»Ja, das ist sie. Aber zum Glück weiß sie das noch nicht.« Einen Moment lang sah Flo Lessien zu der Tür, hinter der das Mädchen verschwunden war, dann wandte sie sich wieder ihren Gästen zu. »Also los. Was wollen Sie wissen?«

»Es geht um Yves Grenouilles Vergangenheit«, begann Lilou und nahm einen Schluck von ihrem Kaffee. »Ich sagte ja schon, dass er Engländer war. Inzwischen wissen wir, dass er in Wahrheit Harry Shelter hieß.«

Flo Lessiens Augenbrauen hoben sich. »Harry Shelter? Aber wieso …?«

Lilou nickte zu Bradley Fox hinüber. »Shelter wurde in Großbritannien von der Polizei gesucht. Deshalb ist Detective Inspector Fox hier. Und da Sie ihn vermutlich in den letzten beiden Jahren am besten kannten, hat er ein paar Fragen an Sie.«

Flo war blass geworden. »Was hat Yves denn angestellt?«, wollte sie wissen.

»Er war ein Industriespion«, erklärte Bradley Fox. »Er hat Firmengeheimnisse verraten und verkauft.«

»*Mon Dieu.*« Flo Lessiens graue Augen hatten sich verdunkelt. »Ich habe immer vermutet, dass er etwas zu verbergen hatte. Aber ich hatte keine Ahnung, dass er …«

»… ein Verbrecher war?« Lilou sah sie aufmerksam an. »Das konnten Sie auch nicht ahnen.«

»Ein Verbrecher? War er das wirklich?« Flo sah aus dem Fenster. »Er sprach nie über seine Vergangenheit«, sagte sie leise. »Das habe ich respektiert und habe ihn nie danach gefragt. Er hatte ja auch keine Kontakte zu anderen Menschen, er empfing keinen Besuch. Deshalb habe ich immer angenommen, dass er sich hier versteckt. Nicht vor der Polizei, sondern vielleicht vor Leuten, mit denen er sich angelegt hat. Aber ich …« Sie hob die Schultern. »Ich glaube, ich wollte das gar nicht so genau wissen. Es hatte nichts mit mir, mit uns zu tun. Ich war einfach froh, dass es ihn gab.« In ihren Augen glitzerten Tränen. Mit einer energischen Geste wischte sie sie weg und richtete sich auf. »Was hat er angestellt? Ich will alles wissen.«

Lilou überließ es dem jungen Inspector, Flo Lessien Harry Shelters Geschichte zu erzählen. In gebrochenem Französisch berichtete er von Shelters Vorgehen, wie er sich an einsame Frauen herangemacht und sie für seine Zwecke ausgenutzt hatte.

Flo Lessiens Gesichtsausdruck hatte sich immer mehr verfinstert. »Was für Geheimnisse, glauben Sie, hätte er von mir erfahren können?«, knurrte sie. »Wie man Rosenblüten erntet?« Sie schüttelte den Kopf. »Sind Sie sicher, dass Sie von Yves sprechen?«

»Ja, das bin ich.« Bradley nickte ernst. »Es kann sein, dass er sich hier … wie sagt man? … zurückgezogen hat.«

»Zur Ruhe gesetzt hat«, half Lilou aus. »Aber es ist auch möglich, dass er seine Operationsbasis nach Frankreich verlegt hat.«

»Und man ihn getötet hat aus diesem Grund«, ergänzte Bradley Fox. »Wenn er sich hat hier versteckt, er wurde vielleicht getötet von jemandem, den er hat betrogen.«

»Ja, vielleicht.« Flo hob die Schultern. »Aber was hat das mit mir zu tun? Ich habe mit seinem Tod nichts zu tun.«

»Wir möchten gern wissen, ob er seine Tätigkeit hier in Frankreich fortgesetzt hat«, erklärte Lilou. »Es ist unwahrscheinlich, dass ihn jemand aus seiner Zeit in England hier aufspüren konnte, wenn es nicht einmal der Polizei gelungen ist. Aber falls er hier aktiv geworden ist, kann er sich auch Feinde in Frankreich gemacht haben.«

»Verstehe.« Flo Lessien nickte. »Er hat mir aber nichts davon erzählt. Das sagte ich doch schon. Genau genommen wusste ich überhaupt nichts von ihm. Außer dass er ein höflicher, zuvorkommender und freundlicher Mann war. Den ich wirklich sehr gern mochte«, schloss sie leise.

»Es tut uns leid.« Lilou sah sie mitfühlend an. »Sie sagten gestern, er war öfter mal unterwegs. War er dann länger weg? Und hat er erzählt, wohin er gefahren ist?«

»Nein.« Flo schüttelte langsam den Kopf. »Es waren immer nur wenige Tage. Manchmal ein Wochenende. Er hat nicht gesagt, wo er war und was er in dieser Zeit machte, und ich habe ihn nicht gefragt. Es ging mich schließlich nichts an.«

»Okay.« Bradley Fox nickte. »Hatte er Besucher in letzter Zeit?«

»Ich sagte doch, dass er keine Kontakte pflegte. Ihn hat nie jemand besucht, die ganzen zwei Jahre nicht.«

»Es war auch nie jemand bei seinem Haus?« Lilou sah sie aufmerksam an. »Sie müssten doch bemerken, wenn ein Auto hier die Straße entlangfährt. Und die endet an seinem Haus.«

»Ja, schon.« Flo runzelte die Stirn. »Manchmal verirrt sich jemand und fragt nach dem Weg. Und Wanderer kommen manchmal hier herauf, die die Combe de l'Amandier durchqueren wollen. Aber der Wanderweg beginnt oberhalb von La Venetie. Hier endet die Straße im Nichts.«

»Ist das passiert in letzter Zeit?«, fragte Bradley.

»Nein.« Flo schüttelte den Kopf. »Außer ...« Sie zögerte.

In dem Augenblick begann der Hund zu bellen. Die Tür zum Zimmer ihrer Tochter sprang auf. »*Maman, maman!*«, rief die Kleine. »Da draußen ist jemand!«

Sie stürzte in den Raum und warf sich ihrer Mutter an den Hals, der Hund blieb mit gesträubtem Fell in der Tür stehen und knurrte. »Ich habe Angst, *maman.*«

»Sh-sh«, machte Flo Lessien und zog die Kleine auf ihren Schoß. »Sei still, Fidò!« Und an das Kind gewandt: »Was ist denn passiert?«

»Ich habe ein Gespenst gesehen«, schluchzte das Mädchen. »Es war ganz schwarz und hat zum Fenster reingeschaut.«

»Wo soll denn auf einmal ein Gespenst herkommen?«, sagte Flo Lessien in beruhigendem Tonfall. »Du hast dich bestimmt getäuscht.« Entgegen ihren Worten wirkte ihr Gesichtsausdruck erschrocken, als sie Lilou und Bradley über die Schulter ihrer Tochter hinweg ansah. Der Hund stand noch immer an der Tür und witterte.

»Nein, bestimmt nicht.« Das Mädchen schüttelte den Kopf, ihre Zöpfe wippten. »Da war etwas vor meinem Fenster. Ich hab's genau gesehen.«

Flo sah hilflos zu den beiden Polizisten. »Sie hat so eine rege Fantasie«, sagte sie leise. »Das hat sie von ihrem Vater.«

»Aber der Hund ist nervös auch«, meinte Fox. »Er hat gespürt etwas.«

»Vielleicht sollte ich einfach mal nachsehen.« Lilou stand auf und rückte ihren Pistolengürtel zurecht. Meistens vergaß sie die Dienstwaffe, die sie am Holster trug, das Gewicht an ihrer rechten Hüfte war einfach Teil ihrer Uniform. Aber in Augenblicken wie diesen war sie froh darüber. Unwillkürlich ging ihr Blick zu Bradley, der in Zivil war und keine sichtbare Waffe trug. »Du bleibst besser hier«, sagte sie. »Oder bist du bewaffnet?«

»Ich komme mit.« Bradley erhob sich ebenfalls. »Wir tragen nur in Ausnahmefällen eine Waffe. Ich komme schon klar.«

»Davon bin ich überzeugt.« Lilou warf einen vielsagenden Blick auf Flo, die ihre Tochter auf dem Schoß wiegte. »Aber trotzdem wäre es mir lieber, wenn du bei Madame Lessien bleibst. Womöglich versucht jemand, hier einzudringen, während ich draußen bin. Und ob dieser Hund wirklich eine Hilfe ist …«

Bradley zögerte kurz, dann setzte er sich wieder. »In Ordnung.«

Draußen war es inzwischen dunkel geworden. Es war eine mondlose Nacht, die ersten Sterne blinkten am Firmament. Der Himmel im Westen glühte noch schwach in pfirsichfarbenem Leuchten, der Vorplatz, auf dem ihr Wagen stand, schimmerte hell, doch in den Schatten rund ums Haus war es stockfinster. Lilou nahm einen tiefen Atemzug. Es roch nach staubigem Gras und Rosenblüten, dazu lag eine Ahnung vom Harz der Kiefern in der Luft. Sie lauschte, doch außer dem Rauschen des schwachen Winds in den Bäumen war nichts zu hören. Aus der Ferne erklang das Brummen eines Motors, es kam aus dem Tal und wurde schnell leiser. Wenn wirklich jemand hier war, überlegte sie – hätten sie dann nicht das Geräusch eines Motors hören müssen? Vielleicht hatte der Eindringling den Wagen ein Stück entfernt abgestellt, um sich heimlich zu nähern.

Lilou blickte sich aufmerksam um, doch zu sehen war nichts. Auch keine verstohlenen Schritte oder gar das schwere Atmen eines Menschen war zu hören. Hatte sich die Kleine das Gesicht an ihrem Fenster nur eingebildet? Ein dunkler Schemen, der vielleicht auch einfach nur der Schatten eines Nachtvogels gewesen war?

Langsam bewegte sie sich an der Hauswand entlang. Das erleuchtete Wohnzimmerfenster warf seinen hellen Schein auf den Boden, alles andere versank in tiefdunkler Schwärze. Sie blickte hinein, sah Flo und Bradley am Tisch sitzen. Das Mädchen schien sich wieder beruhigt zu haben, es kniete auf dem Fußboden und beschäftigte sich mit einer Puppe. Leise ging sie weiter.

An der Hausecke blieb sie stehen und spähte die steinerne Fassade entlang. Hier musste sich das Fenster des Kinderzimmers befinden. Wenn wirklich jemand hier gewesen war, dann … Sie hielt den Atem an. War da nicht ein Geräusch gewesen? Ein leises Scharren, wie von einem Fuß, der einen Kieselstein verschoben hatte. Sie spähte angestrengt in die Finsternis. Langsam schälten sich einzelne Umrisse aus dem Dunkel. Nebengebäude des Hofs, eine Scheune, vielleicht ein ehemaliger Stall. Ein unförmiges Gebilde, das sie nach wenigen Augenblicken als Traktor identifizierte. Sie schlich weiter.

Da – eine Bewegung? Die Wand der Scheune hob sich hell vor dem dunklen Wald ab, und einen Moment lang dachte sie, sie hätte die Silhouette eines Menschen vorbeihuschen sehen. Sie verharrte in der Bewegung, lauschte. Da war wieder dieses Scharren. Schritte? Ein Stein polterte, der Laut entfernte sich, verklang. Die Stille danach dröhnte in ihren Ohren.

Auf Zehenspitzen bewegte sie sich weiter, setzte vorsichtig einen Fuß vor den anderen und tastete sich an der Hauswand entlang. Ihre Finger erspürten eine Kante, Holz, eine Fensterlaibung. Das Kinderzimmer? Am liebsten hätte sie ihre Taschenlampe angeknipst und das Fenster untersucht, doch das kam nicht infrage. Erneut blieb sie stehen, horchte in die Nacht.

Ohne Vorwarnung peitschte ein heller Knall durch die Luft, etwas schlug ein Stück neben ihr in die Wand. Instinktiv ließ sie sich zu Boden fallen und zog ihre Waffe. Das war ein Schuss gewesen! Nun waren es eindeutig Schritte, die sich rasch entfernten. Sie richtete sich halb auf und robbte, so schnell sie konnte, auf die Hausecke zu. Einen Moment zögerte sie, dann hechtete sie um die Ecke, die Waffe im Anschlag.

Das letzte Licht im Westen war inzwischen so gut wie verschwunden, doch es reichte aus, um einen kleinen Garten zu erhellen, der von einem niedrigen Zaun umgeben war. Lilou erahnte Zucchini, Tomaten und Bohnen, die hier gediehen, und kniff die Augen zusammen. Verbarg sich jemand hinter dem Rankgitter? Duckte sich jemand in der Ecke des Zauns? Sie zog die Taschenlampe hervor, streckte die Hand zur Seite aus und schaltete sie ein. »Halt, stehen bleiben!«, rief sie.

Die Gemüsepflanzen erwachten zum Leben, als sie das Licht auf sie richtete, schemenhaft bewegten sich die Schatten hin und her. Da war niemand. Sie knipste die Lampe wieder aus, um dem Angreifer kein Ziel zu bieten, und ging mit der Waffe in der Hand weiter. Gleich hatte sie das Haus umrundet, nach wenigen Schritten würde sie den geschotterten Platz erreichen, auf dem ihr Wagen stand. Sie blieb an der Ecke stehen, lauschte, wappnete sich für einen neuerlichen Angriff. Sobald sie um die Hausecke bog, war sie ungeschützt, hatte keine Deckung.

Doch noch vorher – ein neues Geräusch. Metallisch drehte sich ein Schlüssel im Schloss, gefolgt von einem leisen Knarren. Lilou spähte um die Ecke, Fox war auf die Schwelle getreten. »Lilou, ist alles …«

Der Knall zerriss die Luft, Fox schrie auf, Lilou klingelten die Ohren. Mit drei Schritten war sie bei ihm, fing ihn auf, als er schwankte und in ihren Armen zusammensackte. Sie fasste ihn unter den Achseln und zog ihn zurück ins Haus.

»Flo, helfen Sie mir!«

Augenblicke später war Flo da und griff zu. Gemeinsam hievten sie Fox aufs Sofa. Er war blass und atmete flach, seine Finger umklammerten sein Bein, wo sich ein feuchter Fleck im dunklen Stoff seiner Hose ausbreitete. »Es geht schon«, keuchte er. »Beeil dich, vielleicht erwischst du das Arschloch noch!«

Lilou warf Flo einen fragenden Blick zu, die nickte. »Ich schaffe das schon. Sehen Sie nach!«

Doch der Angreifer war verschwunden. In einiger Entfernung hörte Lilou das Starten eines Motors, das Geräusch wurde rasch leiser und verklang in der Nacht. Sie schob die Waffe zurück ins Holster, überquerte mit langen Schritten den Platz, sprang in ihren Wagen und griff nach dem Zündschlüssel, den sie hatte stecken lassen. Doch da war nichts, ihre Finger griffen ins Leere. Wer auch immer hier gewesen war, hatte den Schlüssel abgezogen, um zu verhindern, dass sie die Verfolgung aufnehmen konnte.

»*Merde, merde, merde!*«, fluchte sie und schlug mit der Hand aufs Lenkrad. »Wie kann man nur so dämlich sein?«

Während sie zurück zum Haus ging, hatte sie schon das Telefon in der Hand. Erst rief sie die Leitstelle an und beorderte einen Rettungswagen zu Flo Lessiens Haus, danach verständigte sie ihre Dienststelle und forderte ein Team der Kriminaltechniker an. Zuletzt wählte sie die Nummer der Gendarmerie. Sie ließ sich zu Commandant Grissan durchstellen und schilderte mit kurzen Worten, was geschehen war.

»Ein tätlicher Angriff auf einen Beamten?«, knurrte er. »Ich leite sofort eine Großfahndung ein.«

»Ich vermute, dass der Täter in Wahrheit hinter Madame Lessien her ist«, korrigierte Lilou. »Ich würde gern zwei Beamte zu ihrer Sicherung abstellen. Haben Sie genug Leute, oder sollen wir das übernehmen?«

»Das ist nicht nötig«, wehrte Grissan ab. »Ich fordere Unterstützung aus Sault an und lasse alle Straßen sperren, die aus Mirocène hinausführen. Wenn wir den Täter sofort erwischen, brauchen wir auch keine Überwachung.«

»Ich hoffe es sehr«, antwortete Lilou. Doch in Wahrheit glaubte sie nicht daran. Zwar hatte Grissan schon recht, es gab nur drei Straßen, die in Mirocène zusammentrafen: die Hauptstraße, die von Carpentras kommend Mirocène durchquerte und durch die Berge nach Sault führte, und die kleine Gemeindestraße, die von ihr abzweigte und über die man am Fuß der Vorberge entlang nach Bedrange und weiter zum Mont Ventoux gelangte – diese Strecke war sie erst vor zwei Tagen mit Miquèl Hiroux gefahren. Doch gleich hinter der nächsten Ortschaft bog die kurvenreiche Strecke in die Gorges de la Nesque ab, und davor, danach und dazwischen gab es unzählige Feldwege und Schotterstraßen, die die Bauern ebenso nutzten wie Wanderer oder Mountainbiker. Über einen dieser Schleichwege konnte ihr Täter problemlos entkommen, und so umsichtig, wie er bis jetzt vorgegangen war, hatte er diese Möglichkeit bestimmt auf dem Schirm. Auch wenn er nicht damit hatte rechnen können, dass Flo heute Abend Besuch von zwei Polizeibeamten bekommen würde, ging ihr durch den Kopf. Das war Zufall gewesen, reines Glück für Flo und ihre Tochter und Pech für Bradley Fox, der die Kugel abbekommen hatte, die vermutlich für Flo gedacht gewesen war.

Jedenfalls hatte er seinen Fluchtweg bestimmt geplant, und der würde kaum über die Departement-Straßen führen. Nein, sie setzte ihre Hoffnung auf die Kriminaltechniker. Der Täter musste einfach Spuren hinterlassen haben. Er war um das Haus geschlichen, hatte vielleicht das Fenster des Kinderzimmers berührt oder die Patronenhülsen liegen lassen. Davon versprach sie sich mehr als von Grissans Ringfahndung. Aber natürlich durfte die nicht unterbleiben, und wer weiß, vielleicht hatten die Kollegen von der Gendarmerie ja Glück.

Sie kehrte zum Haus zurück und klopfte an die Eingangstür, bevor sie sie öffnete. »Keine Angst, ich bin es«, rief sie.

»Wir sind hier«, erklang es von drinnen.

Lilou folgte der Stimme. Flo Lessien hatte Bradley Fox in ihr Schlafzimmer gebracht. Er lag von Kissen gestützt auf dem Bett und hielt die Augen geschlossen, sein Gesicht hatte kaum mehr Farbe als das Laken. Flo hatte ihm die Hose ausgezogen und das Bein verbunden, doch zwischen den Lagen des Druckverbands sickerte weiterhin Blut.

»Er muss ins Krankenhaus«, sagte sie. »Er wird nicht verbluten, aber die Kugel steckt noch drin.«

»Oje.« Lilou verzog das Gesicht. »Ich habe schon die Leitstelle verständigt, sie schicken einen Krankenwagen. Aber sie kommen aus Carpentras, und bis der hier ist …«

»Das ist schon okay. Er ist nicht in Lebensgefahr.« Flo Lessien nickte. »Bleiben Sie kurz bei ihm? Ich möchte nach Clio sehen. Ich habe sie in ihr Zimmer geschickt, während ich die Wunde versorgt habe.«

»Natürlich.« Lilou wartete, bis die Frau das Zimmer verlassen hatte, dann setzte sie sich auf die Bettkante. »Hast du Schmerzen?«

»Es ist nicht so schlimm.« Er blinzelte, dann versuchte er sich aufzurichten.

Lilou drückte ihn zurück in die Kissen. »Bleib liegen. Sonst fängt die Wunde wieder an zu bluten.«

»Hmh.« Er ließ sich zurücksinken. »Flo scheint etwas von Erster Hilfe zu verstehen.«

»Allerdings.« Lilou musterte den Verband. Er sah tatsächlich recht professionell aus, doch die Blutung war noch nicht gestillt. »Es wird nicht mehr lange dauern, bis der Krankenwagen kommt«, versprach sie.

»Hey, Lilou. Was machst du denn für ein Gesicht?« Bradley griff nach ihrer Hand. »Du hast doch gehört, was Flo gesagt hat. Ich werde nicht verbluten. Die holen die Kugel raus und nähen mich wieder zu. In ein paar Tagen bin ich wieder wie neu.«

Lilou verzog das Gesicht zu einem Grinsen, das sich wie eine Grimasse anfühlte. »Ja, bestimmt.« Sie drückte kurz seine Hand, dann entzog sie sie ihm und stand auf. »Ich sehe mal nach, wo Flo bleibt.«

»Ich laufe nicht weg«, versprach er.

Lilou musste gegen ihren Willen lachen und wandte sich zur Tür. Selbst in diesem Zustand war Bradley Fox unbestreitbar attraktiv. Nicht, dass das etwas zu bedeuten hatte. Aber Verletzung hin oder her – sich mit ihm in einem Schlafzimmer aufzuhalten, fühlte sich einfach nicht richtig an.

Sie fand Flo Lessien in der Küche, wo sie gerade Kaffee in bauchige Tassen goss. »Den können wir alle gebrauchen«, meinte sie. »Und Ihrem Kollegen wird er auch nicht schaden.«

»Was macht Clio? Wie geht es ihr?«

»Sie hat sich wieder beruhigt«, antwortete Flo. »Der Hund ist bei ihr, das hilft.« Sie reichte Lilou eine Tasse. »Trinken Sie schon mal. Ich sehe gleich noch einmal nach Ihrem Kollegen.«

»Sie haben das sehr gut gemacht«, sagte Lilou. »Wie Sie ruhig geblieben sind …«

»Hier draußen muss man für sich selbst sorgen können.« Die grauen Augen der älteren Frau waren fast schwarz. »Abgesehen davon – der Anschlag galt doch vermutlich mir. Dann ist das doch das Mindeste, was ich für ihn tun kann.«

Lilou nickte. Flo hatte recht – und noch mehr: Der Überfall auf sie bewies eindeutig, dass sie mit Shelters Tod nichts zu tun hatte. Ihr Bauchgefühl hatte einmal mehr recht behalten, doch ein Gefühl des Triumphs wollte sich trotzdem nicht einstellen.

Langsam ließ die Wirkung des Adrenalins nach, ihre Hände begannen zu zittern, und ihr wurde bewusst, wie angespannt sie immer noch war. Sie umklammerte dankbar das heiße Gefäß und zwang sich zu ruhigen Atemzügen.

Flo Lessien sah sie scharf an. »Was ist los mit Ihnen?«

Lilou nahm einen Schluck Kaffee. Die heiße Flüssigkeit rann wie ein feuriges Rinnsal durch ihre Kehle und wärmte sie von innen, sofort fühlte sie sich besser. »Es geht schon wieder. Es ist nur die Reaktion auf … alles.«

»Der erste Schuss hat Ihnen gegolten«, stellte Flo sachlich fest. »Wir haben ihn gehört, aber wir dachten, dass Sie geschossen hätten. Deshalb ist Ihr Kollege ja rausgegangen.«

Lilou nickte. »Haben Sie eine Idee, wer das gewesen sein könnte?«

»Nein.« Flo lehnte sich an den Tresen und schüttelte den Kopf. »Wirklich nicht. Mein Leben war nie interessant genug, als dass ich mir solche Feinde hätte machen können.«

»Da ist aber offenbar jemand anderer Meinung.« Lilou hob den Kopf und runzelte die Stirn. »Vorhin, als Clio hereinkam, da wollten Sie gerade etwas sagen.«

»Hm.« Flo rieb sich die Nase. »Sie haben mich gefragt, ob Yves manchmal Besuch bekam, das habe ich verneint.«

»Stimmt.« Lilou nickte. »Ich glaube, da ist Ihnen noch etwas eingefallen.«

»Ja.« Flo Lessien sah aus dem Fenster. »Am Montagmorgen war jemand hier wegen meiner Rosenblüten. Eine Frau aus Paris, Vertreterin eines Parfumherstellers. Sie wollte die Qualität meiner Ware vor Ort prüfen, sagte sie, aber ich hatte gerade nichts da. Rosenblüten verarbeitet man am besten ganz frisch, deshalb liefere ich eigentlich auch immer nur Kleinmengen an die Betriebe in der Umgebung.« Sie sah Lilou an. »Während wir uns draußen unterhielten, kam Yves gerade auf seinem Fahrrad die Straße entlang. Sie fragte mich, wohin die Straße denn führte, und ich antwortete: ›Nirgendwohin.‹ Kurz darauf verabschiedete sie sich, und ich ging zurück ins Haus. Aber wenig später hörte ich wieder Motorengeräusch, und sie kam gerade über die Brücke aus der Richtung von Yves' Hof. Ich habe noch bei mir gedacht, dass sie sehr neugierig ist. Aber da Yves ja gar nicht zu Hause war, habe ich dem Ganzen keine Beachtung geschenkt. Bis vorhin hatte ich den Vorfall völlig vergessen. Erst als Sie nach Besuchern fragten …«

»… ist sie Ihnen wieder eingefallen.«

»Genau.« Flos Augen wirkten wie Gewitterwolken in ihrem gebräunten Gesicht. »Denken Sie, die Frau hat etwas mit Yves' Tod zu tun? Hat sie Yves auf dem Gewissen?«

»Gut möglich. Können Sie sie denn beschreiben?«

»Sie war groß, größer als ich, und trug einen Anzug wie ein Mann«, antwortete Flo Lessien. »Ich dachte noch, dass ihr das gut steht.« Sie runzelte die Stirn. »Ihr Gesicht … Sie hatte eine Sonnenbrille auf und ein Tuch über ihre Haare gebunden. Ich weiß nicht, ob ich sie wiedererkennen würde, wenn ich ihr in Jeans und T-Shirt begegne.«

»Hm.« Lilou rieb sich die Stirn und rekapitulierte im Geist die Worte des Mannes, bei dem Shelter seine Karte hatte abstempeln lassen. »Möglicherweise wurde sie am Tag von Yves' Tod in Sault gesehen«, sagte sie langsam. »Die Beschreibung könnte auf sie passen.« Sie hob die Schultern und verzog das Gesicht. »Dann müssen wir die Frau nur noch finden.«

KAPITEL 13

Der Krankenwagen traf gleichzeitig mit den Kollegen von der Spurensicherung ein, und hektische Aktivität brach aus. Karimi und Guillaume Mistral wuchteten ihre Gerätschaften aus dem Kleinbus, während die Sanitäter eine Trage aus der Heckklappe zogen und einen großen Rucksack ausluden.

Lilou blieb bei Bradley Fox, während die Sanitäter ihn versorgten. Einer der beiden äußerte sich anerkennend über den Verband. »Haben Sie den angelegt?«, fragte er.

»Nein, das war Madame Lessien«, antwortete Lilou und sah sich suchend nach der Besitzerin des Hauses um. »Sie meinte, hier draußen muss man solche Dinge können.«

»Vermutlich hat sie recht.« Der Sanitäter grinste. »Jedenfalls hat sie alles richtig gemacht.«

Er beugte sich über Bradleys Bein und schnitt den Verband vom Oberschenkel. Als er den durchweichten Verbandmull abnahm, sog Lilou scharf die Luft zwischen den Zähnen ein.

»Kein schöner Anblick, oder?« Er tupfte das Blut ab, das immer noch aus der Wunde sickerte. »Wenn Ihnen schlecht wird, gehen Sie einfach raus.«

»Aber nein, es geht schon.« Lilou trat einen Schritt näher.

Die Kugel hatte Bradley etwa auf halber Höhe des Oberschenkels erwischt und ein daumengroßes Loch gerissen, die Wundränder waren ausgefranst und geschwärzt. Einen Fingerbreit weiter links, und das Projektil hätte den Knochen zertrümmert. Noch weiter links, und das Geschoss hätte womöglich die große Beinschlagader verletzt, was Bradley in Lebensgefahr gebracht hätte. So unschön die Verletzung auch war, er hatte großes Glück gehabt. Genau wie sie selbst, rief sie sich ins Gedächtnis. Die Kugel, die der Attentäter auf sie abgefeuert hatte, war nur ein kleines Stück neben ihrem Kopf in die Mauer eingeschlagen. Was dafür sprach, dass es sich nicht um einen geübten Schützen handelte, sonst hätte er wohl besser getroffen. Oder sie: Wenn sie Flos Aussage zu der chic gekleideten Frau bedachte, mochte es sich durchaus um eine Attentäter*in* handeln, die heute Abend hier herumgeschlichen war. Eine Frau, die Clio im Dunkeln für ein Gespenst gehalten hatte, das durch ihr Fenster spähte. Ob diese Frau es wirklich auf Flo abgesehen hatte? Oder war es nur ein ganz banaler Überfall gewesen, ein versuchter Einbruch in einen einsam gelegenen Hof, und Mutter und Tochter hatten einfach Glück gehabt, dass die beiden Polizisten gerade anwesend waren? Wobei man in Bradleys Fall nicht unbedingt von Glück sprechen konnte.

Sie sah zu, wie der Sanitäter eine frische Mullkompresse auf die Wunde drückte und mit einem breiten Pflaster fixierte. Dann wickelte er mit geübten Händen einen straffen Verband um Bradleys Oberschenkel. Der Detective richtete sich auf und betastete die Wölbung. »Tut gar nicht weh«, meinte er.

»Das kommt schon noch«, antwortete der Sanitäter lakonisch. »Spätestens, wenn Sie zu gehen versuchen.«

Bradley setzte sich auf. »Okay.«

»Halt!« Der Sanitäter drückte ihn wieder zurück. »Sie bleiben schön liegen. Wir bringen Sie nach draußen.«

Sein Kollege schob die Trage ans Bett, zu zweit hoben sie den Detective auf die Liege und rollten ihn hinaus. Er hob die Hand und winkte Lilou zum Abschied zu. »Ich melde mich, sobald ich kann«, rief er.

»Gute Besserung.« Sie winkte zurück. »Ich sehe morgen nach dir.«

Draußen schlugen Türen, dann wurde ein Motor angelassen, und das Geräusch entfernte sich. Lilou straffte die Schultern und machte sich auf die Suche nach den beiden Kriminaltechnikern. Sie fand Karimi und Guillaume draußen auf der Rückseite des Gebäudes, wo sie die Fensterflügel untersuchten. Karimi pinselte konzentriert Fingerabdruckpulver auf den Fensterrahmen und nickte ihr nur beiläufig zu. Guillaume hatte eine Kamera um den Hals und brachte ein Stativ in Stellung.

»Wo hast du gestanden, als auf dich geschossen wurde?«, fragte er.

Lilou sah sich suchend um. »Genau hier«, sagte sie schließlich und wies auf die Fensterlaibung. »Es war stockfinster, und ich hatte gerade den Rand der Fensterbank ertastet, als der Schuss fiel.« Guillaume drehte den Scheinwerfer, sie musterte die Mauer. »Das Projektil ist ein Stück neben meinem Kopf eingeschlagen. Es muss ungefähr hier gewesen sein.« Sie deutete auf einen Mauerabschnitt neben dem Fenster.

Guillaume beugte sich vor und untersuchte zentimeterweise den Stein. »Da«, sagte er schließlich und deutete auf eine Abplatzung im gelb gestrichenen Verputz. »Ich glaube, hier ist es.« Er zog ein Vergrößerungsglas aus der Hosentasche, schaltete die integrierte Lampe ein und richtete sie auf die Stelle. Ein kreisrunder Krater war zu sehen, er blies hinein, in der Tiefe glänzte es metallisch. Er holte eine Zange mit schmalen Backen aus dem Gerätekoffer, der neben ihm stand. Putz und Farbe rieselten, als er das Werkzeug ansetzte, dann zog er das Projektil heraus. »Hier haben wir den Bösewicht.« Und mit einem Blick zu Lilou: »Das war ganz schön knapp, oder?«

Sie nickte und biss sich auf die Lippe. Sie hatte den Vorfall schon fast wieder verdrängt und wollte nicht mehr daran denken. »Offenbar war es kein guter Schütze«, sagte sie leichthin. »Ich hoffe, ihr könnt die Waffe identifizieren.«

»Bestimmt.« Guillaume verwahrte das Projektil in einem kleinen Asservatenbeutel und schob es in die Hosentasche. »Morgen werde ich dir schon was dazu sagen können.« Er warf noch einen Blick auf das Einschussloch, dann richtete er sich auf und sah sich um. »Der Schütze muss da drüben gestanden haben«, meinte er.

Lilou folgte mit den Augen der Richtung, in die er wies, doch außerhalb des hellen Lichtscheins des Scheinwerfers war es stockfinster. Sie zog ihre Taschenlampe heraus und schaltete sie ein. »Da drüben ist ein Stallgebäude«, sagte sie und leuchtete hinüber. »Und ein Traktor steht im Hof. Vielleicht hat er das als Deckung genutzt.« Das Fahrzeug schälte sich aus der Dunkelheit, es sah aus wie ein urzeitliches Monster.

»Ja, vielleicht.« Guillaume nahm einen Handscheinwerfer aus dem Werkzeugkoffer und schaltete ihn ein. Der starke Strahl erhellte den Hof. »Dann sehen wir mal, ob unser Angreifer Spuren hinterlassen hat.«

Lilou setzte sich in Bewegung, um ihm zu folgen, doch er hielt sie zurück. »Bleib bitte hier. Ich kann besser arbeiten, wenn mir niemand im Weg steht.«

Sie grinste. »Okay, verstanden. Ich warte drinnen, bis du fertig bist.«

Sie kehrte ins Haus zurück und machte sich auf die Suche nach Flo. Sie fand sie im Schlafzimmer, wo sie das Bett frisch bezog. Ihre Tochter war bei ihr und saß neben dem Hund auf dem Fußboden. Mit großen Augen blickte sie Lilou an. »Du bist eine echte Polizistin, oder?«, fragte sie. »Hast du damit geschossen?« Sie wies auf das Holster an Lilous Seite.

»Ja, ich bin eine echte Polizistin.« Lilou lächelte ihr zu. »Aber ich habe nicht geschossen, das war der Einbrecher. Das war ein sehr böser Mann, den ich vertrieben habe.«

»Wow.« Bewundernd sah die Kleine Lilou an. »In meiner Schule ist ein Mädchen, sie heißt Sylvie. Ihr Vater ist auch Polizist. Aber sie sagt, er sitzt immer nur am Schreibtisch.«

»Ich kenne Sylvies Vater«, antwortete Lilou und schmunzelte. »Er ist ein sehr guter Polizist. Er sagt den anderen, was sie zu tun haben.«

»Also so eine Art Chef?« Clio rümpfte die Nase. »Wenn ich groß bin, will ich keinen Chef haben.«

»Das kommt auf deinen Beruf an«, gab Lilou zurück. »Wenn du einen Bauernhof bewirtschaftest wie deine Mutter, dann bist du dein eigener Chef.«

»Genau.« Clio nickte ernsthaft. »Wenn ich groß bin, werde ich Bäuerin. Mit ganz vielen Tieren.« Sie tätschelte den Kopf des Hundes. »Das wird dir gefallen, nicht wahr, Fidò?«

»Das ist schön.« Lilou wies zum Fenster. »Da hinten habt ihr ja noch einen Stall. Da haben deine Tiere bestimmt genug Platz.«

»*Maman* sagt, sobald ich groß genug bin, um mich richtig um sie zu kümmern, schaffen wir uns Ziegen an. Das hat sie mir versprochen.«

»Das wird bestimmt toll.« Lilou nickte bekräftigend und warf Flo Lessien einen Hilfe suchenden Blick zu.

Die hatte das Bett inzwischen fertig bezogen und den kleinen Wortwechsel lächelnd verfolgt. Stolz sprach aus ihrer Miene, als sie sich zu ihrer Tochter wandte. »Das dauert auch nicht mehr lang«, sagte sie. »Aber noch bist du klein und musst ins Bett.«

»Ja, *maman.*« Das Mädchen erhob sich gehorsam und wandte sich zur Tür. »Darf ich Fidò mitnehmen?«

»Aber natürlich, *ma chérie*. Er wird dich beschützen.«

»Muss er doch gar nicht, solange die Polizei hier ist.« Das Mädchen schniefte. »Kommst du noch an mein Bett und sagst mir Gute Nacht?«

»Das mache ich doch immer.« Zärtlich sah Flo ihrer Tochter hinterher. »Sie wird so schnell groß«, sagte sie leise. »Und sie wird ihrem Vater immer ähnlicher. Wenn es nach ihr ginge, hätten wir alle halbe Jahre etwas Neues. Im letzten Winter waren es Alpakas, jetzt sind es die Ziegen. Wer weiß, was es im nächsten Jahr ist?«

»Aber Sie bleiben lieber bei den Rosen«, stellte Lilou fest. »Ich hätte nicht gedacht, dass das so ein gutes Geschäft ist.«

»Ist es auch nicht.« Flo Lessien grinste freudlos. »Aber es reicht zum Leben.« Sie wandte sich zur Tür und ging ins Wohnzimmer zurück. »Die Rosen waren das letzte große Projekt meines Mannes, und im Gegensatz zu manch anderen Ideen ließ es sich gar nicht so schlecht an. Er hatte all unser Geld in die Rosenstöcke investiert, und als er starb, war ich praktisch mittellos. Was hätte ich also tun sollen, als es fortzuführen?« Sie hob die Schultern. »Ich komme zurecht, weil ich nicht an die Großabnehmer verkaufe. Firmen wie die, für die diese Frau arbeitet, zahlen einfach nicht genug. Natürlich garantieren sie im Vorfeld alles Mögliche, aber unterm Strich bleibt weniger übrig, als wenn ich mit den lokalen Herstellern zusammenarbeite.«

Lilou merkte auf. »Wissen Sie vielleicht, wie die Firma heißt, von der diese Frau kam?«, fragte sie.

»Leider nein.« Flo Lessien schüttelte den Kopf. »Glauben Sie mir, ich grüble schon die ganze Zeit, seit wir vorhin darüber gesprochen haben. Aber es will mir einfach nicht einfallen. Es ist keiner von den ganz großen Herstellern, der Name sagte mir nichts. Sie behauptete, ihre Kollegen hätten mit meinem Mann Kontakt gehabt, aber falls das wirklich stimmt, hat er mir nichts davon erzählt.«

»Können Sie vielleicht in seinen Unterlagen nachsehen?« Lilou schaute sie hoffnungsvoll an.

»Leider nein.« Flo ballte die Fäuste, ihre Augen waren beinahe schwarz. »Es ist alles auf seinem Rechner gespeichert, aber ich weiß das Passwort nicht. Fragen Sie nicht, was ich in den letzten Jahren alles versucht habe. Es ging ja nicht nur um seine Kundenkontakte, sondern um den gesamten Geschäftsbetrieb. Abrechnungen, Unterlagen, einfach alles. Aber ich bekomme keinen Zugang.« In einer hilflosen Geste hob sie die Hände. »Er war ein guter Mann. Wirklich. Aber dafür könnte ihn jetzt noch verfluchen.«

»Haben Sie nie Yves um Hilfe gebeten?«, fragte Lilou leise. »Er hätte Ihnen vermutlich helfen können.«

»Nein.« Sie schüttelte den Kopf. »Auf die Idee wäre ich gar nicht gekommen. Er machte nicht den Eindruck, als ob er technisch versierter war als ich.« Sie senkte den Kopf.

»Offenbar hat er mir doch die ganze Zeit etwas vorgespielt.«

»Oder auch nicht.« Lilou sah sie mitfühlend an. »Vielleicht hat er es mit Ihnen ausnahmsweise ehrlich gemeint.«

»Vielleicht.« Flo wandte sich ab. »Vielleicht auch nicht. Hätte er mich gefragt, ob ich ihn heirate, hätte ich nicht Nein gesagt. Aber er hat mich nie gefragt.«

»Im Gegensatz zu den Frauen, die er betrogen hat«, sagte Lilou leise. »Denen hat er das Blaue vom Himmel versprochen und nichts davon eingehalten. So gesehen waren Sie offenbar etwas Besonderes für ihn.«

»Meinen Sie?« Flo sah aus dem Fenster.

»Ja«, antwortete Lilou mit fester Stimme. »Ja, das denke ich wirklich.«

»Hm, vielleicht kann man es tatsächlich so sehen.« Flos Gesicht hellte sich auf, gleichzeitig glitzerten Tränen in ihren Augenwinkeln. »Es ist zwar zweimal um die Ecke gedacht, aber vielleicht hat er mich ja doch geliebt.« Mit einer unwirschen Geste wischte sie sich über die Augen und wandte sich zur Tür. »Ich muss Clio Gute Nacht sagen.«

Lilou ging nach draußen, wo die beiden Kriminaltechniker immer noch zugange waren. Der Platz vor dem Haus war taghell erleuchtet, vereinzelt markierten gelbe Plastikhütchen zu untersuchende Spuren. Karimi kniete unweit von Lilous Wagen auf dem Boden und beachtete sie nicht.

Sie machte sich auf die Suche nach Guillaume und traf ihn ein Stück vom Haus entfernt. Er lag neben der Straße im staubigen Gras und fotografierte Reifenspuren. »Hier hat ein Auto gestanden«, sagte er und rappelte sich hoch. »Außerdem habe ich das da gefunden.« Er zog einen Asservatenbeutel aus der Hosentasche. Im Licht seiner Taschenlampe glitzerte es metallisch. »Die lagen da drüben im Gebüsch.«

Lilou griff danach. »Das sind meine Schlüssel«, sagte sie. »Ich habe sie im Wagen stecken lassen, und der Angreifer hat sie abgezogen, sodass ich ihn nicht verfolgen konnte.«

Guillaume hielt die Tüte in die Höhe. »Die kann ich dir nicht geben«, sagte er. »Ich muss sie auf Fingerabdrücke untersuchen.«

»*Merde,* das stimmt natürlich.« Lilou verzog das Gesicht. »Aber wie soll ich jetzt zurück zur Dienststelle kommen?«

»Du kannst mit uns fahren«, schlug Guillaume vor. »Oder du fragst Grissan, ob er dich mitnimmt«, fuhr er fort und deutete auf den Einsatzwagen der Gendarmerie, der sich über die holprige Straße näherte.

Das Fahrzeug wurde langsamer und kam neben ihnen zum Stehen. Das Fenster wurde heruntergelassen, doch es war nicht Commandant Grissan, sondern Capitaine Soual, der auf dem Fahrersitz saß. »*Salut,* Lilou«, grüßte er. »Grissan schickt mich, wir sollen heute Nacht das Haus überwachen.«

»Dann war seine Fahndung also nicht erfolgreich?«, fragte Lilou. Im Grunde hatte sie nichts anderes erwartet – es wäre zu einfach gewesen.

»Nein, leider nicht.« Soual verzog das Gesicht. »Wir haben alle Fahrzeuge im Gebiet kontrolliert. Wir sind sogar extra noch einmal auch die kleineren Wege rund um Mirocène abgefahren, aber wir haben nichts Verdächtiges bemerkt. Deshalb hat uns Grissan zur Nachtwache abgestellt.«

»Das ist gut.« Lilou war beruhigt. Tatsächlich hatte sie überlegt, selbst hierzubleiben, damit Madame Lessien und ihre Tochter die Nacht nicht allein verbringen mussten. Doch ein Einsatzwagen der Gendarmerie vor dem Haus war um Welten besser geeignet, die beiden zu beschützen.

Soual hob die Hand zum Gruß und setzte den Wagen wieder in Bewegung. Lilou sah ihm hinterher, bis er auf den Vorplatz zu Flo Lessiens Hof einbog, dann wandte sie sich wieder an Guillaume. »Offenbar muss ich dein Angebot annehmen«, sagte sie. »Werdet ihr noch lange brauchen?«

»Ich bin hier so gut wie fertig.« Guillaume deutete zum Haus. »Du kannst schon mal vorgehen. Ich komme gleich nach.«

Lilou sah auf die Uhr. Es war nach neun, Simon wunderte sich bestimmt schon, wo sie blieb. Einen Moment lang überlegte sie, ihn anzurufen, doch dann schob sie das Telefon zurück in ihre Tasche. Wenn er im Restaurant war, störte sie ihn nur ungern. Außerdem musste sie sich doch nicht verantworten – er kannte schließlich die unregelmäßigen Arbeitszeiten in ihrem Job zur Genüge.

Langsam ging sie zurück zum Haus. Der Wagen der Gendarmerie parkte vor der Tür, die beiden Beamten waren nicht zu sehen. Karimi baute gerade die Scheinwerfer ab und verlud sie in den Kleinbus. »Wo ist Mistral?«, fragte er.

»Da hinten«, sagte Lilou und deutete über die Schulter. »Offenbar hatte der Täter seinen Wagen dort abgestellt.«

»Gut.« Er sah sich um. »Wieso bist du eigentlich noch hier?«, fragte er.

Lilou biss sich auf die Lippen. »Meine Autoschlüssel sind ein Beweisstück«, sagte sie. »Guillaume hat sie in Verwahrung. Ich muss mit euch zurückfahren.«

Karimi hob eine Augenbraue, doch er verkniff sich eine Bemerkung. Lilou war froh darum, ihr war die Sache auch so schon peinlich genug.

Es war beinahe Mitternacht, als Lilou endlich zurück in Carpentras war. Guillaume hatte es sich nicht nehmen lassen, sie bis vor die Haustür zu fahren, und dankbar kletterte sie aus dem Wagen. Sie winkte den beiden noch hinterher, als sie durch die Gasse in Richtung Porte d'Orange verschwanden, dann wandte sie sich um. Die Fenster des *Chez Amande* waren noch immer erleuchtet, doch als sie durch die Scheiben spähte, sah sie, dass kaum noch Tische besetzt waren. Pierre lehnte an der Theke, Amalie war nicht zu sehen, vermutlich war sie schon nach Hause gegangen.

Lilou gab sich einen Ruck und zog die Tür auf. Mit raschen Schritten durchquerte sie die Gaststube, nickte dem Kellner im Vorbeigehen zu und betrat die Küche. Auch hier war sichtlich das Ende des Arbeitstages in Sicht. Die Gasflammen auf dem Herd waren bereits erloschen, Mersoud stapelte seine Töpfe und Pfannen im Regal darunter. Yasemin und Bella waren offenbar ebenfalls bereits gegangen, nur Martin Frederikson stand noch am Arbeitstresen und scheuerte die Platte. Simon saß am Mitarbeitertisch in der Ecke und schrieb auf einem Block. Als sie durch die Schwingtür kam, hob er den Kopf.

»*Salut,* Lilou«, sagte er mit verdrießlicher Miene. »Schön, dass du überhaupt noch kommst.«

Lilou runzelte die Stirn. Was war das denn für ein Tonfall? »Wir hatten einen Einsatz, und ein Kollege wurde verletzt«, antwortete sie knapp. »Du weißt doch, wie das ist.«

»Sollte man meinen.« Simon machte noch immer keine Anstalten, sich von seinem Stuhl zu erheben. Sonst sprang er auf, sobald er sie bemerkte, und begrüßte sie mit einem Kuss. Heute wirkte er abweisend und machte ein finsteres Gesicht. Dabei hatte sie doch viel mehr Grund dazu, oder nicht? Die Ereignisse der letzten Stunden hatten die kleine Szene von gestern Mittag, als sie Simon mit der Blondine gesehen hatte, samt all den düsteren Gedanken seitdem, in den Hintergrund rücken lassen. Vielleicht interpretierte sie ja wirklich zu viel in Dinge hinein, die sich in Wahrheit womöglich ganz anders verhielten. Doch wieso benahm sich er nun so sonderbar?

Sie warf einen kurzen Blick zu Martin und Mersoud, doch die beiden taten, als hätten sie nichts bemerkt. Martin wuchtete die Mülleimer aus ihrer Halterung und verzog sich nach draußen, Mersoud beschäftigte sich angelegentlich mit seinem Gasherd.

»Ist etwas?«, fragte sie und durchquerte den Raum.

»Das fragst du noch?« Simon erhob sich nun doch von seinem Stuhl und baute sich vor ihr auf. »Ich habe dich heute Vormittag auf dem Markt gesehen.«

»Ja, und?« Lilou hob die Brauen. »Wovon sprichst du?«

»Ich habe dich beobachtet, wie du mit diesem Schönling geflirtet hast!«

»Ich habe doch nicht geflirtet!« Lilou schnaubte entrüstet. »Bradley ist der Kollege aus England, von dem ich dir erzählt habe.«

»Ach, du nennst ihn schon Bradley.« Simons Augen waren dunkel vor Zorn. »Du warst aber eindeutig privat mit ihm unterwegs.«

»Er wollte sich den Markt ansehen«, fauchte Lilou zurück. »Abgesehen davon geht dich das überhaupt nichts an.«

»Ach nein?« Simon hatte die Hände in die Hüften gestemmt und sah auf sie herab. »Wenn meine Verlobte in aller Öffentlichkeit mit einem anderen Mann flirtet, geht mich das sehr wohl etwas an!«

»Da redet der Richtige!« Lilou war jetzt wirklich wütend. »Wer trifft sich denn mit hübschen Blondinen in einem Hotel?«

Simon erstarrte. »Das ist doch …«

Die Küchentür fiel krachend ins Schloss, auch Mersoud hatte die Küche verlassen. Doch Lilou war nicht mehr zu bremsen. »Behaupte jetzt nicht, dass das ein geschäftliches Treffen war«, schrie sie ihn an und stach mit dem Finger nach seiner Brust. »Ich habe viel mehr Grund zur Eifersucht als du.«

»Hast du nicht«, knurrte er zurück. »Das war Jodie, meine Cousine aus Montreal. Ich hätte sie dir schon noch vorgestellt.«

Lilou starrte ihn wütend an. »Ich glaube dir kein Wort.«

»Aber ich soll dir die Story vom Kollegen abnehmen?« Er lachte bitter auf. »Ich habe doch gesehen, wie du mit ihm geturtelt hast. Ich dachte, ich könnte dir vertrauen.«

»Das dachte ich auch, Simon.« Sie presste die Kiefer aufeinander. »Das dachte ich wirklich.«

Sie standen voreinander und starrten sich in die Augen. Dann ließ Simon die Schultern nach vorn sacken. »Vielleicht sollten wir das mit der Hochzeit noch mal überdenken«, sagte er leise. »Unter diesen Umständen …«

Lilou riss ihren Verlobungsring vom Finger und warf ihn zu Boden. »Unter diesen Umständen ist das bestimmt besser«, schnappte sie und stürmte aus der Küche. Nur raus hier, bevor er ihre Tränen sah. Ohne nachzudenken, lief sie die Treppe nach oben. Vor ihrer Wohnungstür verhielt sie. Nein, in die gemeinsame Wohnung konnte sie jetzt nicht.

Im Stockwerk darüber öffnete sich eine Tür, ihre Nachbarin Claire beugte den Oberkörper übers Treppengeländer. »Lilou, bist du das? Was ist denn los?«

Lilou schluchzte auf und stieg die Stufen zum zweiten Stock nach oben.

Claire sah ihr entgegen, Mitgefühl lag in ihrem Blick. »Komm rein«, sagte sie und zog Lilou in ihre Wohnung. »Alfonse ist nicht da. Setz dich doch.« Sie drückte sie aufs Sofa. »Erzähl mir, was passiert ist.«

KAPITEL 14

»Was für ein Schuft«, rief Claire empört und legte den Arm um Lilous Schulter, als sie ihr von der Szene vor dem Hotel erzählte. »Ich dachte wirklich, Simon wäre anders.«

»Das dachte ich auch«, meinte Lilou leise und nippte an dem schweren Rotwein, den ihr Claire eingeschenkt hatte.

»Das ist eine medizinische Indikation«, hatte ihre Nachbarin kurzerhand erklärt und zwei bauchige Gläser auf den Couchtisch gestellt. Sie hatte Lilou, die immer noch zitterte vor lauter Wut und ungesagten Worten, eine Wärmflasche gebracht und ihr eine warme Decke um die Schultern gelegt und sich dann dicht neben sie gesetzt. Claire war natürlich weit mehr als eine Nachbarin. Eigentlich war sie eine Freundin von Tante Margot, und als Lilou im letzten Jahr wegen ihres Praktikums ein Zimmer in Carpentras suchte, hatte Claire ihr die Dachgeschosswohnung vermittelt, in der sie die ersten Monate gelebt hatte. Mit Simon gelebt hatte, ergänzte sie in Gedanken, bis ihre gemeinsame Wohnung im ersten Stock des schönen Altbaus fertig renoviert war. Und nun sollte all das unter ihren Händen zerrinnen? Erneut stiegen Tränen in ihre Augen, und diesmal ließ sie sie laufen. Es tat unerwartet gut.

Claire reichte ihr ein Taschentuch und wartete, bis der Strom versiegte. »Sh-sh«, machte sie. »Lass es einfach raus.«

Lilou nickte, dann schnäuzte sie sich kräftig und zerknüllte das Taschentuch in ihrer Hand. Ihre Wut war grenzenloser Müdigkeit gewichen. »Vermutlich ist die blonde Frau wirklich seine Cousine«, sagte sie leise. »Aber wieso hat er sie mir dann nicht vorgestellt? Warum hat er nicht erzählt, dass sie kommt? Das verstehe ich nicht.«

»Ach Schätzchen.« Mitfühlend tätschelte Claire Lilous Knie. »Man kann auch mit einer Cousine ein Verhältnis haben. Auch wenn ich Simon so etwas wirklich nicht zugetraut hätte. Er ist einfach nicht der Typ dafür.«

»Eben.« Lilou nickte bekräftigend. Claires Worte weckten ihren Widerspruchsgeist, und sie stellte fest, dass sie sofort Simons Partei ergriff. Immer noch. »Nein, Simon ist immer ehrlich. Er würde das nicht tun. Aber er verheimlicht mir etwas, und das ist nicht in Ordnung.« Lilou warf das Taschentuch auf den Tisch und nahm noch einen Schluck vom Wein. Das herbe Getränk rann durch ihre Kehle und breitete sich warm in ihrer Bauchregion aus. Der Nachgeschmack von Karamell und trockenen Noten blieb auf ihrer Zunge, und sie nickte anerkennend. »Der Wein ist übrigens sehr gut.«

»Er stammt aus Simons Beständen«, sagte Claire. »Seit das *Chez Amande* wieder eröffnet hat, kauft Alfonse unseren Wein nur noch bei ihm.«

»Ach.« Lilou schmunzelte. »Darauf kannst du dir was einbilden. Simon verkauft normalerweise nicht außer Haus.«

»Ich weiß.« Claire hob die Schultern. »Ich vermute, Alfonse hat seine Seele verkauft dafür.«

Lilou musste wider Willen lachen. »Solange er nicht dich verkauft …«

»Das würde er nie tun.« Claire schnaubte entrüstet. »Dann würde ich ihm den Marsch blasen.«

»Natürlich.« Lilou wurde wieder ernst. »Ich muss morgen noch mal mit Simon reden«, sagte sie. »Heute bin ich zu müde, um die richtigen Worte zu finden. Aber diese Geheimniskrämerei ist genauso wenig in Ordnung, wie dass er mir eine Liebelei mit einem Kollegen unterstellt.« Sie seufzte. »Ich glaube, wir haben uns beide in etwas verrannt.«

»Ich hoffe, ihr könnt das klären.« Claire war ebenfalls ernst geworden. »Ihr beide passt so gut zusammen. Ihr solltet euch wieder versöhnen.«

»Ja, das sollten wir.« Lilou trank ihren Wein aus und stand auf. Die Decke rutschte von ihren Schultern. »Danke für den Wein«, sagte sie. »Und für ... alles.« Rasch umarmte sie Claire. »Das Reden hat wirklich gutgetan.«

»Gern geschehen.« Claire drückte sie an sich. »Du weißt, ich bin immer für dich da, wenn du mich brauchst.«

»Ja, das weiß ich.« Lilou erwiderte die Umarmung, dann machte sie sich los. »Ich muss ins Bett. Es war ein anstrengender Tag, und morgen wird es nicht besser.«

»Natürlich. Gute Nacht, Lilou.«

»Gute Nacht.«

Die Tür fiel hinter Lilou ins Schloss, und sie stand im dunklen Treppenhaus. Durch das schmale Fenster im Zwischengeschoss fiel fahles Mondlicht und erhellte das geschnitzte Geländer. Sie zögerte und lauschte in die Dunkelheit, doch nichts war zu hören. Keine Stimmen drangen aus dem Erdgeschoss herauf, keine Schritte aus ihrer Wohnung im ersten Stock. Das Haus schwieg. Sie stellte sich vor, wie sie ihre Wohnung betrat, wo Simon womöglich schon schlief. Oder noch schlimmer – noch wach war und auf sie wartete, um ihren Streit fortzuführen? Nein, dazu fühlte sie sich heute nicht mehr in der Lage. Sie gab sich einen Ruck und wandte sich zur Treppe, doch anstatt hinunter in ihre Wohnung zu gehen, stieg sie die Stufen nach oben. Unterm Dach existierte immer noch das kleine Zimmer mit angeschlossenem Bad, in dem sie früher gewohnt hatte, bevor Simon in ihr Leben trat und sich alles änderte. Sie schob die Tür zu dem Einzimmerappartement auf. Es roch ein wenig muffig, sie war lange nicht mehr hier gewesen, doch das Schlafsofa wartete einladend an der gegenüberliegenden Wand, und unvermittelt überkam sie die Müdigkeit. Sie durchquerte den Raum und stieß das Fenster auf, dann schälte sie sich aus ihrer Uniform und ließ sie in einem unordentlichen Haufen auf dem Boden liegen. Nur mit ihrer Unterwäsche bekleidet, kletterte sie mit einem erleichterten Seufzer ins Bett und wickelte sich in den geblümten Überwurf.

Ihre Lider wurden schwer. Schon war sie beinahe eingeschlafen, als sie plötzlich Schritte hörte. Schritte, die vor ihrer Tür verhielten. Erschrocken fuhr sie hoch und umklammerte die Decke. Wer war das? Sie hatte nicht abgeschlossen und starrte wie hypnotisiert auf die im Mondlicht schimmernde Klinke. Bewegte sie sich etwa? Nein, es war nur der Schatten des dünnen Vorhangs, der sachte in der Abendbrise schwang und ihren Augen Streiche spielte. Von draußen vernahm sie einen schweren Atemzug, dann erneut Schritte, die sich leise entfernten. Eine Tür quietschte leise und fiel ins Schloss, dann wieder Stille.

War das Simon gewesen? Simon, der statt in die gemeinsame Wohnung nach oben in sein altes Zimmer gegangen war? Das zweite Zimmer im Dachgeschoss, das sie in den ersten Monaten ihrer Beziehung als gemeinsames Schlafzimmer genutzt hatten. Die alte Matratze, auf der sie die ersten gemeinsamen Nächte verbracht hatten, lag noch immer auf dem Fußboden – er hatte wohl den gleichen Gedanken gehabt wie sie. Irgendwie war das tröstlich. Lilou kuschelte sich in die Decke und schlief auf der Stelle ein.

Am nächsten Morgen war das zweite Zimmer unter dem Dach leer, nichts deutete darauf hin, dass jemand hier gewesen war. Hatte sie die Schritte nur geträumt? Eingehend musterte sie den ansonsten leeren Raum. Er war sauber, Fußabdrücke waren keine zu erkennen. Falls Simon wirklich hier geschlafen hatte, hatte er keine Spuren hinterlassen.

Langsam ging sie die Treppe hinunter in ihre Wohnung. Auch hier war niemand. Aber das war nicht weiter verwunderlich – auch am Samstag fuhr Simon frühmorgens zum Markt, um frische Lebensmittel für sein Restaurant einzukaufen. Heute sogar mehr als sonst – am Wochenende war im *Chez Amande* immer am meisten los, und die heute gekauften Vorräte mussten bis Sonntagabend reichen.

Lilou seufzte. Sonst war sie samstags manchmal mitgekommen, hatte das bunte Treiben auf dem Großmarkt vor den Toren der Stadt genossen, während Simon seine Runde zu den Lieferanten drehte, bei denen er am liebsten kaufte. Während sich der Wochenmarkt in der Altstadt an die Bewohner und Besucher von Carpentras richtete, war der Großmarkt auf die Bedürfnisse von Händlern und Restaurants ausgerichtet. Billige Importware fand man hier ebenso wenig wie Handwerkskunst aus der Region. Dafür konnte man halbe Schweine, fangfrischen Fisch, noch lebende Krabben, Eier zu Dutzenden und Gemüse in großen Kisten kaufen, was Simon auch regelmäßig tat. Der Laderaum ihres Kangoo war samstags meist bis zum Dach gefüllt mit den Zutaten für die köstlichen Gerichte, die es später im *Chez Amande* geben würde.

Sie riss sich aus ihren Gedanken, straffte die Schultern und stellte die Kaffeemaschine an. Während der Kaffee dampfend in die Tasse schoss, ging sie unter die Dusche. In eine frische Uniform gekleidet, trank sie den Kaffee im Stehen aus und schlang dabei ein zähes Petit pain au chocolat von gestern hinunter – das musste heute als Frühstück reichen.

Wenig später war sie unterwegs. Die Altstadt war trotz der frühen Stunde schon belebt, Menschen mit Einkaufstaschen eilten zwischen den Läden hin und her. Die Cafés hatten bereits geöffnet, die ersten Gäste saßen unter bunten Markisen bei Croissants und Café au Lait. Lilou schritt schneller aus. Zwar hatte sie es nicht eilig, es gab keinen festen Dienstbeginn, aber sie hatte heute einiges zu tun. Nicht nur hatte sie Shelters Tod aufzuklären, nein, auch der Überfall auf das Heim von Flo Lessien, der einigermaßen glimpflich ausgegangen war, stand heute auf ihrer Agenda. Sie war sich sicher, dass diese beiden Fälle zusammenhingen, aber Beweise hatte sie dafür keine.

»Du sollst sofort zum Chef«, bellte ihr Gardien Tairrousse entgegen. Er kam aus dem Pays basque, und an seinen schweren Akzent hatte Lilou sich erst gewöhnen müssen. »Grissan ist bei ihm.« Der ältere Kollege deutete die Treppe nach oben.

»Ach?« Lilous Augenbrauen hoben sich. »Was will der denn hier?«

»Keine Ahnung.« Der ältere Gardien zuckte mit den Schultern. »Hat er mir nicht verraten.«

»Hm.« Lilou wandte sich ab und eilte die Stufen hinauf. Vor Commissaire Demoireaus Büro atmete sie kurz durch, dann klopfte sie und trat ein.

»*Bonjour,* Commissaire Braque«, begrüßte sie Grissan und schüttelte ihr förmlich die Hand. »Commissaire Demoireau hat vorgeschlagen, dass wir uns hier treffen, um unsere Ergebnisse auszutauschen«, fuhr er fort. Er warf einen Blick auf seine Armbanduhr. »Staatsanwalt Beringer muss gleich hier sein.«

»Beringer kommt auch?« Lilou warf Demoireau einen erstaunten Blick zu.

»Ja.« Der Commissaire nickte. »Ich habe heute Morgen einen Anruf aus Paris erhalten. Aber ich erzähle das gleich, sobald wir vollzählig sind.« Er erhob sich von seinem Schreibtischstuhl und deutete zu dem kleinen Konferenztisch in der Ecke. »Nehmen Sie doch schon Platz.«

Es klopfte, beinahe gleichzeitig wurde die Tür aufgerissen, und der Staatsanwalt trat ins Zimmer. »Was ist das für eine Sache, Demoireau? Erst holt mich Grissan aus dem Bett, weil jemand auf unsere Beamten schießt, und jetzt verderben Sie mir das Frühstück mit geheimnisvollen Andeutungen zu diesem Fahrradfahrer. Hängen die beiden Fälle denn zusammen?«

»Das wissen wir noch nicht.« Demoireau ließ sich nicht aus der Ruhe bringen. Er reichte Beringer die Hand und lotste ihn zu einem der Stühle. Grissan ließ sich auf den Stuhl neben Lilou fallen, Demoireau nahm ihnen gegenüber Platz. »*Bonjour encore*«, begrüßte er sie noch einmal. »Danke, dass Sie gekommen sind.« Er nickte Beringer und Grissan zu. »Ich dachte, es ist einfacher, wenn ich Sie gemeinsam informiere. Dann können wir besser entscheiden, wie wir weiter vorgehen.«

»Schießen Sie schon los«, brummte Beringer. »Ich hatte eigentlich andere Pläne für den Vormittag.«

»Tut mir leid.« Demoireau machte eine Geste, die Bedauern und Resignation zugleich ausdrückte. »Unser Kollege aus Großbritannien, Detective Inspector Fox, hat gestern mit den Kollegen von der Inneren Sicherheit telefoniert, wie Sie es ihm geraten haben, Monsieur le Procureur.« Ein Nicken zu Beringer hin. »Das Gespräch mit den Beamten von der Sécurité intérieure war leider nicht sehr erfolgreich. Ohne eine offizielle Anfrage zur internationalen Zusammenarbeit will man uns nichts sagen. Anders ausgedrückt möchte man diese Erkenntnisse nicht mit der Gendarmerie teilen.«

Grissan verzog das Gesicht. »Das hätte ich Ihnen gleich sagen können, Demoireau. Die Sécurité intérieure ist auf uns nicht gut zu sprechen.«

»Was natürlich an den Kompetenzstreitereien unserer Geheimdienste liegt«, brummte Beringer. »Das Innenministerium, das Militär und der Premierminister höchstselbst halten sich eigene Spionageabteilungen, die ihre Zeit damit verbringen, sich gegenseitig zu überwachen. Da weiß die Rechte nicht, was die Linke tut.«

Lilou unterdrückte ein Kichern. So systemkritisch hatte sie Beringer noch gar nicht erlebt. Aber er hatte natürlich recht: Die Direktionen für innere und äußere Sicherheit bestanden aus gewachsenen Einheiten, die teilweise seit napoleonischer Zeit bestanden. Seitdem waren sie immer wieder umstrukturiert, neu aufgeteilt und wieder neu zusammengelegt worden, um den gerade aktuellen Erfordernissen auf dem nationalen und internationalen Parkett Rechnung zu tragen. Das Ergebnis waren zahllose Überschneidungen der

Aufgabenbereiche und als Folge beständige Missstimmungen zwischen den einzelnen Abteilungen. Dieselben Animositäten, die sie hier in Carpentras zwischen Police nationale und Gendarmerie tagtäglich erlebten, waren ein ungleich größeres Problem, wenn es um die nationale Sicherheit ging.

»Zum Glück kenne ich jemanden bei der Direktion für Innere Sicherheit«, ergriff Demoireau wieder das Wort. »Ein Kollege, mit dem ich vor vielen Jahren zusammen auf der Polizeischule war und mit dem mich eine langjährige Freundschaft verbindet. Er hat mich heute Morgen angerufen.«

Das musste Christophe Rainier gewesen sein, erinnerte sich Lilou. Der Beamte, der sie gestern am Ende des Videocalls auf Commissaire Demoireau angesprochen hatte. Sie spitzte die Ohren.

»Er konnte mir natürlich keine konkreten Interna verraten«, fuhr Demoireau fort. »Aber er hat mir gesagt, dass es in den letzten Jahren sehr wohl Fälle gegeben hat, die zu dem Vorgehen passen, das DI Fox beschrieben hat. Bisher tappte man wohl ziemlich im Dunkeln, weil man keine konkreten Anhaltspunkte hatte. Nun will man sich die weiblichen Angestellten der geschädigten Firmen noch einmal vornehmen. Wenn sich daraus Hinweise ergeben, dass diese Taten von Shelter begangen wurden, könnte man sie endlich zu den Akten legen.«

»Warum hat man uns das gestern nicht gesagt?« Lilou sah Demoireau fragend an. »Diese Information fällt ja wohl kaum unter die Geheimhaltung.«

»Tut sie auch nicht.« Demoireau schüttelte den Kopf. »Aber offenbar will man gegenüber einer anderen Behörde nicht zugeben, dass es solche Vorfälle gab. Warum auch immer.«

Beringer grinste freudlos. »Geheimdienstleute sind von Berufs wegen misstrauisch«, sagte er. »Ich kenne da Kollegen ...« Er winkte ab. »Aber lassen wir das. Darum geht es jetzt nicht. Ist die Aussage Ihres Kollegen von Belang für unseren aktuellen Fall?« Er sah erst Grissan, dann Lilou an.

Grissan zuckte mit den Achseln. »Vielleicht ja, vielleicht nein. Solange uns die Herrschaften nicht mitteilen, um welche Personen es konkret geht, hat diese Information keinerlei Nutzen für uns.«

»Wie das?« Beringer hob die Brauen.

»Im Augenblick haben wir nur eine Indizienkette, aber keinen konkreten Verdächtigen«, erklärte der Commandant. »Es gibt keine Spuren, die wir einem Täter zuordnen können, und selbst wenn wir welche hätten, haben wir niemanden, mit dem wir sie abgleichen können. Ohne Vergleichsproben nützt uns die beste DNA-Analyse nichts.«

»Was hat die denn ergeben?«, fragte Lilou. »An der zerbrochenen Scheibe der Terrassentür von Shelters Haus waren doch Blutspuren zu erkennen.«

Grissan verzog das Gesicht. »Sie stammen von einer Katze«, antwortete er. »Madame Lessien hat ausgesagt, dass Shelter eine Katze besaß. Die wird wohl versucht haben, ins Haus zu kommen, und hat sich dabei verletzt.«

»Armes Tier«, murmelte Lilou. »Hoffentlich ist die Verletzung nicht so schwer.«

»Wohl kaum.« Grissan machte eine wegwerfende Handbewegung. »Da war nicht viel Blut. Das ist bestimmt nur ein Kratzer.«

»Und sonst?«, fragte Beringer. »Haben Sie denn keine Spuren im Haus gefunden?«

»Doch, natürlich.« Grissan schüttelte den Kopf. »Aber diejenigen, die wir zuordnen können, stammen alle von Shelter und von Flo Lessien. Die auch gar nicht bestreitet, in seinem Haus gewesen zu sein. Der Einbrecher muss Handschuhe getragen haben und war auch sonst sehr vorsichtig.« Er ballte die Fäuste. »Das ist alles sehr unbefriedigend.«

Lilou machte eine unwillkürliche Bewegung.

Beringer sah sie fragend an. »Ja, Madame? Wollten Sie etwas sagen?«

Sie nickte. »Es gibt eventuell Hinweise, dass es sich um eine Frau handeln könnte«, antwortete sie. »Der Kioskbesitzer in Sault, bei dem Shelter seine Streckenkarte abstempeln ließ, erinnert sich an eine Frau, die möglicherweise nach ihm gefragt hat. Sie ließ sich von ihm erklären, worum es beim *Club des Cinglés* geht. Das kann natürlich Zufall sein, aber theoretisch hätte sie mit diesem Wissen Shelter an der Strecke vom Mont Ventoux hinunter nach Carroux abpassen können. Der Zeuge beschrieb sie als chic, und sie sprach mit Pariser Akzent. Möglicherweise war sie Ausländerin.«

»Wieso hat er uns das nicht erzählt?«, knurrte Grissan. »Wir haben ihn doch eingehend befragt.«

»Das weiß ich nicht, *mon commandant.*« Sie sah ihn mit Unschuldsmiene an. »DI Fox hat mit ihm gesprochen. Allerdings war diese Aussage für sich allein genommen viel zu vage, als dass man damit etwas hätte anfangen können.«

»Aber Sie haben inzwischen weitere Informationen gewonnen?« Commissaire Demoireau sah sie aufmerksam an.

»Ja.« Lilou nickte. »Madame Lessien hat gestern ausgesagt, dass sie am Montagmorgen Besuch von der Vertreterin einer Pariser Firma hatte. Shelter kam gerade auf seinem Fahrrad vorbei, und die Frau hat ihn mit Sicherheit gesehen.

Es ist gut möglich, dass sie ihn wiedererkannte und sich daraufhin an seine Fersen geheftet hat.« Sie hob die Schultern. »Und ebenso ist vorstellbar, dass die Täterin gestern Abend wirklich Madame Lessien zum Schweigen bringen wollte. Weil sie sie jederzeit identifizieren könnte.«

Beringer wiegte den Kopf. »Aber warum jetzt erst?«, fragte er niemand Bestimmten. »Der Unfall geschah am Montag, die Leiche wurde am Dienstag entdeckt. Wieso wartet sie damit bis Freitag?«

»Ich glaube, man muss diese drei Fälle im Zusammenhang sehen«, sagte Lilou. »Nur so ergibt die Vorgehensweise einen Sinn.« Sie blickte zu Grissan. »Der Unfall am Montag war wahrscheinlich wirklich nicht geplant, wie Sie ja von Anfang an vermutet haben. Die Frau hat Shelter zufällig am Hof von Madame Lessien gesehen, hat ihn nach Sault verfolgt und ihn dann am Mont Ventoux abgepasst. Ja, es liegt Fremdverschulden vor, aber für eine konkrete Tötungsabsicht ist dieses Vorgehen doch viel zu unsicher.« Sie hob die Schultern. »Shelter hätte genauso gut mit Hautabschürfungen davonkommen können.«

»Worauf wollen Sie hinaus?« Grissan sah sie fragend an.

»Vermutlich wusste die Täterin zu dem Zeitpunkt gar nicht, dass Shelter den Unfall nicht überlebt hat. Wie auch, wenn sie nicht nachgesehen hat? Die Nachricht von einem tödlichen Fahrradunfall am Mont Ventoux stand erst am Mittwoch in der Zeitung. Daraufhin fuhr sie vermutlich nachts zu Shelters Hof, um nach Hinweisen auf eine Verbindung zwischen ihr und Shelter zu suchen. Und offenbar gab es ja tatsächlich Dokumente, die sie daraufhin vernichtet hat.«

»So weit, so klar.« Beringer nickte zustimmend. »Das passt zusammen. Aber warum war sie gestern bei Flo Lessien?«

»Vielleicht hat sie mitbekommen, dass wir die Lessien zur Vernehmung einbestellt hatten«, mutmaßte Grissan. »Ihr muss klar geworden sein, dass die sie wiedererkennen würde, sobald wir die Zusammenhänge herstellen.«

»Ja, das ist gut möglich.« Lilou nickte. »Leider kennt Madame Lessien weder den Namen der Frau noch den der Firma, die sie vertritt. Den Kontakt hatte noch ihr verstorbener Mann hergestellt.«

Die Miene des Staatsanwalts hatte sich aufgehellt. »Die beiden Zeugen müssen nochmals vernommen werden. Wir brauchen unbedingt eine Personenbeschreibung dieser Frau und eine Beschreibung ihres Wagens. Dann können wir sie zur Fahndung ausschreiben.«

»Einen Versuch ist es wert«, antwortete Demoireau und nickte zustimmend.

In diesem Augenblick brummte Lilous Mobiltelefon. Sie zog es aus der Tasche und warf einen raschen Blick darauf. Es war eine Nachricht von Guillaume. Sie blickte hoch. »Technicien Mistral schreibt mir gerade, dass er die ballistische Untersuchung der Kugel abgeschlossen hat.«

»Sagen Sie ihm doch, er soll heraufkommen«, schlug der Staatsanwalt vor. »Dann kann er gleich uns allen erzählen, was er entdeckt hat.«

»In Ordnung.«

Wenig später klopfte es an der Tür, und Guillaume Mistral steckte den Kopf herein. Angesichts der Runde nahm er die Schultern zurück und rückte seine Brille zurecht. »*Bonjour,* Monsieur le Commissaire, Monsieur le Procureur, Commandant.« Er nickte den drei Männern zu. Und mit einem halben Grinsen: »*Bonjour,* Lilou.«

»*Bonjour,* Technicien Mistral.« Demoireau deutete auf einen freien Stuhl. »Setzen Sie sich doch und berichten Sie.«

Guillaume ließ sich umständlich nieder und sortierte seine Notizen. Schließlich fuhr er sich durch sein mausbraunes Haar, sodass es in alle Richtungen stand. »Das Prägemuster spricht für eine FN Browning«, begann er. »Kaliber .25 ACP. Das ist eine sehr kleine Taschenpistole, ein älteres Modell. In unserer Datenbank ist sie leider nicht registriert.«

»Fordern Sie umgehend einen Auszug aus dem Waffeninformationssystem an«, befahl Beringer. »Dann können wir den Täterkreis vielleicht eingrenzen.«

»Falls der Täter so nett war, die Waffe registrieren zu lassen«, murmelte Guillaume. »Aber ja, ich mache das gleich am Montag. Heute erreiche ich da niemanden.«

»Vermutlich war es eine Frau, die auf Fox und mich geschossen hat«, sagte Lilou. »Dazu würde auch diese kleine Waffe passen, oder nicht?«

»Das ist ein überholtes Klischee.« Guillaume schüttelte den Kopf. »Kleine Waffen lassen sich einfach leichter verbergen. Und die FN Browning ist so winzig, dass jemand mit großen Händen sie in der hohlen Hand verstecken könnte.«

»Verstehe.« Lilou neigte zustimmend den Kopf. »Hat die Auswertung der Spuren bei Madame Lessiens Haus sonst noch etwas ergeben?«

»Nicht viel.« Guillaume schob seine Zettel zusammen. »Die Patronenhülse lag genau da, wo du sie vermutet hast.« Er nickte zu Lilou hin. »Eine weitere haben wir im Kies vor dem Haus gefunden. Aber es gibt keine Fingerabdrücke, weder am Fenster noch am Traktor, wo der Täter oder die Täterin stand, als der erste Schuss abgefeuert wurde. Sie muss praktisch die ganze Zeit Handschuhe getragen haben. Zwar konnte ich noch Reifenspuren am Straßenrand sicherstellen, und die sind inzwischen auch identifiziert, aber leider handelt es sich um ein verbreitetes Reifenmodell, das uns ohne Vergleich auch nicht weiterhilft.« Der Techniker hob die Schultern. »Und weitere Spuren wie Haare oder gar Hautschuppen sind auf einem Bauernhof einfach nicht darstellbar.«

»Wie macht sie das?« Beringer sah missmutig in die Runde. »Diese Frau ist wie ein Geist. Taucht auf und verschwindet wieder, ohne Spuren zu hinterlassen.«

»Wir haben immerhin zwei Zeugen, die sie gesehen haben«, erinnerte sie Demoireau. »Wir haben doch dieses Computerprogramm, das Phantombilder erstellen kann. Monsieur Mistral, können Sie das nicht machen?«

»Das Programm haben wir auch.« Grissan runzelte die Stirn. »Ich werde Capitaine Soual damit beauftragen und die beiden Zeugen heute noch einbestellen.«

»Madame Lessien wird nicht erfreut sein«, murmelte Lilou. »Sie ist gestern überfallen worden und wird ihre Tochter ungern allein lassen.«

»Das kann ich nicht ändern.« Grissan rümpfte die Nase. »Soll sie die Kleine eben bei einem Nachbarn abgeben.«

»Ihr Nachbar ist tot.« Lilou starrte ihn wütend an. Solch ein Verhalten war der Grund dafür, dass so viele Menschen Vorbehalte gegenüber der Polizei hegten. Null Empathie. »Vielleicht könnte Soual einfach mit einem Laptop zu ihr fahren? Ihn kennt sie immerhin schon.«

Grissan schob das Kinn vor. »Mischen Sie sich bitte nicht in unsere Arbeit ein. Wir erledigen solche Dinge in der Dienststelle.«

»Ganz ruhig.« Demoireau hob beschwichtigend die Hände. »Sagen Sie Madame Lessien bitte, wenn sie niemanden sonst hat, kann sie die Kleine zu Madame Filippi bringen. Clio besucht dieselbe Schule wie unsere Tochter, die Mädchen kennen sich. Ich gebe ihr gleich Bescheid.«

Grissans Augenbrauen schossen nach oben. »Sie haben eine Tochter mit Ihrer Sekretärin?«

»Ja.« Demoireau nickte knapp. »Haben Sie ein Problem damit?«

»Aber nein.« Grissan winkte ab und schmunzelte. »Es macht Sie direkt menschlich.«

»Das will ich doch hoffen.« Demoireau warf ihm einen verdrießlichen Blick zu, dann wandte er sich an den Staatsanwalt. »Ich schlage vor, dass sich Mademoiselle Braque weiter um eine offizielle Auskunft zu den Fällen von Industriespionage bemüht, die eventuell mit Shelter in Zusammenhang stehen. Wir brauchen dringend eine Liste der geschädigten Firmen. Dann können wir selbst Erkundigungen über infrage kommende Mitarbeiterinnen einholen. Vielleicht erkennt einer unserer Zeugen die Frau wieder.«

Beringer nickte knapp. »Holen Sie dafür die Briten mit ins Boot. Einem Antrag auf internationale Zusammenarbeit wird vermutlich eher stattgegeben als einer Anfrage der Polizeidienststelle von Carpentras. Zumindest können sie sich nicht auf Geheimhaltung berufen, wenn die britische Polizei ihre Informationen mit uns teilt.«

»DI Fox ist noch im Krankenhaus«, erinnerte Lilou den Staatsanwalt. »Er wurde doch gestern bei dem Überfall auf Madame Lessien verletzt.«

»Stimmt.« Beringer runzelte die Stirn. »Aber vielleicht können Sie in seinem Namen handeln. Sprechen Sie mit ihm. Er scheint ja ganz umgänglich zu sein.«

»Das werde ich tun.« Lilou unterdrückte ein Schmunzeln. Ja, Bradley Fox war wirklich umgänglich. Sie bewunderte noch immer, wie er den Kioskbesitzer in Sault um den Finger gewickelt hatte. Sie war sich ziemlich sicher, dass sie in dieser Situation weniger erfolgreich gewesen wäre.

»Gut.« Beringer blickte in die Runde. »Wenn Sie noch etwas brauchen, melden Sie sich bitte. Das gilt für Sie alle.« Mit vielsagender Miene schaute er von Lilou zu Grissan und wieder zurück. »Ich wünsche hier uneingeschränkte Zusammenarbeit.«

»Jawohl, *mon procureur*«, murmelte Lilou.

»Schon klar«, brummte der Commandant. Und an Demoireau gewandt: »Ich schicke Ihnen die Phantombilder, sobald wir etwas Brauchbares haben, dann schreiben wir die Frau zur Fahndung aus. Das wäre doch gelacht, wenn wir sie nicht kriegen.«

Demoireau nickte, dann legte er die Hände auf die Tischplatte und schob seinen Stuhl zurück. »Wenn das jetzt alles ist?«

Beringer griff die Aufforderung auf und erhob sich. »Ich denke schon. Sie wissen ja, was Sie zu tun haben.«

KAPITEL 15

Langsam ging Lilou in ihr Büro und ließ sich auf ihren Stuhl fallen. Es war ungewohnt still auf dem Flur. Demoireau hatte es übernommen, Grissan und den Staatsanwalt nach unten zu begleiten, während Guillaume mit einem gemurmelten Abschied wieder in den Keller verschwunden war. Roseanne war natürlich im wohlverdienten Wochenende, und die Kollegen, die heute Dienst hatten, hielten sich alle im Erdgeschoss auf: im Großraumbüro, im Pausenraum, am Tresen am Empfang oder im Bereitschaftszimmer.

Die Ruhe half ihr, sich zu konzentrieren, und im Geiste ging sie noch einmal das gerade beendete Gespräch durch. Hatte es neue Erkenntnisse gebracht? Eigentlich nicht, musste sie sich eingestehen. Ja, vermutlich war Shelter auch in Frankreich seinen schmutzigen Geschäften nachgegangen. Und ja, die Möglichkeit, dass jemand aus persönlichen Gründen Rache genommen hatte, wurde immer wahrscheinlicher. Aber ob wirklich diese geheimnisvolle Frau ihre Täterin war, wussten sie nicht. Eine Ausländerin mit Pariser Akzent, hatte der Mann in Sault gesagt. Vertreterin einer Firma aus Paris, lautete die Aussage von Madame Lessien. Das passte zu gut, als dass es Zufall sein konnte. Aber war diese Frau wirklich für den Tod von Harry Shelter alias Yves Grenouille verantwortlich? Hatte sie die Spur des Mannes bis in das kleine Dorf an den Hängen des Mont Ventoux verfolgt? Wenn ja, dann hatte sie mit Sicherheit auch den Einbruch in sein Haus begangen. Aber hatte sie gestern Abend auch auf sie und Bradley Fox geschossen?

Natürlich ergab sich eins aus dem anderen, wenn man die Dinge aufeinander bezog. Dann erschien alles ganz klar und logisch, wie sie es soeben gegenüber den drei erfahrenen Beamten dargelegt hatte. Aber war es auch tatsächlich die Wahrheit?

Ihre Blicke wanderten zu dem kleinen Schreibtisch, an dem gestern Bradley Fox gesessen hatte. Wie es ihm wohl ging? Während des Vormittags war keine Zeit gewesen, im Krankenhaus anzurufen und sich nach seinem Zustand zu erkundigen. Sie griff nach dem Hörer, doch dann zögerte sie. Wozu erst anrufen? Bestimmt war er noch gestern Abend operiert worden und inzwischen längst wieder ansprechbar. Sie würde stattdessen zu ihm fahren, dann konnte sie ihm direkt berichten, was es Neues gab, und mit ihm das weitere Vorgehen besprechen. Sie schob den Stuhl zurück und stand auf. Kurz dachte sie an Simon, und dass er sich womöglich schon wieder aufregen würde, weil sie ganz einfach nur ihren Job machte. Simon, der etwas getan hatte, das viel mehr geeignet war, Misstrauen zu säen, als ein Krankenbesuch bei einem Kollegen, mit dem sie an einem Fall arbeitete. Gewaltsam verdrängte sie den Gedanken an das Problem Simon und verließ ihr Büro.

Erst als sie die Treppe hinunterlief, erinnerte sie sich daran, dass ihr Wagenschlüssel nach wie vor bei den Kriminaltechnikern lag. Das war allerdings eigenartig – wieso hatte Guillaume denn gar nichts dazu gesagt? Vermutlich arbeiteten er und seine Kollegen immer noch an der Auswertung der Spuren, und ihr Wagenschlüssel hatte dabei die geringste Priorität. Sie blieb stehen und überlegte kurz. Es war Samstag, und mit etwas Glück war einer der Streifenwagen frei. Sie ging weiter und bog in den Gang ein, der zum Wachzimmer führte, wo die Wagenschlüssel verwahrt wurden. Da vernahm sie Stimmen, die von weiter vorn kamen. Sie verhielt den Schritt und lauschte. War das Hiroux' tiefes Organ? Sie wandte sich zum Flur, der zum Großraumbüro führte. Miquèl wieder mit ins Boot zu holen, war gar keine üble Idee – seit der Ankunft des britischen Detectives war er praktisch nicht mehr an der Ermittlung beteiligt gewesen. Aber natürlich war er immer noch im Team, das diesen Fall bearbeitete, und so konnte sie zwei Fliegen mit einer Klappe schlagen: Sie konnte ihn auf den neuesten Stand bringen, während er sie zum Krankenhaus fuhr.

Kurz entschlossen eilte sie den Flur entlang und blickte durch die offene Tür ins Dienstzimmer der Beamten. »Miquèl, bist du da?«

Doch niemand antwortete, es war leer.

Sie bog um die Ecke, öffnete die Tür zum Aufenthaltsraum und blieb überrascht stehen. Commandant Hiroux saß am Tisch, eine Tasse stand vor ihm, aber er war nicht allein. Die gut aussehende Frau, die er offenbar seit dem Unfall am Montag regelmäßig traf, war bei ihm. Mercedes Bayes führte gerade eine Tasse zum Mund und trank. Heute trug sie erstmals keine Kopfbedeckung, ihr lockiges dunkles Haar umschmeichelte das attraktive Gesicht.

»Oh, Lilou, hallo«, stammelte Miquèl. Lilous Hereinplatzen war ihm sichtlich peinlich.

Nicht weniger als ihr. »Verzeih, ich wollte nicht stören«, sagte sie und machte Anstalten, die Tür wieder zuzuziehen. Es war zwar nicht gerade üblich, privat jemanden in die Dienststelle mitzubringen, aber es war auch nicht verboten. Und wenn Hiroux seine Mittagspause mit seiner Flamme hier im Hôtel de police verbringen wollte – wer war sie, ihm das zu verbieten?

»Kein Problem, Madame le Commissaire«, sagte seine Besucherin. »Sie müssen sich nicht entschuldigen. Ich wollte ohnehin gerade gehen.« Sie leerte ihre Tasse in einem Zug. »Ich fliege heute noch zurück und muss mein Flugzeug erreichen.«

Hiroux sprang auf. »Ich bringe dich noch raus«, sagte er und hielt der Frau die Tür auf.

»Danke für den Kaffee«, sagte sie und lächelte ihr einnehmendes Lächeln. »Du musst mich unbedingt in Paris besuchen.«

»Das mache ich bestimmt.« Hiroux schenkte ihr einen verliebten Blick. »Ganz bald schon.«

Doch Lilou merkte auf. »In Paris?« Sie hob die Brauen. »Ich dachte, Sie sind Britin?«

»Das bin ich auch.« Das Lächeln der Frau wurde eine Spur sparsamer. »Aber mein Arbeitgeber ist in Paris, deshalb lebe ich dort.«

»Ach so.« Lilou runzelte die Stirn, zögerte, dann verwarf sie den Gedanken wieder. Sie konnte nicht jede Frau des Mordes verdächtigen, nur weil sie in Paris wohnte. Und selbst wenn sie es wollte – ohne eine vernünftige Personenbeschreibung ihrer beiden Zeugen hätte sie nicht einmal eine Handhabe, die Frau festzuhalten. »Dann wünsche ich Ihnen einen guten Flug«, sagte sie. *»Bon voyage!«*

»*Merci,* Madame«, antwortete Mercedes Bayes. Miquèl Hiroux bot ihr galant den Arm, und sie hakte sich bei ihm unter.

Langsam folgte Lilou den beiden den Flur hinunter, mit halbem Ohr hörte sie sie lachen. Erstaunlicherweise schien die Frau Hiroux' Gefühle zu erwidern. Im nächsten Moment schalt sie sich für diesen Gedanken. Miquèl war schon okay. Er hatte manchmal eine brummige Art, doch auf seine Weise war er nicht uncharmant. Und gegenüber Madame Bayes verhielt er sich ohnehin völlig anders, als Lilou ihn jemals erlebt hatte. Die Liebe veränderte offenbar selbst den altgedienten Commandant, dachte sie und schmunzelte.

Die Eingangstür zur Dienststelle öffnete sich mit dem markanten Quietschen, etwas klapperte. Die Stimme von Detective Inspector Fox ertönte. »Mrs Salamon, was tun Sie denn hier in Frankreich?«

Lilou beschleunigte ihren Schritt. Die Szene vor ihr schien wie eingefroren. Bradley stand noch immer an der Eingangstür und hielt sich mit der Rechten am Türgriff fest. Mit der Linken lehnte er sich auf eine Unterarmgehstütze. Miquèl hatte den Arm der Frau losgelassen und starrte sie an. »Was …?«

Weiter kam er nicht. Die Frau stieß ihn zur Seite, mit einem weiten Satz sprang sie zur Tür. Lilou lief los, war nur zwei Schritte hinter ihr. »Halt, bleiben Sie stehen!«

Miquèl taumelte unter der Wucht des Stoßes, stolperte gegen Lilou und riss sie um. In einem Knäuel von Armen und Beinen gingen sie zu Boden. Die Frau hatte die Tür erreicht. Ohne sich noch einmal umzublicken, sprintete sie nach draußen. Lilou hob den Kopf, unfähig, sich zu bewegen, geschweige denn, schnell genug auf die Beine zu kommen, um sie zu verfolgen. In diesem Moment streckte Bradley seine Gehstütze aus. Wie in Zeitlupe sah Lilou, wie er sie nach vorn stieß, der flüchtenden Frau zwischen die Knöchel. Mit einem Aufschrei ging sie zu Boden, dann war Tairousse da und drehte ihr den Arm auf den Rücken. »Hiergeblieben«, knurrte er. Er schaute zu Lilou, die sich ächzend aufsetzte. »Soll ich sie verhaften?«

»Ja, bitte.« Lilou schnappte nach Luft.

Hiroux rappelte sich auf, dann streckte er ihr die Hand hin und half ihr auf die Beine. »Alles okay?«, fragte er besorgt.

»Es geht schon.« Langsam kam sie wieder zu Atem. »Das war nur der Schreck.«

»Was soll ich denn sagen«, knurrte Hiroux. Dann sah er finster Madame Bayes an. »Ich glaube, du hast uns einiges zu erklären.«

Tairrousse hatte Mrs Bayes ins Verhörzimmer gebracht und bewachte sie da. Mit starrer Miene hatte sie zugelassen, dass ihr der Gardien Handschellen anlegte, und sich dann von ihm abführen lassen, Miquèl Hiroux würdigte sie keines Blickes. Der Commandant war nach oben verschwunden, angeblich, um Commissaire Demoireau zu holen, doch bisher war er noch nicht zurückgekehrt. Vermutlich brauchte er einen Moment für sich, um mit der geänderten Situation klarzukommen, dachte Lilou. Das war nur menschlich.

Sie wandte sich Bradley Fox zu. »Ich schätze, du musst uns auch einiges erklären«, sagte sie. »Vor allem, wie es kommt, dass man dich schon entlassen hat.« Sie grinste. »Ich wollte dich gerade im Krankenhaus besuchen.«

»Ich habe mich selbst entlassen«, gab Bradley zur Antwort. »Sie haben gestern Abend noch das Geschoss rausgeholt und mich wieder zusammengeflickt. Alles wieder wie neu.« Er klopfte wie zum Beweis auf seinen Oberschenkel. »Der Arzt war sehr zufrieden beim Verbandswechsel, deshalb sah ich nicht ein, wieso ich im Krankenhaus bleiben sollte.« Er grinste. »Und augenscheinlich braucht ihr ja meine Hilfe.«

»Offenbar.« Lilou nickte und erwiderte das Grinsen. »Wer ist diese Frau?«

»Das ist Mercedes Salamon«, erklärte Bradley. »Sie gehört zu den Frauen, die Shelter betrogen hat. Es ist schon ein paar Jahre her, ihr Fall ging damals groß durch die Presse. Sie arbeitete für eine Firma namens Plantadrug Inc., und die Yellow Press hat sie ziemlich fertiggemacht. Beruflich war sie vollkommen ruiniert, ihre Reputation war beim Teufel. Sie hat das Land verlassen und ist abgetaucht. Ich habe oft an sie gedacht und mich gefragt, was wohl aus ihr geworden ist.«

»Sie scheint sich hier in Frankreich eine neue Existenz aufgebaut zu haben«, antwortete Lilou. »Sie hat einen neuen Namen angenommen, und wenn sie wirklich die Frau ist, die am Montag bei Flo Lessien war – und davon können wir wohl ausgehen –, dann arbeitet sie jetzt für einen Parfumhersteller in Paris.«

»Das würde ja passen. Sie ist Chemikerin, hat sogar einen Doktortitel und zweifellos viel Berufserfahrung.«

»Ob sie Shelter wohl ganz gezielt ausgeforscht hat?«, fragte sich Lilou laut.

»Dann wäre sie besser als meine gesamte Abteilung«, gab Bradley zurück. »Am besten fragen wir sie selbst.«

»Natürlich.« Lilou hob den Kopf. Von oben waren Stimmen zu hören, Schritte auf der Treppe. Commissaire Demoireau und Commandant Hiroux kamen die Stufen herunter.

»Dann bis Montag«, sagte Commissaire Demoireau zu Hiroux.

»Danke, *mon commissaire*«, antwortete Miquèl und verschwand ohne ein weiteres Wort in Richtung Hinterausgang.

Lilou sah den Commissaire fragend an. »Haben Sie ihn nach Hause geschickt?«

»Er hat darum gebeten.« Demoireau hob die Schultern. »Er meinte, er sei persönlich involviert und es wäre besser, wenn er nicht an der Vernehmung teilnimmt.«

»Ja, vielleicht ist das besser so.« Sie nickte zu Bradley hin. »DI Fox hat mir gerade berichtet, dass er diese Frau unter dem Namen Mercedes Salamon kennt. Sie ist eine der Frauen, die Shelter für seine Zwecke ausgenutzt hat.«

»Verstehe.« Demoireau nickte. »Dann wollen wir sie doch fragen, was sie dazu zu sagen hat.«

Wenig später saßen sie zu viert an dem wackeligen Tisch mit der zerschrammten Resopalplatte. Gardien Tairrousse war zum Empfangstresen zurückgekehrt, Demoireau saß Madame Bayes gegenüber – oder Mrs Salamon, korrigierte sich Lilou im Stillen –, Bradley saß zu seiner Linken, sie zur Rechten des Commissaire.

»Sagen Sie uns doch bitte zuerst, wie Sie wirklich heißen«, begann Demoireau die Vernehmung. »Hier sind Sie unter dem Namen Mercedes Bayes bekannt, während DI Fox Sie als Mercedes Salamon identifiziert. Können Sie das erklären?«

Die Röte im Gesicht der Frau hatte sich vertieft, ihre Augen waren dunkel und wirkten wie verschattet. »Bayes ist der Mädchenname meiner Mutter«, erklärte sie. »Als diese Sache vor drei Jahren passierte …«, sie zögerte, sah aus dem Fenster. »Ich habe England verlassen und den Namen Bayes angenommen. Ich hätte sonst keine Arbeit gefunden. Das ist doch nicht verboten.«

»Natürlich nicht.« Demoireau sprach zu ihr wie zu einem Kind. »Aber Sie stehen im Verdacht, den Tod eines Menschen herbeigeführt zu haben. Und das *ist* verboten.«

Sie senkte den Kopf und blickte auf die Tischplatte. Mit einem Finger fuhr sie einen Kratzer in der Tischplatte nach, doch sie schwieg.

»Wir glauben, dass Sie am Montagmorgen Harry Shelter gesehen haben, als Sie bei Madame Lessien in Mirocène waren«, sagte Lilou. »Stimmt das?«

Die Frau nickte und presste die Lippen zusammen.

»Und dann sind Sie ihm gefolgt, als er mit dem Fahrrad zum Mont Ventoux gefahren ist.«

Die Augen von Madame Bayes füllten sich mit Tränen. »Ich wollte das nicht«, flüsterte sie heiser. Sie schüttelte den Kopf, ihre dunklen Locken fielen ihr ins Gesicht. »Ich wollte doch nur mit ihm reden. Ich wollte nicht, dass er stirbt.«

»Möchten Sie uns nicht erzählen, was geschehen ist?« Die Stimme des Commissaire klang mitfühlend. »Wenn Sie jetzt ein Geständnis ablegen, wird sich das vor Gericht positiv für Sie auswirken.«

Sie schlug die Hände vors Gesicht und begann zu schluchzen. Lilou beobachtete sie genau. Der Ausbruch schien echt, doch gleichzeitig …

»Es war reiner Zufall«, begann die Frau leise. »Ich war am Montagmorgen beruflich beim Hof der Lessiens, als ich ihn sah. Natürlich habe ich Harry sofort erkannt, aber ich wollte die Bäuerin nicht nach ihm fragen, deshalb bin ich zu seinem Haus gefahren und habe mir angesehen, wie er lebt. Ich weiß selbst nicht, was ich dort wollte. Die Gewissheit vielleicht, dass er da nicht mit Frau und Kindern wohnt. Das hätte ich nicht ertragen.« Sie schüttelte den Kopf. »Ich habe dann unten an der Straße nach ihm Ausschau gehalten, aber er war schon weg. Ich hatte vor, später zurückzukommen, um mit ihm zu sprechen.« Sie hob den Kopf und sah Lilou an. »Wissen Sie, ich habe ihn wirklich geliebt. Ich hätte ihm vermutlich sogar verziehen, was er mir angetan hat. Ich wollte nur, dass er weiß …« Sie wischte sich über die Augen. »Ach, es war dumm von mir.«

»Wie ging es weiter?«, fragte Lilou.

Madame Bayes – Mrs Salamon – hob die Schultern. »Das war wirklich eigenartig. Ich bin dann nach Sault gefahren, wo ich einen weiteren Kundentermin hatte. Auf dem Rückweg sah ich Harry wieder. Er stand an einem Kiosk und trank Kaffee. Das war doch ein Zeichen, oder nicht?« Sie sah in die Runde. »Aber bis ich einen Parkplatz gefunden hatte und ausgestiegen war, saß er schon wieder auf dem Fahrrad und wollte gerade losfahren. Ich habe versucht, ihn zur Rede zu stellen, aber er weigerte sich, mit mir zu sprechen. Hat mich angeschnauzt, ich solle ihn in Ruhe lassen, und ist über einen schmalen Durchgang abgehauen, sodass ich ihm mit dem Wagen nicht folgen konnte.« Sie seufzte. »Ich habe dann mit dem Kioskbesitzer gesprochen, bei dem er den Kaffee getrunken hatte, der hat mir die Strecke erklärt, die diese Fahrradfahrer nehmen. So wusste ich, in welche Richtung er fuhr.« Sie verstummte erneut.

»Und dann?«, fragte Demoireau nach einer Weile. »Was haben Sie danach getan?«

»Ich habe ihn vor dem Gipfel überholt und oben auf ihn gewartet, doch er hielt gar nicht an. Er hat mich ignoriert und ist einfach weitergefahren.« Sie ballte die Fäuste, ihr

Gesicht verzerrte sich einen Augenblick zu einer wütenden Grimasse. »Also bin ich hinter ihm her und wieder an ihm vorbei. Ich wollte nur, dass er stehen bleibt, sodass ich mit ihm reden kann. Und da war dann dieser Parkplatz. Ich dachte, wenn ich ihm den Weg abschneide, muss er anhalten.« Sie barg das Gesicht in den Händen, ihre Schultern zuckten. »Er ist aber nicht langsamer geworden, sondern hat versucht, meinem Wagen auszuweichen. Er war viel schneller, als ich dachte, und ich konnte nicht mehr bremsen. Es ging alles so schnell. Auf einmal stürzte er über die Böschung.«

»Wieso haben Sie nicht nachgesehen und Erste Hilfe geleistet?« Demoireaus Brauen hatten sich gehoben. »Sein Leben lag in Ihrer Hand. Sie konnten nicht wissen, ob Sie ihn nicht doch hätten retten können.«

»Ich weiß.« Ihre Worte waren kaum hörbar. »Glauben Sie mir, *mon commissaire,* das weiß ich. Und ich mache mir schwerste Vorwürfe deswegen.« Sie hob die Schultern, sah den Commissaire nun direkt an. »Ich bin in Panik geraten. Ich habe den Wagen gewendet und bin davongefahren. Das war ein großer Fehler, und es tut mir sehr, sehr leid. Ich wollte nicht, dass er stirbt.«

Die Frau wirkte gebrochen. Lilou glaubte ihr sogar, dass sie bereute, was geschehen war. Und dennoch: Ob mit Absicht oder nicht, diese Frau hatte den Unfall, bei dem Harry Shelter ums Leben gekommen war, verursacht. Und sie hatte Shelters Tod in Kauf genommen, indem sie nicht nachgesehen hatte, ob er den Sturz über den Abhang überlebt hatte. Wie der Commissaire gesagt hatte: Sie hatte keinen Versuch unternommen, seinen Tod zu verhindern. Das machte sie sehr wohl schuldig. Und alles danach …

Lilou ergriff das Wort. »Den Auffahrunfall am Dienstagmorgen haben Sie mit Absicht herbeigeführt, oder nicht?« Anklagend sah sie die Frau an. »Sie wollten die Spuren an Ihrem Wagen verwischen.«

Madame Bayes senkte den Kopf. »Was hätte ich denn tun sollen?« Sie hob die Schultern. »Das Unglück war schon geschehen und ließ sich nicht mehr rückgängig machen. Also habe ich versucht, wenigstens selbst mit heiler Haut aus der Sache rauszukommen.« Sie schüttelte den Kopf. »Nach allem, was geschehen ist, hätte mir doch niemand geglaubt, dass es keine Absicht war.«

»Das fällt jetzt auch schwer, Madame«, gab Demoireau trocken zurück.

»Dann haben Sie sich auch nur deshalb an Commandant Hiroux herangemacht?«, wollte Lilou wissen.

»Ich habe mich nicht an ihn herangemacht.« Vorwurfsvoll sah die Frau Lilou an. »Es war eher umgekehrt. Aber ja, natürlich war es eine gute Gelegenheit, mich über Ihre Ermittlungen auf dem Laufenden zu halten. Wenn ich gewusst hätte, dass ausgerechnet *er* kommt …« Sie nickte zu Bradley hin, »… wäre ich nicht so lange geblieben.«

Bradley verzog das Gesicht. »Das nennt man dann wohl *bad luck*«, sagte er auf Englisch.

»Was ist mit dem Einbruch in Shelters Haus?«, fragte Lilou. »Das waren natürlich auch Sie.«

Das Gesicht der Frau lief rot an. »Ja, ich war in Harrys Haus.« Sie nickte. »Aber ich habe nichts gestohlen. Ich wollte nur sichergehen, dass er nichts aufbewahrt hat, was mich mit ihm in Verbindung bringen kann. Können Sie das nicht verstehen?«

»Und haben Sie etwas gefunden?«, fragte Demoireau.

Sie nickte knapp. »Er hatte tatsächlich noch Fotos, die uns beide zeigten. Warum auch immer er die aufbewahrt hat.«

»Die haben Sie im Kamin verbrannt.« Lilou nickte. »Wir haben die Asche gefunden, aber es war nicht mehr zu rekonstruieren.«

»Genau.« Sie schlug die Augen nieder.

»Dann bleibt immer noch der Überfall auf Madame Lessien und der tätliche Angriff auf einen Beamten«, erklang eine Stimme von der Tür. Commandant Grissan stand im Türrahmen und blickte missmutig in die Runde. »Wieso haben Sie mir nicht gesagt, dass Sie gerade eine Verdächtige vernehmen?«

»*Bonjour,* Commandant.« Demoireau erhob sich und streckte Grissan die Hand hin. »Das wollte ich gerade tun. Das Phantombild können wir uns nämlich sparen.« Er nickte zu der Frau hin. »Madame Bayes hat zugegeben, dass sie Harry Shelter mit dem Wagen angefahren hat. Auch den Einbruch in sein Haus bestreitet sie nicht.«

»Madame Lessien wurde überfallen?«, fragte Madame Bayes mit Unschuldsmiene. »Die Rosenzüchterin?«

»Ja, genau, die Rosenzüchterin«, fauchte Lilou. »Auf meinen Kollegen und mich wurde geschossen. Geben Sie zu, dass das auch Sie waren.«

»Nein, das war ich nicht.« Madame Bayes schüttelte entschieden den Kopf. »Warum sollte ich so etwas tun?«

»Weil Sie Sorge hatten, dass sie Sie wiedererkennt«, warf Bradley Fox auf Englisch ein. »Oder waren Sie etwa eifersüchtig?«

»Eifersüchtig? Auf eine Bäuerin?« Madame Bayes lachte, aber es klang gezwungen. »Ich besitze keine Waffe, und ich kann auch nicht schießen.«

»Zum Glück.« Lilou deutete auf Bradley Fox. »Sonst säße er jetzt nicht hier.«

Die Frau zuckte mit den Schultern. »Haben Sie irgendwelche Beweise gegen mich?«, fragte sie nüchtern. »Wenn nicht, würde ich jetzt gern gehen.« Sie hob die Hände mit den Handschellen. »Und ich wäre dankbar, wenn Sie mir die abnehmen würden.«

Lilou schnappte nach Luft. Diese Frau war wirklich dreist. Sie war für den Tod eines Menschen verantwortlich und hatte einen Einbruch auf dem Kerbholz – wie kam sie auf die Idee, dass sie hier einfach hinausspazieren könnte? Sie schüttelte den Kopf. »Sie können jetzt nicht einfach gehen«, sagte sie. »Ich verhafte Sie wegen des Verdachts auf Mord an Harry Shelter.«

»Mord?« Nun lachte Madame Bayes wirklich. »Das war ein Unfall. Etwas anderes können Sie nicht beweisen. Sie können mich wegen Fahrerflucht und Hausfriedensbruch belangen, das ist aber auch schon alles. Das sind keine Kapitaldelikte, das rechtfertigt keine Verhaftung.«

»Sie hat recht«, brummte Demoireau. »Wir können sie nur vorläufig festnehmen, bis Staatsanwalt Beringer entscheidet, wie weiter vorzugehen ist. Dazu kommt, dass sie britische Staatsbürgerin ist, was die Lage nochmals verkompliziert.«

Lilou ballte zornig die Fäuste. Diese Frau hatte auf sie geschossen, hatte Bradley schwer verletzt! Dass er so glimpflich davongekommen war, war reines Glück gewesen. Aber die Kriminaltechniker hatten vor Ort keine Spuren gefunden. Sie hatten keinerlei Beweise, und solange Madame Bayes den Überfall bestritt, konnte man sie dafür nicht belangen.

»Wo steckt eigentlich Mistral?«, fragte Grissan und sah sich suchend um. »Er hat mich gerade angerufen, weil er mir etwas zeigen wollte.«

»Guillaume?« Lilou runzelte die Stirn. »Was hat er denn gefunden?«

»Ich weiß es nicht. Er sagte etwas von einem Schlüssel.«

»Ein Schlüssel?« Lilou wurde heiß und kalt. Sprach er am Ende von ihrem Wagenschlüssel?

In diesem Moment klopfte es an der Tür, sie ging auf, und der junge Kriminaltechniker betrat den Raum. Er nickte in die Runde. Als er Madame Bayes gewahr wurde, hob er nur kurz die Brauen und fuhr sich durchs mausbraune Haar. »Tairrousse hat mir gesagt, dass Sie alle hier sind«, sagte er. »Das ist gut, dann muss ich es nur einmal erzählen.«

»Schießen Sie los.« Grissan machte eine auffordernde Geste.

Guillaume sah entschuldigend zu Lilou. »Ich sagte doch vorhin, dass wir rund um das Haus von Madame Lessien praktisch keine Spuren des Angreifers sicherstellen konnten«, begann er. »Das war nicht ganz korrekt.« Er machte ein verlegenes Gesicht. »Ich habe tatsächlich einen der sichergestellten Gegenstände …«, er zögerte, holte tief Luft, »also, ich habe ihn übersehen. Dafür muss ich mich entschuldigen, so etwas darf nicht passieren.« Er holte einen Asservatenbeutel aus der Hosentasche. Als er ihn auf den Tisch legte, klimperte es metallisch. »Es handelt sich um den Wagenschlüssel von Commissaire Braque, der vom Täter kurzzeitig entwendet und in ein Gebüsch geworfen wurde, wo ich ihn später gefunden und sichergestellt habe.«

Demoireau starrte Lilou an. »Ihr Wagenschlüssel? Wie konnte das passieren?«

Grissan warf Lilou einen spöttischen Blick zu. »Ist Ihnen der Schlüssel aus der Tasche gefallen?«

»Nein.« Lilou reckte das Kinn. »Ich habe ihn im Wagen stecken lassen. Der Täter hat ihn abgezogen, um sich einer Verfolgung zu entziehen.«

»Und dabei keine Handschuhe getragen.« Guillaume machte ein zufriedenes Gesicht und blinzelte Lilou zu. »Deine kleine Unachtsamkeit hat sich als Glücksfall erwiesen. Ich habe einen wunderschönen Fingerabdruck auf dem Schlüsselkopf sichergestellt, der nicht von dir stammt. Ich bin mir sicher, dass ihn der Täter hinterlassen hat.«

»Und ich bin sicher, dass es eine Täterin war.« Lilou nickte zu Madame Bayes hinüber. »Sie werden nun erkennungsdienstlich behandelt, Madame Bayes, Mrs Salamon, oder wie Sie sich jetzt nennen. Falls der Spurenvergleich an diesem Schlüssel eine Übereinstimmung mit Ihren Fingerabdrücken ergibt – und ich bin überzeugt, dass es die geben wird –, werden Sie sich wegen versuchten Mordes an einem Polizeibeamten verantworten müssen.«

Madame Bayes neigte den Kopf und schwieg. Wie weggewischt war die selbstbewusste Miene, die sie gerade noch zur Schau getragen hatte. Für Staatsanwalt Beringer mochte das anders aussehen, aber für Lilou war es ein Eingeständnis ihrer Schuld.

»Kann ich meinen Schlüssel wiederhaben?«, wandte sie sich an Guillaume.

»Klar.« Er reichte ihn ihr über den Tisch. »Ich habe alles dokumentiert, und Beringer hat sein Okay gegeben.«

Lilou verstaute den Schlüsselbund in ihrer Tasche. Der kleine Plüschanhänger, den Simon ihr irgendwann geschenkt hatte, war feucht und verklebt – sie wollte lieber gar nicht wissen, wo er gelegen hatte. Sie würde ihn waschen müssen. Oder ersetzen, je nachdem, wie das mit Simon und ihr weiterging.

Demoireau schob seinen Stuhl zurück und stand auf. »Ihr Wagen steht noch bei Madame Lessien?« Er warf einen Blick auf die Uhr. »Das trifft sich gut, ich wollte nachher ohnehin noch nach Mirocène. Sie können mit mir fahren.«

»Danke, *mon commissaire.*«

»Dann ich sage gleich *goodbye.*« Bradley Fox stemmte sich aus seinem Sitz hoch. »Ich fliege noch heute Abend zurück.« Mit einem Ausdruck des Bedauerns deutete er auf sein Bein. »Mein Chef hat gesagt, ich bin jetzt ... wie sagt man ... unfähig für Einsatz?«

»Nicht einsatzfähig«, korrigierte Lilou. Sie warf einen Blick auf die Uhr an der Wand. »Wann geht dein Flug?«

»Um acht. Das ist überhaupt kein Problem, ich nehme ein Taxi.« Er lächelte. »Du hast schon genug für mich getan«, setzte er auf Englisch hinzu.

»Es war mir ein Vergnügen«, antwortete Lilou und meinte es auch wirklich so. Die Zusammenarbeit mit dem jungen Inspector war ausgesprochen angenehm gewesen. Sie schüttelte ihm die Hand, dann beugte sie sich vor und küsste ihn auf französische Art auf die Wangen. »*Bon voyage,* Bradley. Ich hoffe, wir bleiben in Kontakt.«

»Das werden wir ganz sicher.« Er wurde ernst. »Bitte richte Flo Lessien meinen Dank aus. Der Arzt hat gesagt, dass sie die Wunde sehr gut versorgt hat. Damit hat sie wahrscheinlich Schlimmeres verhindert.«

»Das mache ich gern.« Lilou nickte. »Darüber wird sie sich bestimmt freuen.«

KAPITEL 16

Demoireaus großer Peugeot war so wie Lilous Dienstwagen ein Zivilfahrzeug und nicht als Polizeiwagen zu erkennen. Der Commissaire steuerte ihn mit der ihm eigenen Unerbittlichkeit über den Boulevard Albin Durand, und aus irgendeinem Grund, den Lilou noch nicht durchschaute, machten ihm die anderen Fahrzeuge Platz, sodass sie die Stadt in Rekordzeit hinter sich gelassen hatten. Während sie über Land auf die ferne Bergkette zufuhren, die sich diesig im Osten erhob, versiegte das Gespräch – Lilou war in die Betrachtung der Landschaft versunken. Innerhalb der letzten Tage hatte sich das Bild verändert: Wo die Lavendelfelder wenige Tage zuvor noch ihr silbriges Winterkleid getragen hatten, zeigte sich nun eindeutig ein violetter Schimmer über den buschigen Reihen. Noch war es nicht das leuchtende Lila, das von Juni bis August Millionen Touristen in die Provence lockte, doch das Versprechen war bereits zu erkennen: Bald war der Sommer da.

»Die Lavendelblüte hat schon begonnen«, sagte sie und deutete aus dem Fenster, wo bereits deutliche Bahnen von Violett zu sehen waren.

»Ein paar Wochen wird es schon noch dauern, bis man ihn ernten kann«, brummte Demoireau. »Aber dann sind die schönsten Ecken bei uns auch wieder überlaufen.« Er verzog das Gesicht. »Gut, dass sich nach Mirocène kaum Touristen verirren.«

»Tante Margot hätte vermutlich nichts dagegen, wenn ihr Hotel im Sommer ausgebucht wäre«, entgegnete Lilou.

»Ach, ich weiß nicht.« Demoireau schüttelte den Kopf. »Kämen mehr Gäste, bräuchte sie auch mehr Personal, und unterm Strich bliebe noch weniger übrig als jetzt. Es ist doch überall das Gleiche. Die Ansprüche der Leute werden immer höher, während sie immer weniger dafür zu bezahlen bereit sind. Und die Leidtragenden sind die Menschen, die von diesem Geschäft leben müssen.« Er machte ein finsteres Gesicht.

»Aber man kann diese Entwicklung auch nicht aufhalten«, entgegnete Lilou. »Das Urlaubsverhalten hat sich eben geändert. Und wer sich nicht anpassen kann, wird nicht überleben.«

»Ja, leider.«

Die ersten Häuser von Mirocène kamen in Sicht, und Demoireau setzte den Blinker. Wenig später ließ er den Wagen vor Madame Lessiens Haus ausrollen. Die gelbe Fassade leuchtete im Licht der tief stehenden Sonne. Mit den bunten Blumen vor dem Haus wirkte der kleine Hof wie ein in die Landschaft gepinseltes Gemälde. »Wir sind da.«

Lilou kletterte aus dem Wagen und beugte sich noch einmal zu Demoireau. »Danke fürs Mitnehmen«, sagte sie. »Und viele Grüße an Ihren Vater.«

»Ich werde es ausrichten.« Demoireau nickte und legte den Rückwärtsgang ein. »*Au revoir* – und viel Erfolg.«

»Viel Erfolg?« Lilou hob die Brauen.

»Mit was auch immer Sie sich gerade herumschlagen.« Demoireau blinzelte ihr zu. »Sie schaffen das schon.«

Lilou starrte ihm hinterher. Gab es eigentlich etwas, das ihr Chef nicht mitbekam? Oder zumindest erahnte? Er wendete den Wagen und entfernte sich auf der holprigen Straße. Lilou wartete, bis er außer Sicht war, dann wandte sie sich um und ging zum Haus.

Madame Lessien öffnete auf ihr Klingeln sofort. »Ach, Sie sind es«, sagte sie. Und mit einem Nicken zu Lilous Wagen hin, der vor dem Haus parkte: »Ich dachte mir schon, dass ich Sie heute noch mal sehe. Kommen Sie herein.« Der große Hund stand neben ihr und wedelte mit dem Schwanz.

»Danke.« Lilou betrat das heimelige Wohnzimmer. »Wo ist Clio?«, fragte sie.

»Bei einer Freundin.« Flo Lessien hob die Schultern. »Das ist besser so, nachdem sie gestern solch einen Schrecken bekommen hat.«

»Sie muss keine Angst mehr haben«, sagte Lilou. »Wir haben die Täterin gefasst. Es war wirklich die Frau, die letzte Woche bei Ihnen war.« Lilou atmete tief durch. »Sie gehört zu den Frauen, die Harry Shelter verführt hat, um Firmengeheimnisse auszuspionieren.«

»Hat sie ihn deswegen getötet?« Flo Lessien zog die Nase kraus. Jetzt erst bemerkte Lilou die Sommersprossen, die ihre Wangen zierten.

»Sie behauptet, es war ein Unfall.« Lilou hob die Schultern. »Sie wollte ihn zur Rede stellen und versuchte, ihm mit dem Auto den Weg abzuschneiden. Dabei hat sie ihn über die Kante gestoßen.«

»Und hat ihn einfach liegen lassen.« Flo Lessien hatte den springenden Punkt sofort erkannt. »Das ist unterlassene Hilfeleistung, so nennt man das doch, oder nicht?«

»Und Fahrerflucht.« Lilou nickte. »Der Staatsanwalt wird wohl auf Mord plädieren. Und auf versuchten Mord, was den Schuss auf Bradley Fox betrifft.«

Flo Lessien nickte knapp und ging in die Küche, Fidò trottete hinter ihr her. Lilou hörte, wie sie mit den Tassen hantierte, der Duft von frisch gebrühtem Kaffee erreichte ihre Nase. Sie ging zum Tisch und zog einen Stuhl hervor, um sich zu setzen, doch er war besetzt: Eine grau getigerte Katze schlief eng zusammengerollt auf dem Kissen. Als Lilou den Stuhl bewegte, erwachte sie und streckte sich genüsslich. Ihr rechtes Hinterbein steckte in einem Verband, der sie jedoch nicht daran hinderte, vom Stuhl zu springen und auf drei Beinen in der Küche zu verschwinden.

»Ist das Shelters Katze?«, fragte Lilou und nahm auf dem Stuhl Platz.

Flo Lessien kam mit zwei Kaffeebechern wieder und setzte sich ebenfalls. »Ja, natürlich. Ich war mit ihr beim Tierarzt, sie hatte sich am Bein verletzt.« Die Katze war ihr gefolgt und strich um ihre Beine. Flo beugte sich hinunter und nahm das Tier auf den Schoß. »Sie heißt Mercedes.«

Lilou unterdrückte ein Schmunzeln. Also hatte Harry Shelter die schöne Britin doch nicht vergessen. Aber das musste sie Flo nicht unbedingt erzählen. »Ein schönes Tier«, sagte sie nur.

»Ja, das ist sie wirklich.« Flo streichelte die Katze, die prompt zu schnurren begann. »Ich hoffe, sie gewöhnt sich hier ein.«

»Das wird sie bestimmt.« Lilou pustete über ihren Kaffee. »Detective Fox hat mich übrigens gebeten, Ihnen seinen Dank zu übermitteln. Der Arzt sagte, Ihr Verband hat Schlimmeres verhindert.«

»Das ist gut.« Ihr Gesicht hatte sich ein wenig aufgehellt. »Wie geht es ihm? Ist er noch im Krankenhaus?«

»Nein.« Lilou nahm einen Schluck von ihrem Kaffee. »Er fliegt heute Abend nach London zurück. Seine Arbeit hier ist beendet.«

»Verstehe.« Flo Lessien führte die Tasse an die Lippen und trank ebenfalls. »Und diese Frau wollte mich wirklich erschießen?«

»Davon gehen wir aus.« Lilou nickte. »Vielleicht hätte sie es sich anders überlegt, als sie sah, dass ein Kind im Haus war, aber sie war hier, und sie hatte eine Waffe. Das sind eindeutige Indizien für eine Tötungsabsicht.« Sie hob die Schultern. »Darüber wird am Ende der Richter entscheiden.«

»Sie kann einem doch irgendwie leidtun.« Flo Lessiens Stimme war kaum hörbar. »Wenn ich mir vorstelle, Yves hätte das mit mir gemacht ... ich weiß nicht, wie ich reagiert hätte.«

»Sie hätten nicht versucht, Unschuldige dafür zu töten«, sagte Lilou und legte ihre Hand auf Flo Lessiens Arm. »So etwas würden Sie nie tun.«

Flo lachte trocken auf. »Sie kennen mich nicht. Sie haben keine Ahnung, wozu ich fähig bin.«

Lilou schüttelte den Kopf. »Sie sind keine Verbrecherin, Flo.«

»Bin ich doch.«

»Wie bitte?« Lilou starrte sie an. »Wie meinen Sie das?«

Flo hatte den Kopf gesenkt, ihr Gesicht hatte sich gerötet. »Ich muss Ihnen ein Geständnis machen«, sagte sie.

Lilou hob die Brauen. »Was haben Sie getan?«

Madame Lessien sah sie an, ihre Miene war starr. »Ich habe das Gipfelschild gestohlen.«

»Sie haben *was?*« Lilou glaubte, sich verhört zu haben. »Sie waren das? Aber warum haben Sie das getan?«

»Ich wusste nicht, was ich sonst machen sollte.« Madame Lessien verzog das Gesicht. »Yves war am Montag auf dem ›Cinglé‹ unterwegs, aber er kam nicht wieder. Ich habe bis in die Nacht hinein auf ihn gewartet, dann bin ich losgefahren und habe ihn gesucht. Ich kannte ja die Strecke. Aber vergeblich, ich habe ihn nicht gefunden.« Sie senkte den Kopf. »Erst wollte ich die Gendarmerie verständigen. Aber ich wusste genau, dass er das nicht gewollt hätte, unter keinen Umständen. Das kam nicht infrage. Was sollte ich also machen? Ich war verrückt vor Sorge, sah ihn vor mir, wie er irgendwo schwer verletzt lag, und ich konnte nichts tun, um ihm zu helfen. Da hatte ich die Idee mit dem Schild. Es war ja schon öfter verschwunden, und beim letzten Mal hat man es nach einigen Tagen durch Zufall gefunden. Ich kenne noch ein paar Leute von früher, und ich dachte, wenn ich es richtig anstelle, kann ich die Fahrrad-Community dazu bringen, den Berg abzusuchen. Das hat ja auch funktioniert.« Sie schlug die Hände vors Gesicht. »Nur war es zu spät. Wenn ich gleich die Bergrettung gerufen hätte, könnte Yves vielleicht noch leben.« Ihre Schultern zuckten.

Lilou legte ihr die Hand auf die Schulter. »Nein, Flo, das stimmt nicht.« Sie schüttelte die ältere Frau leicht. »Er war nach seinem Sturz sofort tot. Egal, was Sie gemacht hätten und wen Sie gerufen hätten, es wäre zu spät gewesen, um ihn zu retten.«

»Wirklich?« Sie hob das tränennasse Gesicht.

»Ja.« Lilou nickte bekräftigend. »Er war längst nicht mehr am Leben, während Sie noch zu Hause auf ihn warteten. Sie hätten nichts für ihn tun können.«

»Okay.« Flo Lessien seufzte und rieb sich übers Gesicht. Dann hob sie den Kopf und blickte Lilou an. »Würden Sie mir helfen?«

Die Nacht war längst hereingebrochen, als Lilou mit Madame Lessien in ihrem alten Pick-up die kurvige Straße zum Mont Ventoux hochfuhr. Nachts sah der Berg völlig anders aus als bei Tageslicht. Die dunklen Laubbäume dräuten finster heran und warfen pechschwarze Schatten auf die Straße, die ihre Scheinwerfer kaum zu durchdringen vermochten. Es herrschte kaum Verkehr. Fahrradfahrer waren überhaupt keine mehr unterwegs, nur ab und an kam ihnen ein einsames Auto entgegen.

Die letzten Serpentinen zogen sich über die kahlen Flanken des Bergs nach oben und reflektierten das Mondlicht, als wären sie mit Schnee bedeckt. In einer besonders steilen Kurve warf Lilou einen Blick nach unten und glaubte, in der Tiefe ein Rudel dunkler Gestalten zu erkennen, die sich scharf vom hellen Untergrund abhoben: Die Gämsen vermutlich, die Hiroux erwähnt hatte. Die einzigen größeren Tiere, die ständig in dieser Höhe lebten.

Wenig später waren sie am Ziel. Die Fenster im Turm der Wetterstation waren dunkel, doch das helle Mauerwerk des Turms leuchtete blendend weiß im Schein des Vollmonds. Flo Lessien hielt im Schatten der Mauer, die den eigentlichen Gipfel umgab. Die Scheinwerfer eines anderen Fahrzeugs irrlichterten durch die Nacht, doch es fuhr auf der anderen Seite des Turms vorbei und behelligte sie nicht. Lilou kletterte aus dem Wagen und folgte Flo zur Ladefläche des Pick-ups. Flo klappte die hintere Wand herunter und zog eine Plane beiseite.

Das Schild war riesig. Auf den Fotos hatte es gar nicht so groß gewirkt, doch in einem normalen Kofferraum hätte es keinen Platz gehabt. Gemeinsam hoben sie es heraus, es war nicht nur groß, sondern auch ziemlich schwer.

Lilou warf einen nervösen Blick in die Runde. Was sie hier machte, war eigentlich Wahnsinn. Sie war Polizistin und in Uniform. Wenn man sie hier erwischte, hätte das mit Sicherheit Konsequenzen. Konsequenzen, die sie womöglich ihre Karriere bei der Polizei … Halt. Sie verdrängte diese Gedanken. Flo wollte ihren Fehler wiedergutmachen und hatte sie um Hilfe gebeten. Sie tat nichts Falsches, im Gegenteil. Sie stellte etwas richtig.

Mit vorsichtigen Schritten bewegten sie sich über den unbeleuchteten Weg hoch zum eigentlichen Gipfel. Im Schatten des Turms war es stockfinster, kein Mondstrahl verirrte sich hierher. Mit dem Fuß tastete Lilou nach der ersten Treppenstufe und erstarrte – unter ihnen näherte sich ein Auto. Es wurde langsamer, die Scheinwerfer strichen über die Wand neben ihnen, doch sie erfassten die beiden Frauen nicht. Dann war es vorbei, die Welt versank wieder in Stille und Dunkelheit.

Jeder Schritt, selbst ihr Atem kam Lilou unnatürlich laut vor, als sie Stufe für Stufe den Gipfel erklommen. Doch das war nur Einbildung, sagte sie sich. Im Geiste zählte sie die Stufen. Zweiundzwanzig Stück, dann waren sie oben. Die beiden einsamen Pfosten standen an der Brüstung der Plattform, die stählernen Rohre waren über und über mit Aufklebern bedeckt. Sie stellten das Schild ab, Lilou holte mit tiefen, keuchenden Atemzügen Luft.

»Geht es wieder?«, fragte Flo besorgt.

»Aber ja«, antwortete Lilou mit gepresster Stimme. »Ich bin nur solche Anstrengungen nicht mehr gewohnt.«

»Das macht nichts«, sagte Flo. »Wir haben ja Zeit.« Sie setzte sich auf die Brüstung und sah in die Ferne. »Ist das nicht atemberaubend schön?«

Lilou stellte sich neben sie. Flo hatte zweifellos recht. Das Mondlicht beschien die Bergketten, die sich vor ihren Augen erhoben, mit scharf gezeichneten Gipfeln über nachtdunklen Tälern, die sich weiter und immer weiter in der Ferne verloren. Nichts bot dem Auge Einhalt, Lilou hatte das Gefühl, wenn sie sich auf die Brüstung stellte, könnte sie bis zum Meer sehen.

Ein weiteres Auto, das die Straße unter ihnen passierte, erinnerte sie daran, weswegen sie hier waren. Flo hatte Werkzeug mitgebracht. Sie stand auf Zehenspitzen und löste schon die Schrauben der metallenen Schellen, die das Gipfelschild an seinen Pfosten hielten. Dann kam der schwierigste Teil: Das schwere Schild hochzuwuchten auf eine Höhe von fast zwei Metern und es über Kopf festzuhalten, während Flo die Schrauben wieder eindrehte.

Das war es, was vollkommen unmöglich allein zu bewerkstelligen war und wozu sie Lilous Hilfe benötigte. Das war Flos Bitte an Lilou gewesen: mitanzupacken, damit sie wiedergutmachen konnte, was sie im Moment der übergroßen Sorge als die einzige Möglichkeit gesehen hatte, ihren Yves zu finden. Eine verzweifelte Tat, die nichtsdestotrotz eine Straftat war. Und war es nicht Aufgabe der Polizei, Straftaten zu verhindern? Diesem Argument hatte sich Lilou nicht entziehen können. Nicht entziehen wollen, wenn sie ehrlich war – Flo Lessien war ein aufrechter, ehrlicher Mensch, der Bewunderung verdiente und keine Strafe.

So kam es, dass Lilou in dieser Nacht auf dem Gipfel des Mont Ventoux im Mondlicht stand, die Arme über dem

Kopf erhoben und zitternd vor Anstrengung, während Flo Lessien fluchte wie ein Gassenjunge, als die Zange wieder und wieder abrutschte von der Schraube. Dann war es geschafft. Mit einer letzten Anstrengung zog Flo sie fest. Lilou senkte stöhnend die Arme. Ihre Schultern brannten wie Feuer.

Flo stand vor dem Schild, die Arme in die Hüften gestemmt. »Nun hat alles seine Richtigkeit«, sagte sie. »Man weiß jetzt wieder, wie hoch er ist.«

Lilou stutzte, blickte nach oben zu dem Schild, auf dem unter den vielen Aufklebern die Höhe des Bergs gar nicht mehr zu erkennen war. Sie kicherte, dann prustete sie los, und lachend fielen die beiden Frauen einander in die Arme.

Am nächsten Morgen erwachte Lilou spät und wusste einen Moment lang gar nicht, wo sie war. Dann kam die Erinnerung zurück. Es war weit nach Mitternacht gewesen, als sie endlich zu Hause angekommen war. Leise hatte sie die Tür zu ihrer Wohnung geöffnet, auf Zehenspitzen war sie ins Schlafzimmer geschlichen und so geräuschlos wie möglich ins Bett gestiegen, wo Simon schon schlief. Er hatte nur leise gebrummt im Schlaf und sich auf die andere Seite gedreht. Sie erinnerte sich, dass sie noch eine Zeit lang seinen Atemzügen gelauscht hatte. Und dabei hatte sie festgestellt, dass sie genau das wollte: neben diesem Mann einschlafen und wenn möglich auch mit ihm erwachen, wann immer ihre Arbeitszeiten das erlaubten. Mit diesem Gedanken war sie schließlich eingeschlafen. Doch die Ereignisse des gestrigen Tages und der Nacht hatten sie auch noch im Schlaf verfolgt und zu wirren Träumen geführt, an die sie sich beim Aufwachen nicht mehr erinnerte. Nur der Eindruck eines drohenden Unheils war geblieben, einer nicht erledigten Sache, die sie nicht mehr zu fassen bekam. Dabei hatte sie doch in der letzten Nacht wieder richtiggestellt, was zuvor falsch gemacht worden war, oder nicht?

Im Flur waren Geräusche zu hören, Schritte, ein Klappern, das Klirren von Geschirr. Dann ging die Tür auf, und Simon stand mit einem Tablett auf der Schwelle. »Guten Morgen, Honey«, sagte er. »Ich dachte, ich bringe dir ein kleines Frühstück.«

Lilou stützte sich auf die Ellbogen. »Guten Morgen«, antwortete sie und fuhr sich durch das kurze blonde Haar. Vermutlich sah sie genauso zerknautscht aus, wie sie sich fühlte, aber das machte nichts. Das war Simon, ihr Simon, der jetzt das Tablett auf dem Nachttisch abstellte und sie in die Arme nahm. »Ich habe dich vermisst«, murmelte er in ihr Haar.

»Ich dich doch auch«, antwortete sie leise und erwiderte seine Umarmung. »Es tut mir leid. Ich hätte dir einfach vertrauen sollen.«

»Ich war um nichts besser.« Er rückte von ihr ab und reichte ihr eine Tasse Kaffee. »Café au Lait, so wie du ihn magst«, sagte er. »Als Wiedergutmachung.«

Sie musste lachen. »Danke schön.« Sie trank einen Schluck und musterte das Tablett. Neben einer langstieligen roten Rose lagen ein Teller mit einem noch warmen Croissant und ein Briefumschlag. »Was ist das?«, fragte sie.

Simon sah sie unsicher an. »Ich wollte dich eigentlich damit überraschen«, sagte er. »Aber ich habe eingesehen, dass es besser ist, es dir vorher zu sagen. Sieh es dir an und sag mir, was du davon hältst. Wir können es noch ändern.«

Lilou hob die Brauen, doch sie sagte nichts, sondern griff nach dem Umschlag, den Simon ihr reichte. Sie öffnete ihn und zog eine gefaltete Karte heraus. In einem goldenen Herz waren drei Textzeilen zu lesen:

Je t'ai fait mon ami,
et tu es maintenant
unique au monde.

Ein abgewandeltes Zitat aus dem kleinen Prinzen. »Ich habe dich zu meinem Freund gemacht, und jetzt bist du einzig in der Welt.« Sie schlug die Karte auf.

Lilou & Simon
Zu unserer Hochzeit
am 5. August
...

Ihre Augen wurden groß, als sie die Zeilen überflog. »Simon, das ist ...«

»Halt.« Er griff nach ihrer Hand. »Sag nichts. Lass mich erst erklären.« Er sah sie bittend an. »Die Frau, mit der du mich gesehen hast«, begann er. »Jodie.«

»Deine Cousine.«

»Genau. Sie ist Hochzeitsplanerin. Deshalb habe ich sie gebeten, nach Carpentras zu kommen. Ich wollte ...« Er machte ein verlegenes Gesicht. »Ich wollte alles richtig machen. Ich habe doch noch nie geheiratet.«

Lilou musste lachen. »Ich doch auch nicht«, sagte sie. »Aber das mit deiner Cousine ist eine tolle Idee. Warum hast du das nicht gleich gesagt?«

»Weil du …« Er hob die Schultern. »Ach, ich war ein Esel. Ich hätte dir vertrauen müssen.«

»Und ich dir.« Sie legte die Hand auf seinen Arm. »Ich würde Judy gern kennenlernen.«

»Jodie«, sagte er lächelnd. »Sie heißt Jodie. Und sie fand meine Idee, dich mit unserer Hochzeit zu überraschen, ziemlich daneben. Sie möchte das gern mit dir besprechen. Oder mit uns. Aber auf keinen Fall nur mit mir.«

»Ich glaube, ich werde Jodie mögen.« Lilou grinste.

»Nur das Datum steht schon fest. Ich muss doch mit dem Restaurant planen.«

»Ich sollte dann wohl besser Urlaub nehmen.« Lilou grinste schief. »Sonst muss ich am Ende noch in Uniform heiraten.«

»Das musst du ganz sicher nicht. Du bekommst natürlich frei, das habe ich bereits mit Commissaire Demoireau geklärt.« Schuldbewusst sah er sie an. »Ich hoffe, das war okay.«

»Natürlich war das okay.« Sie lächelte, und ihr Herz hüpfte vor Freude. »Dann hoffen wir, dass das Verbrechen sich auch daran hält.«